KEITAI SHOUSETSU BUNKO SINCE 2009
野いちご

新装版
桜涙
〜キミとの約束〜

和泉あや

JN167601

○STARTS
スターツ出版株式会社

イラスト／櫻シノ

ねえ　気づいて。
ひとりなんかじゃない。
間違って生まれてくる命なんてない。

大丈夫、一緒だよ。
約束を結ぼう。
想(おも)いを結ぼう。

そして、
泣きたくなるほどの優しさにあふれた未来を、
君と生きていこう。

contents.

第 1 章

幼なじみ リク	8
幼なじみ 奏ちゃん	17
ひとりぼっち	26
めまい	34
救いの笑顔	40
ひび割れ	49

第 2 章

大切なもの	58
約束の少年	69
大嫌い	79
ごめんね	86
病	94
占い	99
ありがとう	111
新事実	119

第 3 章

思い出の場所	130
夏祭り	143
真逆の人	152
寂しい背中	163

第 4 章

太陽のような	174
泣かないよ	184
文化祭	194
臆病^{おくびょう}な心	203
こんなにも君を	213

第 5 章

許して	218
写真	222
はじめまして	227
夢の続き	235
見つけたもの	241
ふたりの出会い	251
幸せに手を伸ばして	254
ハッピークリスマス	263
想い	275
どうか、どうか	284

第 6 章

大丈夫だよ	294
今度こそ	302
答えない唇	310

奇跡	317
そして、目が覚めたら	328
君に、贈り物を	332
愛する人と……	342

番外編

贈り物　from奏一郎	348
あとがき	364

第1章

幼なじみ　リク

　ひらり、ひらり。青空の下、薄紅の花びらが舞い散る。
　緩やかに降る桜の雨の下で、1人の少年が肩を震わせ、声を押し殺しながら泣いていた。
　膝を抱えて、顔を伏せて。
「どうして泣いてるの？　かなしいの？」
　幼稚園児くらいだろうか。
　自分と同じ背丈ほどの少年に、小さな肩から鞄を下げた私が問いかける。けれど返事はなく……。
　私は、一歩、また一歩と少年に歩み寄った。
　彼は相変わらず私と同じくらいの小さな背を丸め、泣いている。
　泣かないで。元気を出して。
　そっと少年に触れようと手を伸ばせば……。
　──パシン！
　頭に軽い痛みを感じて、私は重いまぶたを持ち上げる。
　ぼんやりとする思考の中で、私は視線だけをゆっくりと動かし、ここがどこなのかを確認した。
　見慣れた教室の風景。
　耳に届くのはクラスメイトたちの話し声。
　誰かが「次って移動教室だっけ」と言っているのが聞こえて、私は今が休み時間なのだと認識した。
　どうやら私は授業中に眠ってしまい、夢の中から現実世

界に引き戻されたらしい。
　とすると、さっき頭に感じた痛みはなんなのか。
　それを確かめようと机に伏せていた体を起こすと……。
「おはよ、小春」
　目の前に、幼なじみであるリク……本庄陸斗がいた。
　リクは同じ学年だけどクラスは隣だ。
　私が１－Ａでリクは１－Ｂ。その彼が、どうして私の前の席に座っているのか。
　彼は背もたれに向かって椅子をまたいで座り、甘く、つんと鼻筋の通ったキレイな顔に微笑みを浮かべて私を見ている。
　その手には、丸められたノートが収まっていて。
「リク……もしかしてソレでたたいた？」
　問いかけると、リクは女子から評判のいい人懐っこいキュートな笑顔を浮かべて頷いた。
「うん、たたいた。ごめん」
　謝罪を口にされても、そんな笑顔で言われたんじゃ反省しているようには見えない。
「反省してないでしょ」
　唇を尖らせれば、リクはまた「ごめんごめん」と微笑みながら謝る。
「声かけても起きないからさ、お前のノートを借りてお仕置きしてみたんだ」
「あっ！　それ私のノートだったの？」
　リクの手からノートを奪うと、それは無残にもちょっと

丸くなってしまって、すぐにキレイな平らには戻ってくれなかった。
「もう……物は大事にして」
　拗ねながら叱ると、リクは二重で黒目がちの瞳(ひとみ)を寂しそうに細める。
「大事にしてても、結局は壊れるかもしれないだろ？」
「……リク？」
　どうしてそんな寂しそうな目をするのかわからなくて、私は首をかしげる。すると、リクは「なんちゃって」と笑って、いつものリクに戻った。
　また……ごまかしちゃうんだね。
　リクは、ときどきこんなふうに寂しさを瞳に浮かべたり、悲しそうに微笑んだりすることがある。
　いつからだったかはわからないけど、そんなときは決まってごまかすように笑うのだ。もう触れないでと言わんばかりに。
　彼はいつから、何を抱えるようになったのだろう。

　リクと出会ったのは私が小学校3年のときだった。
　私の父親が勤めている会社の都合で転勤することになり、少し慌ただしく引っ越したのが3年生に進級してすぐ。
　新しい学校に転入した私は、新しいクラスになじめるか不安でたまらなかった。
『佐倉(さくら)小春です。仲よくしてください』
　自己紹介のあと、自分の席について休み時間になっても

不安と緊張は解けなくて。自分から話しかけるべきか悩んでいたら……。
『ボク、陸斗。本庄陸斗っていうんだ』
　リクが、お人形さんみたいな可愛い顔に笑みを浮かべ、ビー玉みたいな大きな目をキラキラさせながら話しかけてくれた。
　うれしくて、少し恥ずかしくて。
　だけど話しかけてくれたリクの優しさに応えたくて、私はがんばって笑顔を作ってあいさつをした。
『はじめまして。よろしくね、本庄くん』
　そのときの私の笑顔がぎこちなかったのか、リクがちょっと困ったように眉をハの字にして微笑んだのを覚えている。
『よろしくね、小春ちゃん』
　私の名前を呼んでくれたリク。だから私もすぐに彼を『陸斗くん』と呼ぶようになった。
　明るくて私を引っ張ってくれるリク。
　私とリクはいつも一緒で、仲よしだった。
　当時は恋や愛なんて関係なくて、かくれんぼしたり探検ごっこをしたり。日が暮れるまで当たり前のように一緒に過ごしていた。
　そんな彼を異性なのだと意識したのは……中学校に上がってから。
　出会ったころは可愛いイメージが強かったリクの顔は、成長するにつれてキレイな顔立ちへと変わっていった。

そんなリクに、当然のごとく女子が騒ぐようになって。

リクと一緒に帰っていた中学2年のある日。

『ねぇリク。明日買い物行こうよ』

いつものように遊ぶ約束をしようとしたら……。

『デート？　いいよ』

リクが口元に笑みを浮かべ、了承した。

"デート"

そんな些細なリクの言葉で、彼が自分とは違う『男の子』であり、もう無邪気に一緒にいることができない存在なのだと漠然と思ったんだ。

それから、彼と遊ぶ約束がしにくくなって、会う回数が減って……。だけど、こうして同じ高校に入学した今でも、私たちは仲のいい幼なじみとして過ごしている。

たまにデートをしても、その関係はやっぱり幼なじみとしてだ。

私が目の前にいる幼なじみをジッと見つめていると、彼はパチクリと瞬きをしながら「なになに？」と半笑いで首をかしげる。

すると、前髪と襟足が長めのミディアムスタイルに整えられた艶のあるキレイな茶髪がサラリと流れた。

……たしかに、幼なじみである私が見てもリクは格好いいと思う。

性格だって悪くないし、愛想もそこそこいいから、彼に興味がある女子は話しかけやすくていいみたい。

ただ、本人は女子に囲まれるのは苦手みたいで、いつも

うまく逃げてかわしているようだ。

「あ、そういえば……」
　私は朝のホームルームのあとにクラスメイトが話していた"ある噂"を思い出した。
　リクとしては、避けたいであろう噂を。
「リク、またケンカしたでしょ」
　心配しつつも、にらむような目で彼に問いただせば。
「え……あー……どうだっけ」
　彼はとぼけるように視線を横にそらした。
　つまりこれは、イエスということ。
　そんな態度のリクに、私はため息をこぼした。
「もう危ないことはやめようよ」
　リクは、私と出会ったころから中学に上がるころまで空手や柔道を習っていた。
　強い男になりたいから始めたらしいけど、その経験があるせいで、中学のころから不良グループの間で起きたケンカの助太刀を頼まれていた。
　断ればいいのに、変なところで正義感の強いリクは、友達がピンチだとケンカしてしまう。
「でも、友達を助けることはいいことだろ？」
「そうだけど……でも、心配だよ」
　心から心配しているのだという気持ちを込めて言葉にすると、リクは困ったようにやわらかく微笑んで。
「ごめん。なるべく気をつける」

そう約束してくれた。

でも……たぶんまたケンカするのだろう。

リクが言う"なるべく"なんて言葉は、あんまり信用できない。

「そんなことよりさ……」

こうして、話題をそらそうとするのがいい証拠。

でも、あんまりうるさく言っても仕方ないから、私は追撃するのを諦めてリクの話を聞くことにした。

「何?」

続きを促せば、リクはどこかホッとしたように肩の力を抜いた。

そして、穏やかな声で私に話しかける。

「ずいぶん気持ちよさそうに寝てたけど、いい夢でも見てたのかなって」

「……夢……?」

そういえば、見ていたような気がする。

私はリクとの会話により、すっかり眠気が覚めた頭で、見ていた夢の内容を思い出そうとした。

けど、映像は脳内で再生されることはなくて。

「うんと……なんだっけ?」

こんなとき、某ネコ型ロボットが出てきて『夢再生プレーヤ～』とか言いながら、効果音とともに便利な道具を出してくれれば!

けれど、そんな都合のいい展開になるわけもなく、私は「忘れちゃったみたい」と告げてアハハと笑った。

「ところでリクは何か用事？」
「あ、うん。朝、奏チャンに会ってさ、予定がなければ3人で帰ろうって」
「今日？」
「うん。たぶんお菓子だと思う」
「わっ、ヤッタ！」

　うれしくて、ついつい拍手してしまう私。
　奏ちゃんとは、私たちのもうひとりの幼なじみ、柏木奏一郎のこと。
　同じ高校だけど、奏ちゃんは1学年上の2年生だ。
　そんな奏ちゃんはケーキ家さんの息子で、たまにおすそ分けをもらえるんだけど、どうやら今日はその日みたい。
　喜ぶ私に、「相変わらず食いしん坊だなー」って言いながら笑顔になったリク。

「次、お前んとこ移動教室だろ？」
「あっ、そうだった！」

　すっかり忘れていた私は、慌てて教科書やペンケースをまとめる。
　教室内はすでに数人のクラスメイトしか残っていない状態で、私が立ち上がるとリクも立ち上がった。
　身長156センチの私より20センチほど高いリクを少し見上げると、彼は目を細めて表情を緩める。

「ほら、急げ」

　促された私は、リクに「また放課後ね」と告げ、彼よりも先に教室を飛び出した。

途端、校内に響き渡るチャイムの音。
廊下を急いで歩く私の脳裏に、一瞬よぎった……桜の雨。
ああ、そういえば、と少しだけ見た夢を思い出した。
ピンクの花びらが降る光景を。
その途端、なんだか胸がギュッと切なくなって。
私は何か……大切な何かを忘れてしまっているような感覚に陥ったのだった。

幼なじみ　奏ちゃん

　放課後、私とリクは正門の横で奏ちゃんが来るのを待っていた。
　６月に入ったばかりの気候はまだ少し肌寒いけど、私たち生徒はもう夏服へと衣替えをしている。
　正門を通りすぎる生徒たちもすっかり夏仕様になっていて、男子はワイシャツにネクタイ、女子はワイシャツにリボンでサマーセーターを着ている子が多い。
　私もまだ寒いからサマーセーターを着用している。
　ちなみにリクは半袖（はんそで）はまだ寒いからと、長袖のワイシャツを腕まくりした状態で着ていた。
　一応ネクタイもしているけど、緩く結ばれているからなんともラフだ。
「奏チャンおっそいなー」
　リクが待ちくたびれたのかしゃがみ込む。
　その直後、走り寄ってくる足音が聞こえて……。
「待たせてすまない！」
　少し息を切らせた奏ちゃんが、私たちの前に立った。
　奏ちゃんは、走ったせいでずれてしまった黒縁のメガネをくいっと中指で持ち上げて位置を直す。
　メガネの少し上にある眉毛（まゆげ）が、申しわけないといわんばかりにハの字になっていて。
　私は笑いながら、自分より頭ひとつ分は背の高い奏ちゃ

んの眉間に右手の人さし指を押し当ててグリグリとマッサージをした。

次の瞬間、奏ちゃんは細いけれどバランスのとれた体の力をわずかに緩ませる。

同時に、色白で端正な顔にある弓なりで形のいい眉の間に入っていた力も少し緩んだようだ。

「大丈夫。そんなに待ってないし」

小さなことも気にしてしまう性分の奏ちゃんを安心させるように言うと、隣にしゃがみ込んでいたリクが立ち上がりながら、「小春は奏チャンに甘いよな」とあきれたように言った。

「そうかな?」

そんなつもりはなかったんだけど、リクにはそう見えるのだろうか。

「そうだろ。で、奏チャンも小春に甘い。だがしかし、俺には厳しい」

残念だとアピールするように、悲しそうな顔で首を横に振ったリク。

すると、奏ちゃんが大きくため息をついてリクを厳しい表情で見つめた。

「僕が陸斗に厳しいのは、陸斗が怒られるようなことばかりするからだろう」

普段はやわらかいイメージの強い奏ちゃんの声が、固さを帯びてリクをとがめる。

「いや、まあ……それは、ねぇ?」

助けを求めるようにリクが私を見た。
「……ごめん、リク。庇いきれそうにないよ」
「ええ〜っ？　小春の俺に対する愛情ってそんなモンだったの？　俺、ショック。今日はこのままひとりで帰……」
　悲しみを背負ったかのように背中を丸めたリクは、私たちから歩き去ろうと背を向けたけれど……。
「帰るなんて言わせないぞ陸斗。今日こそはそのあたり、みっちり話し合おうか」
　奏ちゃんにガッシリと制服のうしろ襟部分を掴まれた。
　まるで首根っこを掴まれたネコみたいだ。
「え、ちょ」
　焦るリクは困惑の色を浮かべる。
　反対に、奏ちゃんはメガネを光らせ笑顔で言った。
「まずは、何度言っても直さない服装の件だな」
　そこから攻めるとは、さすが風紀委員。
　いつもひょうひょうと逃げてきたリクだけど、今日はもう逃げられそうにないかも。
「はぁ……しょうがない……」
　ついに諦めたのか、リクの肩の力が抜けて、奏ちゃんの表情が勝利にほころびかけた……そのとき。
「ああっ！　大変だ、奏チャン。あんなところに全裸の生徒がっ！」
　リクがものすごい勢いで校舎を指さした。
「なんだって!?」
　慌てて視線を動かし全裸の生徒を探す奏ちゃん。

「……って、どこにもいないじゃないか」
 そう言いながら、見逃すまいとまだ校舎に目を配っている奏ちゃんに私は声をかけた。
「残念ですが、奏ちゃん……」
「ん？　どうしたんだい、小春？」
 振り向いた奏ちゃんに、私は彼が見ていなかったリクの行動を報告する。
「リクが逃げました」
 ……奏ちゃんと私の間に沈黙が走って。
「また逃げられたか……」
 奏ちゃんはがっくりと肩を落とした。
 風紀委員に所属している奏ちゃんにとって、ちょっとだらしなく制服を着ているリクは、指摘して正さないとならない存在だ。
 けれど、逃げ足の早いリクは本題に入る前にうまく逃げてしまうので、奏ちゃんは敗戦続きだった。
 しかも、中学のときに生徒会長だった奏ちゃんは、そのころもこんなふうにリクと追いかけっこのような状態を繰り返していた。
 そんなふたりがただの幼なじみとしてだけでなく、昔から変わらずに仲よくいられるのは、彼らが守っているルールがあるからだ。
 それは『プライベートに、学校のことは持ち込まない』というもの。
 つまり、制服を着ていない時間に会っているときは、風

紀がどうのといった注意をしない……という約束をしたらしい。

これに関してはリクにとって都合のいいようになっている気がしないでもないけど、真面目な奏ちゃんは了承したようだった。

ただし、リクがケンカに加勢することについては、奏ちゃんも私と同じく常日頃から心配していて、その件のお説教はたびたびあるんだけど。

「まったく陸斗ときたら、いつになったら僕の話をちゃんと聞いてくれるんだか……」

困り顔でため息をついた奏ちゃんは、「仕方ない。行こうか」と苦笑いを浮かべて歩き出した。

私は頷き、奏ちゃんの隣で彼の歩調に合わせるように靴音を立てる。

本当に、奏ちゃんとリクの鬼ごっこはいつまで続くんだろう。

そんなことを考えながら……。

私が奏ちゃんと出会ったのは、リクがきっかけだった。

転入して、リクと友達になって半年ほどすぎたころ。

広い原っぱの隅にある小さな古いほったて小屋。

そのふたりの秘密基地に、リクが知らない男の子を連れてきた。

秘密基地の入り口に立つ黒いメガネをかけた、頭も育ちもよさそうな子を。

男の子はなぜかおどおどしていて、私と目が合うと腕に抱えていた鞄をギュッと強く抱きしめた。
『陸斗くんの友達？』
『ひとりぼっちになったって言うから、連れてきたんだ』
　リクはニッコリと笑って男の子の手を掴み、秘密基地の中へと引き入れた。
『ひとりぼっちなの？』
　首をわずかに傾けて聞くと、男の子はゆっくりと寂しそうに頷いた。
『……うん……ぼくは、ひとりぼっちなんだ』
　どうしてひとりぼっちなのか、わからなかった。でも、その言葉に私の心がひどく反応したのを覚えている。
『ねぇねぇ小春ちゃん。仲間、増えてもいいよね』
　このころから正義感を胸に秘めていたのだろう。
　リクが私に同意を求めて、それにしっかりと頷き返したんだ。
『もちろん！　私は小春』
　リクとふたりだけの秘密基地でも十分楽しかったけど、仲間が増えるのはやっぱりうれしくて。
　私は笑顔で奏ちゃんに自己紹介をした。
　そのとき、ずっと困ったような顔をしていた奏ちゃんが、少しだけ表情をほころばせて。
『ぼくは……奏一郎』
　はにかむように名前を教えてくれた。
『そーいちろうくん、今日からよろしくね』

『う、うんっ』
　こうして、私は奏ちゃんと友達になった。
　奏ちゃんが、私やリクよりもひとつ年上だと知ったのはそれからすぐのことだ。
　勉強ができない私にとって、奏ちゃんは頼りになる存在だった。それは今でも変わらない。
　変わらない……のだけど、やっぱり奏ちゃんもリクと同じで私とは異性だから、変わってしまった部分もある。
　遊びに行く場所、頻度、内容。
　リクのときのようにきっかけがあったわけじゃないけど、デートというリクの言葉があったから、奏ちゃんともふたりではあまり会わなくなった。
　リクと同様に、奏ちゃんとだってたまにはふたりでおでかけをする。でも、遊ぶときはほとんど3人。
　昔みたいにしょっちゅうではないけど、それが私たちの基本の遊び方なのは変わらない部分かもしれない。

　私は、隣を歩く奏ちゃんの横顔を盗み見た。
　小さなころからトレードマークにもなっている黒縁メガネ。その下には、小顔でくせのない端正な顔。
　奏ちゃんは昔から男女問わず人気がある。
　頭がとてもいいのにそれを鼻にかけない穏やかな性格と、嫌味のない、さわやかな笑顔。
「……奏ちゃんがみんなに好かれるの、わかるなぁ」
　つい声に出すと、奏ちゃんは驚いたように目を丸くし、

その頬をほんのりと赤く染めた。
「い、いきなり何を……」
　もごもごと口ごもる奏ちゃん。
　照れた笑い顔もさわやかな雰囲気。
　奏ちゃんがこんな表情を見せるようになったのはいつからだろう。こんな顔、以前は知らなかった。
　リクも奏ちゃんも、どんどん変わっていく。
　私も、ふたりから見たら変わっていっているのかな？
　考え出したら、なんだか寂しいような苦しいような感覚に襲われて。
　それが顔に出ていたのだろう。
　奏ちゃんのほんのり赤かった顔が、心配そうに歪んだ。
「どうかした？」
「あ……ううん、大丈夫だよ」
　私の顔をのぞき込むようにした奏ちゃんに、私は笑みを作った。
「本当に？」
「うん。ただね、来週末の体育祭がちょっと憂鬱なだけ」
　そして、ごまかしながら実はここ最近ずっと気にしていた悩みを引っ張り出せば、奏ちゃんはクスクスと笑う。
「小春は昔から運動苦手だもんな」
　言い終えると今度はハハハと声にして笑う奏ちゃん。
　「他人事だと思って！」とむくれると、彼は目尻を下げて微笑んだ。
「大丈夫。うちのお菓子が、きっと小春にパワーを授けて

くれるさ」
「あ、今日ってやっぱりお菓子？」
　確認し忘れていたことを思い出して声にすると、奏ちゃんは首をかしげる。
「あれ？　陸斗にちゃんと伝えておいたはずだけど……」
「そうなの？　リクの予想でお菓子かも、としか聞いてなかったけど」
　教室での会話を思い出しながら言えば。
「あー……それはきっと、日頃の行いのせいで僕から逃げることを考えてたのかもな」
　奏ちゃんは、やれやれといった感じで話す。
　リクならたしかにありえる話で、私は笑った。
「奏ちゃんちのお菓子って本当においしくて大好き」
「父さんが聞いたら喜ぶよ」
　やわらかく微笑む奏ちゃん。
　風が吹いて、彼のミディアムショートの黒髪を撫でるように通りすぎていくと、やわらかく立ち上がるトップの髪が気持ちよさそうに風に泳ぐ。
　春をとうにすぎた風は、初夏の始まりを告げるかのように少し暖かくて、どこか不安だった私の心を温めてくれた気がした。

ひとりぼっち

　ケーキ家さんである奏ちゃんの家は、学校から歩いて15分ほどの場所に建っている。

　駅から少し離れた住宅街にあるにもかかわらず、雑誌やテレビで紹介されるくらい有名なお店で、いつもお客さんで混み合っている状態だ。

　ちなみに、私の家は奏ちゃんの家からさらに10分ほど歩いた場所にあって、リクの家も奏ちゃんの家から10分ほど歩いた場所にある。

　簡単にいえば、地図に私たちの家の場所を線で結ぶと、そこそこキレイな三角形になる配置だ。

　子供のころ私たちが通っていた秘密基地は、三角形のちょうど真ん中あたりに位置する原っぱにある。

　今でもほったて小屋は残っているらしいけど、私は中学に上がってからはさっぱり見ていない。

　久しぶりに行ってみようかな、なんて考え始めたころ、奏ちゃんの家が見えてきた。

　赤い屋根が印象的で、おしゃれな格子のバルコニーがある、大きな３階建ての家。

　１階がケーキ屋さんになっていて、今は奏ちゃんのお父さんやスタッフさんが働いている時間だ。

「奏ちゃんの家に来るのって、いつぶりだっけ？」

　私がなんとなく問いかけて、奏ちゃんが「去年のクリス

マス以来じゃないかな」と答えたときだった。
「あそこに立ってるの、陸斗だよな?」
　奏ちゃんがそう言って指さしたのは、ケーキ屋さんの入り口横。
　そこには、たしかにリクの姿があった。
　しかも、プリントTシャツにパーカーを羽織(はお)り、ほどよいダメージの入ったデニムパンツを履いている私服姿のリクが。
　リクは私たちに気がつくと、右手を上げて大きく振る。
「おっかえり～」
　私はリクに走り寄ると、真っ先に質問する。
「なんでリクがここにいるの? 逃げたから、てっきりお菓子は諦めたのかと思ってた」
「奏チャンのパパの、おいしーお菓子を簡単に諦めるはずないって」
　リクは奏ちゃんのお父さんが作るお菓子の大ファンだ。
　今ではバイト代が入るたびに、自分へのごほうびと言って買っているくらいに好きみたいで。
　だから諦めなかったのは納得のいくことだった。
　でも、納得いかないのは時間。
　一度家に帰って着替える時間なんてなかったはず。
　それは奏ちゃんも同じだったようで、リクに問いかけた。
「いったん家に帰ったにしては早い気がするけど」
　奏ちゃんの質問に、リクは「あー、それね」と言った。
「実はさ、奏チャンから逃げた先にチャリに乗った友達が

いて、そいつのうしろに乗っけてもらって家に帰って、着替えてからまたここまで乗っけてもらったんだ」
「俺、がんばった」と自分を褒めたリクに、私はなるほどと納得した。
　早くここにたどりついた真相も納得なんだけど、わざわざ私服で来たリクの思惑にも納得だった。
　つまり、リクは私服になることによってプライベートモードをアピールし、奏ちゃんに文句を言われないようにしてきたということ。
　もちろんそれに奏ちゃんも気づいたらしく、ため息をついてあきれたように肩を落とした。
「まったく……まあいいや。僕の部屋へ行こう」
「やったね。おじゃましまーす」
　奏ちゃんを先頭に上機嫌のリクが玄関に入る。
　私は奏ちゃんに同情し、リクの悪知恵に"ある意味で"尊敬しながら「おじゃまします」と告げて玄関へと足を踏み入れた。
　靴を脱ぎ、ふわふわの玄関マットに足を乗せたちょうどそのとき。
「あっ、りっくんと小春ねーねだ」
　リビングから、今年で7歳になる奏ちゃんの妹、心美ちゃんが出てきた。
　彼女は少し高めのツインテールを弾ませながら、人懐っこい笑顔で「こんにちはー」とあいさつしてくれる。
　私とリクがあいさつを返すと、心美ちゃんは奏ちゃんに

まとわりつきはしゃぐ。
「ねぇねぇ、おにーちゃん。ココね、算数のテストで80点取れたんだよ！」
「そっか。よくがんばったな」
「うんっ」
　奏ちゃんが心美ちゃんの頭を撫でると、心美ちゃんは心地よさそうにしながら笑顔を浮かべた。
　昔から奏ちゃんは、心美ちゃんをとても可愛がっている。
　年が離れているせいもあるけど、赤ちゃんのころから人見知りをせず、誰からも愛されるその性格がゆえだろう。
　実際、私とリクも心美ちゃんをとても気に入っていて、自分の妹にしたいくらいだという話をしたこともあった。
　相変わらず可愛いなぁ、なんて奏ちゃんに頭を撫でられている心美ちゃんを眺めていたら、開け放たれていたリビングの扉から、今度は奏ちゃんのお母さんが現れた。
「いらっしゃい、ふたりとも」
　奏ちゃんのお母さんはニッコリと私とリクに笑顔を向けてくれる。
　艶のよい長い黒髪がサラリと肩から流れた。
「おじゃまします」
　私が笑顔で応えると、リクもペコリと会釈した。
　それにまた笑顔で応えた奏ちゃんのお母さんの視線が、自分の息子へと向かった……次の瞬間。
「……おかえりなさい、奏くん」
　口元に浮かべている笑みとは不釣合いなほど冷めた瞳で

それだけ言うと、奏ちゃんの返事も待たずに背を向けてリビングへ戻ろうとする。
「ただいま、お母さん」
　聞こえているのかいないのか。
　奏ちゃんがお母さんの背中に答えた声は、私たちに向けられるものとは違い、どこか悲しさをまとっていた。
　それからすぐ、心美ちゃんと別れて奏ちゃんの部屋へと移動して。
「店に行って父さんからお菓子もらってくるよ」
　奏ちゃんはそう言い残して、部屋を出ていった。
　残された私とリクは適当に座ると顔を見合わせる。すると、リクの顔がちょっとだけあきれたものに変わって。
「なんか……相変わらずだな、奏チャンのお母さん」
　いつもよりも静かな声でそう言った。
　私は苦笑いしつつ「うん……」と頷いて、それから黙ってしまう。
　昔から奏ちゃんにだけ、どこか冷たい態度をとる奏ちゃんのお母さん。奏ちゃんの家に初めて遊びに行ったときからそうだった。
　仲が悪いのかと子供ながらの正直さで聞いたことがあったけど、奏ちゃんはそのとき「そんなことないよ」と悲しそうに微笑んだのを覚えている。
　あれからもう７年もたつのに、奏ちゃんのお母さんの態度は変わらない。
　どうして母親がそんな態度をとるのか。

そのことについて奏ちゃんから話してこないから、私もリクも7年前に一度聞いたきり触れていない。
「お待たせ」
　戻ってきた奏ちゃんは、悲しそうな顔も声もしていなかった。
　私とリクがよく知る、いつもの奏ちゃんがいるだけ。だから私もいつもの私でいる。
　リクと一緒に奏ちゃんの手からお菓子がいっぱい詰まった袋を、笑顔で受け取った。

　1時間後。
　奏ちゃんの部屋でまったりと過ごした私とリクは、暗くなる前に帰ることにした。
「奏ちゃん、お父さんによろしくね」
「ああ、伝えておくよ」
「そんじゃ、おじゃましましたー」
　リクが手を振って、私もバイバイと言いながら奏ちゃんに手を振った。
　玄関の扉を閉めると、夕暮れの住宅街をリクとふたりで歩き出す。
　私たちは足元に伸びる長い影を追うように、ゆっくりと帰路についていた。
　どこかでカラスの鳴く声がして、この時間特有の少し物悲しい雰囲気に、私は声を漏らす。
「ひとりぼっちって、どういう意味だったのかな」

「え？」
「奏ちゃんと初めて会ったとき、奏ちゃんが言ってたでしょ」

　ちょっとだけ目を丸くして私を見たリクに、昔の話を振る。するとリクは、なぜか一瞬だけ眉根を寄せ「ああ……そっか」とこぼすと、今度は微笑みを浮かべた。
「そうだな。うん、言ってた」

　同意したリクはパーカーのポケットに手を突っ込んで、視線を私から住宅街に伸びる道路へと移す。
「ひとりぼっちって、辛いよな」

　そして、そう続けながらちょっと苦しそうな顔したリクに、私は小さく頷いた。
「私ね、奏ちゃんからひとりぼっちって聞いたとき、変な感じがしたんだ」
「……変な感じって？」

　リクに聞かれ、私は自分の心臓の部分を右手で押さえながら、当時を思い返す。
「こう……心臓が、キュッてなるような感じ。何かを思い出しそうな感覚っていうか、引っかかるっていうか」

　当てはまる感覚を探すように言葉にしていると、なぜかリクはどこか遠くを見るような瞳で私を見つめていた。
「リク？」
「……小春」

　私の名前を呼んだリクの顔は、普段あまり見ることのない真面目なもので。

「何？」
　リクのまとう雰囲気に、私の背中がシャンとする。
　何か大事な話でもあるのだろうか。
　そう思って彼の言葉を待っていたら……。
「お腹すいたから、早く帰ろう」
「え!?」
　ニッコリと笑顔を浮かべたリクは小走りになった。
「ホラホラ、急げ！」
「ちょ、ちょっ!?」
「どっちが先にいつもの分かれ道にたどりつくか競争だ！」
「ええっ!?」
　私の先を走る夕日のオレンジを背負ったリクの背中。
　その背中がなぜか、私の知らないような遠い場所まで行ってしまうような気がして。
　待ってよーと声にしながら、必死にリクを追いかけた。
　いなくならないで……という不安から生まれた自分勝手な言葉を、胸の奥にしまいながら……。

めまい

　奏ちゃんのお父さんからもらったお菓子は、その日の夕食後、家族でおいしくいただいた。
　そして、翌日。
「ごちそうさまでした」
　昼休みの教室でお弁当を食べ終えた私は、手を合わせた瞬間にハタと気づき目を見開いた。
「どうしよう！」
　声にすると、私と一緒にお弁当を食べていたクラスメイトであり親友でもある双葉美乃、通称よっちんが驚いた様子もなく私を見る。
　よっちんはお弁当箱を片づけていた手を止め、切れ長の瞳を一度だけ瞬かせると、落ちつきをまとったキレイな声を出した。
「何かあった？」
「次の授業で使う電子辞書、家に忘れてきちゃった……」
「それはご愁傷様だね」
　相変わらずクールな返事をありがとう、よっちん。
　よっちんは、中学のときから一緒に過ごしている親友だ。
　腰まであるストレートロングの髪と切り揃えられた前髪は、美人の彼女にとても似合っている。
　ただ、その美貌とクールな性格のせいで、よっちんはまわりから敬遠されがちだ。

たしかにとっつきにくい雰囲気だけど、クールで知的で観察力と勘が鋭いよっちんは、私にとって頼りになる存在。
「しょうがないからリクに借りに行こうかな」
「そうね。彼ならきっとロッカーに放置したまま、なんてオチで持ってるんじゃない？」
「その反対で、学校に持ってきたことすらないかも」
「ああ、それはありえるわ」
　人のことを言えないのは百も承知だけど、リクは勉強が苦手だ。
　ただ、要領がいいので真面目にやればそれなりのはずなんだけど、勉強することが面倒らしい。
　なので、普段はダラダラしているけれど、テスト前にちょっと勉強するだけで毎回そこそこの点数を取っている羨ましいタイプだ。
　まあ、その陰には奏ちゃんというよき先輩の指導もあるんだけど。
「持ってることを祈りつつ行ってみる」
　立ち上がると、よっちんが微笑んで。
「いってらっしゃい」
　そう言って、凛と背筋を伸ばし私に向かって控えめに手を振る。
　そんなよっちんに私は「いってきます」とひと言残し、賑やかな昼の教室を飛び出した。

「あっ、リク！」

１－Ｂにたどりついた私は、リクの姿を見つけるなり駆け寄った。リクは驚いたようにパチクリと瞬きをして。
「どした？」
「電子辞書、貸してほしくて。持ってる？」
「うん、持ってる」
　リクは頷くと、教室のうしろにある自分のロッカーから黒い電子辞書を取り出して、私の手に乗っけてくれた。
「はい」
「ありがとう、リ……」
　リク、と彼の名前を声にするはずだった。
　けれど、突然視界がぐにゃりと歪み、体から力が抜けていく感覚に襲われ……。
「わ……小春っ……」
　私は、目の前に立っていたリクに支えられ、かろうじて倒れずにすんだ。
「小春？　大丈夫？」
「あ……う、ん……ちょっと、めまいがしただけ」
　急なめまいに少し動揺していたけど、心配そうに私の顔をのぞき込むリクになんとか笑顔を向けた。
「大丈夫だよ。ありがとう、支えてくれて」
　自分の足でしっかりと立ってみせると、リクはキレイな顔に安堵を浮かべ「よかった」と声にする。
「お前、体が丈夫なほうじゃないから無理するなよ？」
　そうなのだ。
　私は小さなころから体が強いほうではなく、ちょっとし

たことで体調を崩しやすかった。私のお母さんも昔からそうだったらしいから、たぶん遺伝なのだろう。
「うん。気をつけます」
「そうして。にしても、小春の風邪、よくうつされたよなー」
　表情に、からかいの色を浮かべてぼやいたリク。
「ご、ごめんね」
　たしかに覚えはあった。
　最近はそうでもないけど、小学校のころは頻繁に一緒にいたから、よく風邪をひいていた私はリクにうつしてしまうことが多かった。
「インフルエンザのときなんか、本当に最悪だったし」
「だからごめんってば」
　再度謝ると、リクは笑う。
「冗談。べつに嫌だと思ったことないから」
「ええ？　普通は迷惑でしょ」
「全然。むしろ堂々と学校を休めるし大歓迎」
　ああ……そういうことか。
　たしかに、リクは風邪ひいても元気だもんね。熱が上がるとなぜかテンションがハイになる人だっけ、なんて思い出していたら、「何より」とリクが続ける。
　私が言葉の続きを瞬きしながら待っていれば、リクは温かく微笑んで。
「お前の風邪なら、いくらでももらうよ」
　そう、言った。
　なんだかちょっと意味深にも聞こえるリクの発言に、ド

キッとする私の心臓。

　私はそんな胸の高鳴りに戸惑いつつも、あきれたような笑みを見せて。

「だったら遠慮なくうつしちゃうね」

　がんばっていたずらっぽく告げると、自分の教室へと戻るべく生徒の声が行き交う廊下へと出た。

　……まだ、心臓がトクトクと反応している。

　リクが優しい言葉をくれるのは珍しいことじゃない。

　他の女の子にだって、冗談めかしながらも言っているのを聞いたことがある。

　だけど……あんなふうに微笑まれて言われたら、変に意識してしまう。幼なじみだから見せる一面、なのかな？

　電子辞書を胸の前に抱えて教室に入る。

　ふと、視線を感じて室内を確認してみれば、よっちんがジッとこちらを見ていた。

　よっちんの席は私のうしろ。

　私はそのまま歩み寄る形で自分の席に座る。

「……小春」

「な、何？」

　肩越しに答える私に、再び届くよっちんの声。

「何かあったでしょう？」

　ああ、やっぱり気づかれた。

　勘のいいよっちんなら、私の些細な心境の変化に気づくとは思っていたけれど……。

「何かって、何？　何もないけど」

まさか幼なじみのリクのひと言でドキドキしちゃいました、なんてことを正直に言えるはずもなくごまかす。
　けれど、よっちんは少しだけ口角を上げてから唇を動かした。
「幼なじみって、とてもやっかいな関係ね」
　言葉を紡ぐよっちんの声は、少し楽しそうだ。
「小春は変化が怖い？」
「え？」
　いきなり変化が怖いかと聞かれて、私はやっとよっちんのほうへと振り返る。
　よっちんは、目を細め微笑んだ。
「どちらかが欲しがっているなら、怖がっても変わる日が来るのは必然」
　欲しがる？　必然？
　よっちんの言葉が難しく聞こえて私が首をかしげると、彼女はフフッとわずかに声を漏らして笑って……。
「どんなふうに変えるかは、小春次第かもしれないね」
　そんな言葉を残したのだった。

救いの笑顔

　ひらり、ひらり。青空の下、薄紅の花びらが舞い散る。
　緩やかに降る桜の雨の下で、1人の少年が肩を震わせ、声を押し殺しながら泣いていた。
　膝を抱えて、顔を伏せて。
「どうして泣いてるの？　かなしいの？」
　小さな私が少年に問いかける。
　けれど返事はなく、心配になった私は、一歩、また一歩と少年に歩み寄った。
　彼は相変わらず私と同じくらいの小さな背を丸め、泣いている。
　泣かないで。元気を出して。
　そっと少年に触れようと手を伸ばせば、嫌がるようにパシンと音を立てて払われた。
　仕方なく同じように桜の木を背にしゃがみ込む。
「わたし、こはる。あなたはどこのおうちのこ？」
　返ってきた、小さな声。
「……」
　よく聞き取れなくて、耳を澄ますと……。

　——ピピピピ、ピピピピ。
　聞き慣れたアラーム音が遠くでしているのに気づいて。
　世界が一気に暗くなると、桜の景色は……見慣れた天井

へと変わっていた。
「……夢？」
　起き抜けの掠(かす)れた声は、自分の声。その声がいつもと違う感じがした私は、体を起こすとさらに違和感があることに気づいた。
　なんだか体がちょっとだるい。
　……そういえば、昨日めまいを起こしたんだっけ。やっぱり体調を崩していたんだなぁ。
「小春〜っ、そろそろ起きなさーい」
　階下からお母さんの声。
　私は「はーい」と返事をすると、気だるい体を起こして部屋を出たのだった。
　なんとなく覚えている夢を、脳内で再生しながら。

「う〜ん……やっぱりちょっとだるいなぁ……」
　晴れ渡る空の下、学校へと向かって歩きながら体の節々に若干の痛みを感じていた。
　この痛みは熱が出る予兆だと、私の経験が語っている。授業を受けていて悪化したら、保健室で休ませてもらおうかな、なんて考えていたら。
「おはよう小春」
　同じく登校中の奏ちゃんに、さわやかな笑顔とあいさつをもらった。
「おはよう、奏ちゃん」
　微笑んであいさつを返した私。

いつもどおりに振る舞ったつもりだったけど……。
「小春、ちょっと顔色が悪い気がするけど」
　どうやら具合が悪いのが伝わってしまったようだ。
　心配そうな顔をした奏ちゃんに私は苦笑いする。
「大丈夫。ちょっと風邪ひいただけ」
「大丈夫じゃないだろう？　無理しないで今日はこのまま帰ったほうが……」
「平気だよ？　無理だと思ったらちゃんと保健室に行くし」
　心配性の奏ちゃんをなだめるように言うと、「本当に無理はするなよ」と念を押された。
　私は頷くと、思わず笑う。
「奏ちゃんの中で、私はいつまでたっても小さいころの小春なの？」
「え？」
「昔から変わらないから、奏ちゃんの対応」
　風邪をひくたびに、無理しちゃダメ。今すぐ帰ろう。ちゃんと寝なきゃダメだよ。
　奏ちゃんはそうやって私の体を心配してくれていた。
　出会ったころからずっと。
　逆にリクは、大丈夫かと聞くわりには、お見舞いに来るたびに暇だろうから遊んでやるとか言って、寝ている私を巻き込んで遊び始める人だ。
　だから、よくうつしてしまったんだろうなぁ。
　少し困ったような顔をしていた奏ちゃんの言葉を待ちながら、思い出を振り返っていたら。

「ちゃんと、ひとりの女の子として見てるよ。子供扱いなんてしてない」

　視線は街並みのほうに向いていたけど、予想以上に真剣な答えと声色が返ってきて。

　私を異性として見ていると言われた気がして、心臓がドキンと反応した。

「そ、そうなんだ」

　奏ちゃんにこういうことを言われたの、初めてだ。でも、これは特別な意味なんてない。ただ、子供扱いはしていないよと伝えてくれただけ。

　私は「それならよかった」と笑顔で続けて話題を変えることにした。

「そういえばね。今日、気になる夢を見たの」

「え？　……あ……夢？」

　どうして夢の話を振ったのか自分でもわからない。けれど、それがポンッと頭に浮かんだのだ。

　話を急に変えられて奏ちゃんが戸惑っているのはわかっていたけど、私はそのまま続ける。

「うん、あのね……」

　桜の風景と小さいころの自分。そして、そこに自分と同じくらいの小さな男の子がいたこと。

　私は奏ちゃんに今朝見た夢の話をする。

「小さいころの僕たちかな？」

「やっぱり、そう、なのかな？　でも、もっと幼い子に見えたような……」

そんな気もするし、違う気もする。でも、懐かしい気がするのはたしかだ。
　どうしてそんな感じがするのか。
　ぼんやりと考えながら、まだだるい体を動かし歩いていると、奏ちゃんが口を開いた。
「小春、覚えてる？　僕たちが出会って間もないころに、僕がケガしたときのこと」
「市民の森を冒険したとき？」
「そう、そのとき」
「もちろん覚えてるよ。奏ちゃんの足からいっぱい血が出てて、ビックリしたから」
　それはもう鮮明に覚えている。

　私とリクが小学校４年、奏ちゃんは５年生の夏のある日。
　リクの提案で、私たちは学校から少し離れたところにある市民の森と呼ばれている森林公園へ冒険しに出かけた。
　レクリエーションや野外活動の場として使用されている森は広く、アスレチックもあって男の子たちには人気の遊び場所だった。
　そこで私たちはかくれんぼをしていた。
　鬼はリクで、私と奏ちゃんはふたりで隠れる場所を探していたとき……。
『う、わああぁぁっ！』
『奏ちゃんっ』
　突然、奏ちゃんが急斜面を転げ落ち、足を切るケガをし

てしまった。
　血がドクドクと流れていて、その光景は、今思い返してもすごく怖いもので。
　だけど、痛い痛いと泣く奏ちゃんを見ていたら、子供ながらに励ましてあげなくちゃと思って……。
『奏ちゃん、大丈夫だよ。小春のパワーを分けてあげる』
　笑顔で励ましたんだ。そして奏ちゃんが頷いたときにリクが現れて、リクは自分より少し大きい奏ちゃんをおんぶすると大人のいるところまで運んだ。
　思い出して「懐かしいね」と口にすると、奏ちゃんは頷いてから私に微笑みを向ける。
「あの日、小春の笑顔に救われたんだ」
　そして、そう告げると、さらに優しい笑みを浮かべて。
「それからずっと、小春の笑顔に救われてる。ありがとう」
　と言った。
　私は何も言わず微笑むことで応えたけど、本当はちょっと引っかかった。
　だけど風邪でボーッとし始めていた私の頭では、それがなんなのかまでは考えられないまま……学校に到着したのだった。

「あー……もうそろそろ限界かも」
　3時間目が終わり休み時間になった途端、机に突っ伏した私。うしろの席に座るよっちんが声をかけてくる。
「だったら保健室。連れていこうか？」

「大丈夫。ひとりで行ける。ありがと」
「戻らないようなら先生に伝えとこうか？」
「お願いします」

　よっちんの優しさに素直に甘え、私はノソノソと席を立つと教室をあとにした。

　消毒液や湿布の独特の匂いがする保健室は、日差しが差し込んでいて暖かい。中では保健の先生がひとり机に向かっていた。
　ピピピ、と音がすると、密かにファンクラブまであるらしいイケメンの中村先生が私に向かって手を伸ばす。
　私はそれに従ってワキに挟んでいる体温計を取り出し、先生に渡した。
「38度7分」
　少し低くてセクシーな先生の声が、私の体温を告げる。
「なんとなく景色がユラユラしてるのは気のせいじゃなかったんですねー」
　アハハと力なく笑うと、先生は「アホか」と口にして小馬鹿にするような視線を私に向けた。
　もともとクールな瞳がさらに冷たさをまとっている。
「いつから調子が悪かった」
「んと、朝からです。ただ、昨日ちょっとめまいがしたから、もしかしたらそのときからかも？」
「めまい？　熱が出る前にか？」
　聞き返されて私がコクンと頷けば、先生はどこか腑に落

ちない様子で目を細めた。
「……それは風邪とは別のケースもあるぞ。睡眠不足や低血圧とか」
「そうなんですか？」
　睡眠はちゃんととっているつもりだった。ただ、血圧は低いほうだからそのせいかもしれない。風邪をひいていたから出やすくなったのかな？
　私が首をかしげると、先生は組んでいた足をほどき椅子から立ち上がった。そして、ひらりと白衣の裾をなびかせながら、白い冷蔵庫の前に立つ。
「とりあえず少しベッドで休んでろ。それでも辛いようなら早退だな」
　そう言うと、先生は氷枕を私に差し出した。
　私が冷えたそれを受け取ると、先生はまた椅子に腰かけて、デスクの上に広げていた書類らしきものにペンを走らせる。
　私はその光景をボーッとした頭で見ながら、ゆっくりと椅子から腰を上げた。
「ベッド、少し借ります」
「ああ」
　ノソノソと移動して、清潔感のある白いシーツに包まれたベッドに潜り込む。
　自分のベッドとは違う、やわらかな香りもお日様の香りもしない消毒液のような匂いに、ああ、保健室だなと感じながらまぶたを閉じる。

なんだかベッドに横になった途端、一気に体がだるくなった気がした。起きているときって、知らないうちに気を張っているのかな……。
　熱で体力を奪われているのか、すぐに睡魔が襲ってきて。
　私は起きたら少しでも楽になっていることを祈りながら、眠りについた。

ひび割れ

　ひらり、ひらり。
　空は青く、優しい風に薄紅の花びらが踊るように舞い散る。その光景に、冷静な自分が「ああ、またこの夢だ」と声をこぼした気がした。
　小さな私が、うずくまり泣いている少年に声をかける。
「わたし、こはる。あなたはどこのおうちのこ？」
　返ってきた、小さな声。
「……」
　やはり、よく聞き取れない。
　けれど、夢の中の小さな私は少年に向かって話しかけた。
「迷子になっちゃったの？」
　私の問いかけに、少年はうずくまったままの姿勢で首を小さく横に振り……。
「ぼく、ひとりぼっちになっちゃった」
　涙まじりの声に、私が答える。
「ひとりじゃないよ」
「ひとりだよ」
「こはるがいる。そしたら、ひとりじゃないでしょ？」
　黙った少年。
　小さな私は、幼い声ながらもハッキリとした声で告げた。
「ずっとずっと、いっしょにいるよ」
「ずっと、いっしょ？」

少年の肩の震えが止まって。
「うん、やくそく！」
　私が笑顔で答えたそのとき。
　儚(はかな)くも美しい景色が遠ざかっていった……。

「ん……」
　夢から覚めて最初に感じたのは、体のだるさと寒気だった。どうやら私の中に住んでいるウイルスは思いのほか強い子らしく、鋭意活動中のようだ。
　すると、いつの間にか閉められたカーテンの向こうから誰かの話し声が聞こえて。
「じゃ、任せたぞ」
　中村先生の声がしたかと思うと、保健室の扉が閉まる音が続けざまに耳に届き、次いで、カーテンが遠慮がちなレール音を立てながら開く。
　てっきり先生が開けたのかと思っていたのに、そこに立っていたのは……。
「……リク？」
　リクだった。
「あれ、起きてた？　せっかく来たのに残念」
「どうして残念なの？」
　ベッドに横になったまま問いかければ、リクはニコッと笑って。
「寝てたらチューしてやろうかと思って」
　冗談だとわかっているけど、そんなことをサラリと言う

リクの思考回路がわからない。
　とりあえず相手にしてもしょうがないと黙っていると、気まずさを感じたのかリクの笑みが苦いものに変わった。
「ウソ、ウソです、ごめんなさい」
　謝ったあと、今度は見慣れた微笑みを浮かべるリク。
「本当はお前を送りに来たんだ」
　そう言ったリクの手には、ふたり分の鞄。
　ひとつはリクので、もうひとつのは私の鞄だった。
　それを足元に置くリクを見ながら、どうして私が保健室にいるのを知っていたのか聞けば、よっちんから聞いたのだと教えてくれた。
　授業に戻ってこなかったから、よっちんなりに判断してくれたのだろう。
「お前の担任には、たった今、中村センセが伝えに行ってくれたから」
　そう言って、私のおでこに手を伸ばし、触れた。
　おでこを覆うリクの手は、少しだけ冷えている。
「熱、高いな」
「……リクの手、冷たくて気持ちいい」
「そう？　役に立てて何より。起きれる？　送ってく」
　リクの言葉に私は頷くと、彼の手を借りながらゆっくりと体を起こす。
　私を支えて歩く彼の腕は……たくましくて、力強い、男の人のものだった。

到着した家の中に人の気配はなかった。

どうやら、いつもは家にいるお母さんはどこかに出かけているみたいだ。

「小春のお母さんは留守？」

「……みたい」

「そっか。じゃあ、俺がちょっと手伝うよ」

玄関で靴を脱いで家に上がると、リクは慣れた様子でキッチンへと続く扉に手をかける。

「パジャマに着替えておけよ。俺、飲み物持ってくる。あ、薬の場所は？」

「んと……カウンターの棚に入ってる」

「オッケー」

キッチンへと消えたリク。

私は自分の部屋に向かいながら、昔からリクは頼りになるな……と熱で沸騰しそうな頭で思っていた。

優しくて頼りになる。

女の子からだってモテるし、告白されたことだってあるはずなのに……リクに彼女ができたという話は聞いたことがない。

好きな子は、いるのだろうか？　なんて考えた直後。胸の奥がチクンと小さく痛む。

……熱のせいで、心臓に負担がかかっているのだろうか。

早く治さないと。

洋服の入っているチェストの引き出しからパジャマを取り出した私は、着替えるために制服を脱ぎにかかる。

ボタンを外したワイシャツを、腕から引き抜いた……そのとき。
　——ガチャリ。
　閉めていた部屋の扉が開いて。
「……あ」
　開いた扉の向こうに立っていたリクが、目を丸くして私を見ていた。
「えっ……リ、ク……」
　最悪のタイミング。
「ご、ごめんっ！　わざとじゃないからっ！」
　焦ったリクが早口でそう言って。
「わっ、わかったから、とにかく閉めて！」
　熱もブッ飛ぶほどに驚いて懇願すると、リクは慌てて扉を閉めた。
　……み、見られた？　絶対に見られたよね。
　せめて、パジャマを羽織ってからだったらよかったのにっ。
　恥ずかしさと戦いながら、とにかくパジャマに着替えていると、ドア越しにリクの声が聞こえた。
「ほんとごめん」
　沈んだ声に私は答える。
「いいよ。わざとじゃないんでしょ？」
「うん……って、そんな簡単に許せるもの？」
「だって、わざとじゃ……」
「見られてなんとも思わなかった？」

「え?」
　聞かれた言葉の意味がわからなくて返答できずにいると、またリクの声がドア越しに届く。
「恥ずかしいとか、そういうの、なかった?」
「それは……」
　思ったよ、と答えようと声を出したけど続かなかった。
　それを言ったら、何かが変わるような気がしたからだ。
　なのに……リクは、言葉にした。
「俺、男だよ。幼なじみだけど、男だ」
　少し苦しそうなその声に、私の心臓がキュッとなる。
　私たちがこれまで築いてきた何かに、ヒビが入ったような気がした。
「……なんてね。それより、着替えはオーケー?」
　いつもの調子で明るく言ったリク。
　着替えをすませた私は「うん」と返し、ベッドの上に腰かけた。
　それと同時にリクが部屋に入ってくる。
「はい、薬と飲み物。じゃ、あとはおとなしく寝て、お母さんたちが帰ってくるのを待ってな。あ、寝られないなら俺が遊び相手になってやろうか」
　さっきの会話がウソみたいに、リクはいつもどおりのリクだ。本当なら、このまま私もいつもどおりにすればよかったのに。
「……リク」
「うん?」

そうしなかったのは、熱のせいか……それとも、どこかでもう、入ったヒビは修復できないんだとわかっていたからかもしれない。
「リクも奏ちゃんも変わってく。私たちは、変わってくの?」
「小春……」
　リクのまとう雰囲気が、少し真剣なものに変わったのがわかった。
　私は熱に浮かされたように心の声を口にする。
「奏ちゃんも……私を女の子として見てるって……」
「奏チャンが?」
　朝、奏ちゃんも言っていた。
「子供じゃないって……」
　私たちはもう、無邪気に笑って手をつなげるような子供じゃない。幼なじみだけど……。
「……そう、だな……」
　リクの言っていたとおり、男と女なんだ。
　そのことがなんだか寂しくて。大好きなリクと奏ちゃんが、遠くに行ってしまうような気がして。
「ごめ……リク……少し、寝るね」
　悲しい思考を隠すように、私はまぶたを閉じた。
「……うん。おやすみ」
　リクの返事が聞こえると、私は眠りの世界へと落ちていった。

第2章

大切なもの

　パンパンパンと、乾いたピストル音が晴れ渡る空の下で響いた。
　今日は体育祭。
　最近まで体育の授業は体育祭に備えての練習が続いていて、今日はその本番だからと張りきっている生徒の姿が多く目につく。
　運動が苦手な私は、騎馬戦でどうにか落ちつくことができたのが幸いだ。
「宣誓！」
　校庭に、司会を務める体育祭運営委員長のハキハキとした声が響き渡る。
　いよいよ体育祭の幕が上がった。
　私は、よっちんと一緒に自分のクラスの応援兼待機スペースに座ると、赤いハチマキをカチューシャのようにして頭に締め直す。
　ハチマキの色はチームの色だ。
　学年問わず、A・B組は赤、C・D組は青、E・F組は白に分けられていて、色別対抗戦となっている。
　学年の壁を越えて優勝に向けて盛り上がるのは、小中高、どこの学校もだいたい同じだろう。
　体育祭運営委員の女子生徒が、アナウンスで最初の種目の名前を告げると、各色の応援団が大きな旗を掲げた。

赤・青・白の旗は、穏やかな風をその身に受けて、気持ちよさそうにはためく。
　青空と、大きな旗と、生徒たちの声援。
　競技が行われるたびに空中を舞う砂埃は少し煙たかったけど、活気ある雰囲気のおかげで不思議と嫌な気分にはならなかった。
「小春、そろそろ移動だって」
　よっちんに声をかけられた私は、ひとつ大きく頷くと立ち上がる。
　現在の種目は100メートル走。これが終われば、私が出る騎馬戦だ。
　ちなみに、100メートル走の前には200メートル走が行われた。
　それには奏ちゃんが参加していて、気合を入れて応援した結果、堂々の１位だったんだけど……。
「柏木先輩、さすがだね」
　私と一緒に騎馬戦に参加するよっちんが、移動しながらその話題を口にした。
「勉強もできてスポーツもできる。顔もよし、性格もよし。そんな人が本当にいるんだね」
　奏ちゃんを分析する、よっちんの声は淡々としている。
　顔も、いつものとおり涼しいままだ。
「奏ちゃんは奏ちゃんだよ」
「そうね。でも、彼はきっと、ウソつきだと思う」
「……え？」

穏やかじゃないよっちんの言葉に、私は思わず足を止めてしまう。よっちんはそんな私に気づいて振り返った。
「奏ちゃんが、ウソつき？」
「私には、そう見えるの」
　薄く微笑んだよっちんはそう言うと、私に「早く行こう」と促す。
　私はなんとか頷いてよっちんの隣を歩いたけど、頭の中は『ウソつき』という言葉の答えを探していたのだった。

　午前の部が終わった。
　色別の中間順位は今のところ白組が１位、赤組が２位だ。
「よっちんはサンドイッチなんだ」
「うん。ひとついる？」
「わーい！　じゃあ私のおにぎりもひとつどうぞ」
　現在は、お昼休憩中。
　私とよっちんは、お弁当を広げて腹ごしらえをしていた。
　すると、隣のクラスの男子が爆笑している声がして。
　よっちんからもらったサンドイッチをかじりながら視線を向ければ、数人の男子生徒の中心にリクがいた。
　なんの会話をしているのかはわからないけど、リクも楽しそうに笑っている。
　……熱を出したあの日以来、リクとはあまり話をしていない。
　べつに避けているわけではないんだけど、一緒にいる機会がないまま今日まで来ていた。

リクも奏ちゃんも、幼なじみだけど……男の人で。私は、女で。それは、子供のときから信じていた「いつまでもずっと仲よし、ずっと一緒」という関係性が、もう形を変えてしまったという現実。
　仲よし。ずっと一緒……。昔は心地よかったソレが、今はこんなにも苦しい。
　ふと、リクの視線が私の視線とぶつかった。
　私の心臓がドキリと反応して、リクも私が見ていたことに驚いたのか、ちょっとだけ目を丸くする。だけど、すぐにその瞳が細められて微笑まれた。そしてまた、クラスメイトとの会話に溶け込んでいく。
　……普通だ。
　リクにとって、私たちが変わっていくことはなんでもないことなのかな。
　当然のように受け入れられているのだろうか。
　──パクリ。
　最後のひと口分になったサンドイッチを頰張ったとき。
「あ、いたいた。小春！」
　さわやかな笑顔を浮かべて私の名前を呼んだのは奏ちゃんだった。
「奏ちゃん。あ、さっきは１位おめでとう！」
「ありがとう。小春の応援してくれる声、聞こえたよ」
　そう教えてくれた奏ちゃんはうれしそうに微笑んだ。
　き、聞こえてたのかぁ。
　応援は届くようにするものだけど、実際に聞こえたと言

われるとちょっと恥ずかしい。
「そうだ。これ、デザート」
　そう言って奏ちゃんが差し出したのは、透明なフィルムの袋に入ったカップケーキたち。
　カラフルにデコレーションされていて、どれも可愛い。
　まるで女の子の夢がたくさん詰まった宝石箱みたいだ。
「朝、父さんからもらったんだ。差し入れだって」
「わぁっ！　うれしいっ」
　思わぬサプライズに私は歓喜の声を上げた。
「双葉さんも一緒にどうぞ」
　奏ちゃんがニッコリと笑みを浮かべて、よっちんにもカップケーキを勧める。
「ありがとうございます」
　よっちんがお礼を言って、私がカップケーキを受け取ると、やわらかく微笑んでいた奏ちゃんが少し心配そうに眉間にシワを寄せた。
「小春、体調は？」
「うん、もう大丈夫」
　奏ちゃんに問われて私は微笑んで答える。
　熱を出した翌日、さすがに私は学校を休んだ。
　奏ちゃんはそれを誰かから聞いたらしく、昼間にメールをくれていた。朝の状態を知っていた奏ちゃんからのメールは、ちょっと叱りながらも励ましてくれる内容で。
　それを読んだ私は熱の出ているぼんやりとした頭で、奏ちゃんはやっぱり年上なんだなと思ったっけ。

たったひとつしか違わないけど、やっぱり１年でもそれなりの違いはあるのだ。
「ただ、まだちょっと鼻水が出てるけど」
　ティッシュの消費量がハンパなくてと笑うと、奏ちゃんも笑ってくれた。
「それ、陸斗にも分けてやって」
　リクの名前が出て、思わず返答に詰まってしまう。
　……さっき目が合ったときは普通だったし……普通に渡せばいいんだよね。
　そう思った刹那、リクの声が脳内でリフレインする。
『俺、男だよ。幼なじみだけど、男だ』
　今思えば、このあと茶化すように『なんてね』と続けられたけど、『俺、男だよ』と告げた声はふざけたものじゃなかった。
　リクがどんな心境で言葉にしたのかを考えたら、友達とじゃれ合うリクに自然と視線がいってしまって。
　ボーッとリクを見ていたら……。
「……小春？」
　奏ちゃんに声をかけられ、私はハッと我に返る。
「な、何？」
　慌ててリクから目を逸らし奏ちゃんに笑ってみせたけど、確実に笑顔が引きつったのが自分でもわかった。
　奏ちゃんは不思議に思ったのか、私が見ていた方向へと追うように視線を向ける。
　と、その瞳が一瞬鋭くなったように感じた。

「……陸斗を見てたのかい?」

「えっ……あ、うん。リクは今日も元気だなぁって」

　ごまかすように笑って言うと、奏ちゃんは少しの沈黙のあとに「そうだな」と笑った。

　だけど、その笑顔がなんだか無理しているように見えて。

　この前、奏ちゃんに言われた言葉を思い出した。

　私の笑顔に救われている。

　たしか奏ちゃんは、そんなふうに言っていた。

　救われているって、何を指しているのだろう。

　奏ちゃんは苦しんでいるの?

　話しにくい内容なので口に出さないままでいると、奏ちゃんは「そろそろ戻るよ」と言い残し、2年の席のほうへと戻ってしまった。

　そのうしろ姿を見送りながら、そういえば……と気づく。

　最近よく見る夢。その夢の中で、男の子はひとりぼっちだと泣いていた。

　奏ちゃんも小さいころに、ひとりぼっちだと言っていた。

　もしかしたら夢は、記憶?

　考えをめぐらせてみても答えは出ることはなく。ただ、どこかで引っかかりを感じながらも、リクにカップケーキを届けるために立ち上がる私。

「いっただきまーす」

　受け取ってカップケーキをかじるリクは、いつもと変わりなかった。

午後の部が始まった。

色別で行われる応援合戦はどのチームもパワフルなパフォーマンスを披露し、盛り上がりをみせた。

その熱気が冷めぬうちに始まったのは借り物競争だ。これまた生徒が楽しめる種目とあって、注目度はかなり高く、生徒たちの雰囲気も楽しそうで。

いろいろなものを手に走り回る走者を見て、私も楽しんでいた……んだけど。

「……小春」

「ん？」

よっちんに呼ばれて返事をしながら彼女を見れば、よっちんは「あそこ」と指をさす。

その指の先を追って視線を動かすと、そこには……。

「……リクだ」

次の走者の中に、リクの姿があった。

リクは軽く屈伸を繰り返し、スタートに備えている。

そして、ピストルの音が空気を震わすと、リクは勢いよく走り出した。

ひとり、ふたりと抜いて、あっという間にトップを走るリク。

セットされている机の上に並べられた数枚の紙の中から1枚を手にしたリクは、紙に書かれた"借り物"を見て一瞬考えた素振りを見せたあと……なぜか、私を見た。

「……あれれ？」

気のせいかとも思ったけど、リクはこちらをめがけて走

り寄ってくる。そして……。
「こーはるっ！　ちょっと付き合って」
　たどりつくなり私の手をグッと引いた。
　私はリクに手を引かれるままクラスの待機スペースから出されてしまい……。
「え、ちょっと何っ？」
　軽くテンパった私は、無意識に体を強(こわ)ばらせて足を止めてしまう。
　それを面倒に思ったのだろう。
「あー、もうっ、とにかく付き合えって」
　リクは少しイラついた声で言うと……。
「ええっ!?」
「走るから掴まれっ」
　あろうことか、私をお姫様抱っこして走り出した。
「なななな、何っ!?　降ろしてよ、リクっ」
「ダメ。説明はあとでするからさ」
　あとでと言われても、この状況は……。
　おそるおそる視線を校庭を囲む生徒に向ければ、ほとんどがこちらに注がれていて。
　恥ずかしくてまぶたをギュッと閉じると、今度はいくつもの冷やかしまじりの楽しげな声が耳に届く。
　体育祭っていうのは、少なからず生徒それぞれが活躍するわけだから注目を浴びることもあるとは思うけど……これは恥ずかしすぎるっ！
　羞恥心(しゅうちしん)に今すぐ透明人間になりたいなんて考えて。

白いテープを切り、1位でゴールしたリクの腕の中から解放された私は、地にしっかりと足をつけて彼をにらんだ。
　だけど、リクはププッと笑う。
「顔、真っ赤」
「リクのせいでしょ！」
「しょうがないんだって。借りるものがこれだったんだからさ……」
　そう言って、リクは1枚の紙を私に見せた。
　そこに書いてあった文字は……【大切なもの】。
「たい、せつって……」
　目を瞬かせてリクを見ると、彼は紙を私に手渡し、校庭の土に指で文字を書く。
【"物"は家にあるから無理で、"者"だったら小春しか浮かばなかった】
　──トクン、トクン、トクン。
　心臓が高く早く跳ねる。
　うれしくて？
　違う。うれしくてドキドキするのはこんなんじゃない。
　だったらこれは何？
　わからない。
　わからないけど、どうしてかリクの顔をまっすぐ見ていられなくて。
「あ、ありがと」
　リクにお礼を告げると……。
「どういたしまし……って、小春〜っ？」

ダッシュでリクの前から走り去った。
　今に始まったことじゃないのに。小さいころだって何度か言われていた。
『小春ちゃん、大好き』
　満面の笑みで言われて、私も大好きだと返していたのに。
　小春しか思い浮かばなかったというのも、それと同じだ。
　なのに、どうしてこんなに心臓が騒がしいの？
　顔が、熱い。心臓のドキドキがおさまらない。
　自分のクラスの待機スペースに戻ると、よっちんがクスリと笑った。
「ああ……もう、なんか、すごく疲れた」
　座った私がついこぼすと、よっちんは「お疲れ様」と労って背中をさすってくれる。
　本当に、どうしてかすごく疲れた。
　走ったせいなのか、それとも変に反応している心臓のせいか、完治してない風邪のせいかはわからないけど、体に感じる異様な疲労感にちょっとぐったりしてしまう。
　けれど、そんな状態でも私の頭の中では"大切な者"という言葉が何度もリフレインしていた。

約束の少年

「んー……なんでだろう」

休日のお昼前。

朝から部屋の掃除をしていた私は、体に違和感を抱き始めていた。

どうにも疲れやすいのだ。拭（ふ）き掃除をしても、掃除機をかけても、とにかく体を動かし続けるとすぐに疲れがやってくる。

今までこんなことはなかったんだけど……。

風邪のせいでまだだるさが抜けていないのか、それとも体育祭の疲れが残っているのか。

なんとか見た目はキレイになった部屋を見渡すと、私は掃除を中断してベッドに腰かけた。

スプリングがギッと小さく音を立てる。

座っているのも少しだるく感じ始め、ゆっくりと体を倒してベッドの上に横になった。なんだか少し心臓がバクバクしている気がする。

原因不明の不調に、まぶたを閉じた。疲れのせいか、窓から差し込む暖かい日差しのせいか。

うとうとし始めた私は、回復を願いながらそのまま夢の世界へと身を委（ゆだ）ね……気づけばまた、桜の景色の中に立っていた。

涙する少年に、私が笑顔とともに交わしたもの。

いつの間にか現実の世界へと引き戻された私は、ゆっくりと唇を開いて。
「……約束……」
　まだ少し寝ぼけたままだったけど、夢の中の自分が口にした言葉を声にしてみる。
　約束を交わした。
　ひとりぼっちだと泣いていた少年に、ずっと一緒にいると。……これは、夢じゃない気がする。
　確信はないけれど、私はこの光景をたしかに知っている気がした。
　小さいころ……私は、誰と約束を交わしたんだろう？
「ひとりぼっちに、なってしまった子……」
　ひとりぼっちと言えば、思い出すのは奏ちゃんだ。
　子供のころ、たしかにそう聞いた。でも、夢の中の光景と私たちの出会いの光景が一致しない。
　だとすると別の人なのか、それとも夢の中で過去が改ざんされてしまっているのか。
　どうしても、これがただの夢だと片づけられない私は、階下にいるであろうお母さんとお父さんに聞いてみることにした。
　体を起こすと感じていた不調はもうなく、安堵とともに部屋を出る。そしてリビングに入って、ソファでくつろいでいた両親に質問した。
「ねぇ、お父さんお母さん。私の小さいころ、リクと奏ちゃんの他に仲のよかった男の子っていた？」

新聞を読んでいたお父さんは、記事に目を通したまま答える。
「さあ？　覚えてないな」
「どうかしらねー。お母さんの知る限り、小春の仲よしはリクくんと奏くんしかいないと思うけど」
　だとしたら、やっぱりただの夢か……それとも、自分の都合にいいように記憶を改ざんしたのかな？

　結局、この日は答えが見つからないままだったけど、数日たっても気になり続けていた私は手がかりがあるかもと思い、放課後になるとリクと奏ちゃんを捕まえて学校の近くにあるファミレスに寄った。
　私たちが店員さんに案内された席は窓側の一番奥のソファ席。
　オレンジとブラウンを基調とした店内にはジャズっぽい曲が流れていて、比較的空いている。
　学生は私たちしかいないようだ。
　ふたりは私の向かい側に並んで座った。そして、ドリンクバーを３つ頼み、それぞれが好きな飲み物を注いで席に戻ったところで話を振る。
　奏ちゃんには前にも少し話したけど、と告げてから、夢の内容をふたりに話した。
　話している間、リクは視線をアイスコーヒーに落とし、ストローでくるくると氷をかき混ぜていた。
　奏ちゃんは私を見ていたものの、どこかボーッとした様

子だった。
「私、リクか奏ちゃんとそんな約束してるかな？」
　問いかけると、リクは相変わらずアイスコーヒーをかき混ぜながら、視線もよこさずに答える。
「さあ……どうだろ？　ま、俺たちだとしたら、ずっと一緒だったし約束は守ってるじゃん？　ね、奏チャン」
「え？　ああ、まあそうだな」
　相槌を打った奏ちゃんは曖昧な笑みを浮かべた。
「ふたり以外だったら約束を破ってるってことだよね」
　私が言うと、そこでやっとリクの視線が私へ向けられる。
　一瞬、心臓がドキリと跳ねたのは体育祭のことを思い出してしまったからだ。
　そんな私の動揺に気づかず、リクは私をまっすぐに見つめながら話す。
「……小春はずっと忘れてたんだろ？」
「夢じゃなければ」
「なら、それが実際にあったことだとしても、相手だってもう忘れてるんだろうし、気にしなくていいんじゃない？」
　リクは言い終えると、ストローを口に加えてアイスコーヒーをひと口飲んだ。
「でも、約束したし……」
　約束という軽くない行為に、なおも食い下がる私。
　奏ちゃんは黙ったまま、私とリクの会話を聞いているだけだ。
　奏ちゃん……体調でも悪いのかな、と気にしていたら、

リクのやわらかいけれど強さを持った声が耳に届く。
「いいんだよ。そんな約束に縛られることない」
　キッパリと言うリクに、私だけでなく奏ちゃんの視線も動いた。
　すると、リクはそっと微笑みながら再び口を開き……。
「もし俺が約束してもらったとしても、俺は小春の好きにしていいって言うよ。小春は、小春が大切だと思うヤツと一緒にいればいいってね」
　それは、いつもと違う、突き放すような言い方だった。
　……ううん、優しいのかもしれない。私の意思や想いを優先していいと言っているのだから。
　でも、突き放されたように聞こえてしまうのはなぜ？　心がズキズキと痛むのはどうして？
　期待、していたから？　だったら何を期待していたの？
　……わからない。今わかるのは……。
『小春しか浮かばなかった』
　私を大切だと言ったリクの言葉には、深い意味がないということだ。
　幼なじみだから、大切。ただ……それだけなんだ。
　リクの言葉になんの言葉も返せなくて、私は、話すことを優先していてまだ口をつけていなかった好物のメロンソーダを少しだけ口に含む。
　口内でシュワッと弾けた炭酸は、いつもよりチクチクと痛く感じた気がした。
「……俺、ちょっとトイレ」

会話の途切れたタイミングで、リクは行き先を告げて席を立った。
　私が「うん」とだけ返事をしてリクの背中を見送れば、奏ちゃんとふたりだけになる。
　静かに紅茶を飲む奏ちゃんは、やっぱりボーッとしている気がして。私はさっきも気になったことを聞いてみる。
「奏ちゃん、もしかして体調悪い？」
　顔色は悪くなさそうだけど、元気がない。
　心配になって奏ちゃんの顔をのぞき込むようにすると、奏ちゃんはちょっと驚いた素振りのあと、苦笑いする。
「いや、大丈夫だよ」
「本当に？　なんだかボーッとしてるよ？」
「うん……少し、気になることがあってね」
「気になること？」
「うん……」
　どこか覇気のない声で頷くと、奏ちゃんは考えにふけるように窓ガラス越しに広がる夕方の景色を眺める。
　なんだか思い詰めている感じにも見えて。
　だけど奏ちゃんが話さないなら無理に聞いちゃいけない気がした私は、明るい話題を振ることにした。
　思い出したんだ。奏ちゃんが私の笑顔に救われていると言ってくれたのを。
　だから私は、奏ちゃんに今できることをして少しでも元気になってもらおうと思った。
「ね、奏ちゃん。選抜リレーすごかったね」

「リレー？」
「そう。リクと奏ちゃんのアンカー、みんな白熱してたよ」
　体育祭、最後の競技となった色別対抗選抜リレー。
　赤組のアンカーはリクで白組のアンカーは奏ちゃんだった。青組がリードしている状況の中、青組のアンカーに続き奏ちゃんがバトンを受け取って走り出したけど、そのすぐあとを赤のバトンを受け取ったリクが走って。
　ふたりはあっという間に青組のアンカーを追い抜いて、生徒の大声援を受けながら走っていた。
　同着になるんじゃないかと誰かが話したとき、ゴール手前でリクが一歩分、奏ちゃんを追い抜いてゴール。
　そのときの赤組の歓声は今でも耳に残っている。
「奏ちゃんもリクも、昔から足が早くて羨ましいよ」
　続けて「いいなぁ」と笑った私。いつもだったら、運動音痴な私を励ましながら笑ってくれる奏ちゃん。
　だけど……。
「……陸斗にはやっぱり敵わなかったよ」
　今日は、自虐的な笑みを浮かべた。
「あ……でも、ほんのちょっとの差だったじゃない」
　私は励ました。笑ってほしかったから。
　なのに奏ちゃんは、またいつもと違う反応を見せる。
「けど、勝ちたかった」
　今度は、どこか悔しそうな表情を浮かべて……。
「陸斗にはいつも勝てないんだ。いつだって、陸斗は僕より一歩前を行く」

眉間にキュッとシワを寄せた。
　　　……そんなことない。
　　　勝ち負けがすべてだとは思わないけど、むしろ奏ちゃんのほうが勝っていることが多いのは、今日までの付き合いで知っている。
　　　だからそう言えばいいのに……言い出せない。
　　　今この場の空気が、奏ちゃんの醸し出す雰囲気が……。
　　　少し、怖いから。
「ただいまー」
　　　一方、トイレから戻ったリクの声はのんきなもの。
　　　だけど、正直ちょっとだけ助かったと思った。
　　　リクが混ざることでいつもの私たちの空気に戻れれば、とりあえずは奏ちゃんの気持ちも楽になるかと思ったからだ。もし奏ちゃんがリクとのことで悩んでいるなら、また別のときにちゃんと話を聞いてあげられればいい。
　　　私は席に座ったリクに笑みを向けた。
「おかえ……」
　　　おかえり。
　　　そう言って迎え入れようとした私の声は、「さっきの話だけど」という奏ちゃんの声で遮られてしまう。
　　　一瞬ドキッとする。
　　　リクには勝てないという話の続きだと思ったからだ。
　　　でも、違った。奏ちゃんの話とは……。
「約束したのは、僕だよ」
　　　どうやら、私が見た夢のことらしい。

「え？　夢の中の……？」
　確かめるように奏ちゃんに聞くと。
「そうだよ。小春が約束をしたのは、僕だ」
　奏ちゃんはキレイに微笑んで、頷いた。
　それとは反対に、隣に座っているリクはなぜか怪訝そうな顔で奏ちゃんを凝視している。
　リクがどうしてそんな表情になっているのかはわからない。けれど、約束した少年が奏ちゃんだと教えられて、なんとなく納得できる自分がいる。
　それはたぶん、ひとりぼっちというキーワードがあるからだ。
　ただ……どうして黙っていたのか。
　早く教えてくれればよかったのに、どうして今このタイミングで言ったの？
　疑問を解消したくてそれを口にしようとしたそのとき、奏ちゃんが「小春」と私の名前を呼ぶ。
　奏ちゃんが浮かべている表情は、さっきと同じでキレイな微笑みのままだ。その笑みに、言い知れぬ不安を感じるのはどうしてだろう。
「約束、守ってくれるかな？」
　尋ねられて、私は考える。
　約束とは『ずっと一緒』というものだ。
　さっきリクも言っていたけど、相手が奏ちゃんなら、私たちはずっと一緒だったし約束は守っていることになる。ならば、これまでと同じように仲よくし続けていけるなら、

約束はこの先も守られるのだ。
　だから私は首を縦に振って頷いた。
「もちろん。これからもよろしくね」
　仲よくしようね。
　そんなつもりで放った言葉だったのに。
　奏ちゃんは、言った。
「よかった！　小春のこと、大事にするよ。一生をかけて」
　──え？
　思考は、停止寸前だった。
　奏ちゃんの言葉の意味が理解できなくて、私はただ、固まっていて。
　向かい側に座る奏ちゃんはうれしそうにしている。
　瞬きをして、奏ちゃんの隣の席を見れば……リクは、悲しげに眉をひそめて奏ちゃんの横顔を見つめていた。
　その視線が、ふと私に向いて。
　悲しげな瞳のまま、微笑んだ。
「なんか俺、お邪魔だよな。帰る」
　そう言いながらリクは伝票を手にすると、会計へと向かってしまった。
「あ……リク……」
　こぼれた声はリクには届かない。
　思考はいまだ正常には動いてくれないけれど、それでも心が感じていたのは……リクが離れていってしまった寂しさと、痛みだった。

大嫌い

「おはよう、小春」

　朝、登校するために玄関から一歩出た私を迎えるのは、奏ちゃん。

　薄曇りの空の下で優しい笑顔を浮かべる奏ちゃんは、私のよく知る奏ちゃんだけど……。

「奏ちゃん、おはよ」

「行こうか」

　私の意思などかまわずに毎朝迎えに来て隣を歩く奏ちゃんは、私の知らない奏ちゃんだ。

「今日はもしかしたら雨になるかもしれないってニュースで言ってたよ」

「そうなんだ。傘、持ってきてないのになぁ」

「僕が持ってるから、降っても大丈夫だよ」

　今日も教室まで迎えに行くから。

　やわらかい笑みでそう言った奏ちゃんの髪が、不意に吹いた夏の香りがする風になびいて揺れる。

　奏ちゃんは、約束の少年が自分だと告白してから、こんなふうに私に接するようになっていた。

『小春のこと、大事にするよ。一生をかけて』

　あのとき言ったとおり、奏ちゃんは私を慈しむようにそばにいる。まるで……恋人のように。

　……違う。

奏ちゃんにとって私は、もうすでに恋人なのだ。
　こうして隣に並び、ときどき伝える。
「小春とこんなふうに一緒にいられるなんて、幸せだ」
　そして、問われる。
「小春も、同じように想ってくれてるよね？」
　弱虫の私は、ただ微笑むことで答えるだけ。そして、心の中で奏ちゃんに問いかけるの。
　奏ちゃん、どうしちゃったの？　頭のいい奏ちゃんなら、あのファミレスでの私の返事がどんな意味かなんてわかるはずなのに。
　やがて学校が見えてきて登校する生徒の姿が多くなってきたころ、「小春」と奏ちゃんが私の名前を呼んだ。
　私が視線を向けると、奏ちゃんは相変わらず微笑みを浮かべながら言う。
「今日、デートしようか」
「え……デートって……」
「僕たち、まだちゃんとしたデートしてないだろ？」
　やっぱり、と思った。
　奏ちゃんは私と付き合っているつもりでいる。
　どうして？　何がどうしてこうなっているの？
「奏ちゃん……私はそんなつもりで」
　ここ数日の間、ずっと思っていたこと。ずっと伝えたほうがいいと思っていた言葉。
　そんなつもりで『よろしく』と言ったんじゃないの。
　このまま流されてちゃいけない気がして、今しかチャン

スがないような気がして声にしようとしたのに。
「制服のままだけど、どこか遊びに行こう。行きたいとこ考えておいて」
　奏ちゃんは、まるで作り物のようなキレイな笑みを浮かべて、一方的に決めてしまった。

　昇降口で奏ちゃんと別れた私は、教室に入るとゆっくりと息を吐きながら自分の席に腰を下ろす。
　よっちんはまだ登校していないようで、教室内に姿はなかった。
　ぼんやりと深緑の黒板を見つめながら、奏ちゃんのことを考える。
　みんなに好かれている奏ちゃんは、自慢の幼なじみだ。
　恋や愛ではないけれど、大好きで大切な人。
　その奏ちゃんが変わってしまった。知っているようで、知らない奏ちゃんに。
　成長による変化じゃない。それとは違う変化。
　最初にそれに気づいたのは……いつだった？
　明らかにおかしいと思ったのは……そうだ。リクにはいつも勝てないと言っていたときの様子だ。
　やっぱり奏ちゃんは何かに悩んでいて、こんな展開になってしまっているんだろうか？
　この前は別のときに聞けば……なんて思っていたけど、もうちゃんと聞くべきかもしれない。それに他にも聞きたいことがある。

ひとりぼっちの意味や、私の笑顔に救われていると言っていた意味。約束した少年だったなら、どうして黙っていたのか。もしかしたら全部つながるかもしれない。
「……だとしたら、今日のデートはチャンス？」
　思わず声に出してしまうと、いつからいたのかうしろからよっちんに「どんなチャンス？」と声をかけられた。
「わあっ!?　い、いたのね、よっちん」
　驚きでバクバクと弾む胸を押さえながら振り向くと、よっちんは少しだけ目を細めて口元に笑みを浮かべながら頷く。
「うん。おはよう小春。それで、今日はデートなの？」
　小首をかしげた、よっちん。
　彼女のキレイな黒髪がサラリと肩から落ちた。
「あ……うん。そう、みたい」
　少し言葉に詰まって、他人事のように答えてしまう。
　苦笑いした私に、よっちんは相変わらず微笑んだままの表情で、薄くて形のいい唇を動かした。
「歯切れ悪いね。ところで噂になってるよ。柏木先輩と小春が付き合ってるって」
「あー……そうなんだ」
　……リクも、その噂を耳にしたんだろうか。リクも、付き合っていると思っているのだろうか。
　――チクリ。
　胸の奥が痛んで、私は唇を引き結ぶ。
「どうして暗い顔するの？」

「うん……ちょっと、いろいろあって」
　苦笑いもできず、暗い表情のままそれだけ答えると、よっちんは「そう」とだけ声にして。
　それから……。
「彼も暗い顔してるね、最近」
　誰かの話をした。
「……彼って誰？」
「本庄陸斗。荒れてるみたいよ」
　リクが……？
「あ、荒れてるって？」
「ケンカ、参戦率が上がってるって」
「えっ」
　どうしてそんなことにっ？
　疑問に思ったら、じっとしていられなくて。
「ちょっと、リクのところ行ってくる！」
　私は勢いよく立ち上がると、登校してきた生徒を押しのけるように教室を飛び出した。

　廊下から隣のクラスをのぞき込み、リクの姿を探す。けれど、リクはまだ登校していないのか教室には姿がない。
　仕方なく教室のドアの横に立って、リクが登校してくるのを待った。
　よっちんは、リクが暗い顔をしていると言っていた。
　何かがあって、ケンカの参戦率が上がったってこと？
　何があったの？

「……小春？」

 聞き慣れたリクの声がして、無意識に足元へ落としていた視線を上げる。

 私を見て小首をかしげているリクの頬には、絆創膏(ばんそうこう)がひとつ。私は眉根を寄せてリクの腕を掴むと、同じ階にある踊り場まで連れ出した。

 少し広い踊り場は、朝のためか寄りつく生徒はいない。

 それでも教室に向かう生徒が通るので、私はなるべく冷静な声で聞いた。
「ケンカ、いっぱいしてるの？」

 聞かれたリクは、アハハと苦笑いを浮かべて。
「まあ、ちょっとね。あー、でも心配しないでいいよ。今のとこ負けてないし」
「そういう問題じゃないよ。いっぱいケンカしてるなんてどうして？　何かあったの？」

 他校の生徒とケンカする。今までにも何度かあったケンカは、本人いわく、どれも助っ人として参戦してたものだ。

 けど、頻繁じゃなかった。
「トラブルに巻き込まれてるの？」
「……トラブル、ね。ある意味そうかもしんない」

 ふと、リクの表情が暗くなって。
「……リク？　だいじょ……」

 心配になって声をかけようとしたのだけど。
「そうだとしても、関係ないよ」

 リクの、キッパリとした声に遮られた。

「……え？」
「小春には、関係ない。だからもう気にしなくていい。俺のことは」

　リクは微笑むでも、怒るでも、悲しむでもなく……。
「俺の心配なんてしなくていいから、奏チャンと仲よくしてなよ」

　初めて見る冷たい瞳と態度で、そう言った。
「……どう、して？　どうして、そんなこと言うの？」
「だから、関係ないからだよ」

　面倒そうな表情。誰かに向けられているのを見たことはあっても、私に向けられたことのない表情。

　わからない。リクがわからない。大切だと、言ってくれていたのに。

　——ポタリ。

　頬に、涙が伝って落ちた。

　私の涙にリクは一瞬目を丸くしたけど、すぐに視線をそらして。
「……」

　無言のまま立っているだけだった。
「……らい」

　胸が張り裂けそうな痛みに、感情が高まって。
「リクのバカ！　だいだい、大っ嫌いっ！」

　ひどい言葉をリクへと放つと、私は彼に背を向けて逃げるように走り去った。

　私たちの関係が壊れていくのを、感じながら。

ごめんね

　雨が降りそうで降らないどんよりとした曇り空の下、私は奏ちゃんとふたりで駅前広場のベンチに腰かけていた。
　『行きたいとこ考えておいて』と言われたけど、リクのことがあって結局思いつかなくて。
　そのときなんとなく頭の中に浮かんでいたクレープが食べたいと奏ちゃんに言ったら、駅前の評判のいいクレープ屋さんに行こうと提案されて、現在、広場を行き交う人を眺めながらクレープを食べている。
　私はいちごと生クリーム、レアチーズケーキ入りのクレープ。奏ちゃんはチョコバナナクレープにした。
　……おいしいけど、やっぱりいつもみたいに食べられそうにない。
　体の倦怠感(けんたいかん)もその原因だけど、それよりも、朝のリクの態度、表情、言葉がずっと頭の中にある。
　大嫌いだなんてひどいこと言っちゃったし……。
「……小春、何かあったのかい？」
　クレープをあまり食べない私を不審に思ったのか、奏ちゃんが心配そうな声をかけてくる。
「うん……朝、リクとケンカしちゃったから」
「ケンカ？　陸斗と小春が？」
　少し驚いた奏ちゃんの声に、私は苦笑いして頷いた。
「それは……珍しいっていうか、初めてじゃないか？」

「うん……そうだね。大きいケンカは、初めてかも」

　昔から他愛ないケンカはしていた。でもそれはどれも小さなケンカ。すぐに仲直りできるというか、どちらからともなく『ごめんね』と謝って笑い合えていた。

　今回は、そうじゃない。もしかしたら、私とリクの間には、長い長い心の距離ができてしまったのかもしれない。

　食べかけのクレープを持つ手に少しだけ力が入る。

　せめて、『大っ嫌いっ！』と言ったことだけは謝っておこうかな……そんなふうに後悔していたら。

「でも、大丈夫だよ。陸斗とケンカしたって小春には僕がいる」

　優しい声で、励まされる。

「奏ちゃん……でも私……」

　リクとケンカしたままでいるのが、いいとは思えなくて。

　何より、リクが荒れてケンカばかりしているなんてやっぱり心配だから……。

「あのね、奏ちゃ」

　奏ちゃんに相談しようと思った、のに。

「小春の運命は僕だ。他のヤツを見る必要も気にする必要もない。そうだろ？」

　奏ちゃんはニッコリと笑ってそう言うと、チョコバナナクレープを口に含んだ。

　……運命？　約束をしたから、運命の相手なの？　運命の相手である奏ちゃんがいれば、私は幸せ？

　……そうじゃ、ない。運命であっても、そうじゃなくて

も、リクは私にとって……。
　そのときだった。
　鞄のポケットに入っていた私の携帯が、着信音を奏でた。
　クレープを持ったまま反対の手で携帯を取り出すと、ディスプレイに表示されている着信相手はよっちんで。
　私は奏ちゃんに、よっちんからの電話に出ることを断わってから携帯を耳に当てた。
「よっちん、どうしたの？」
《本庄くん、他校生とまたケンカしてるけど》
「えっ!?　どこでっ」
《ひまわり商店街の裏。カラオケの近く》
　ひまわり商店街って、この駅の近くだ！
《私、塾があるからもう行かないとならないけど、止めたほうがいいなら声かけとくよ》
　なんでもないことのように言うよっちんに私は焦る。
「そんなことしたら危ないから！　私が行く」
《それも危ないと思うけど。まあ、本庄くんなら守ってくれるだろうけど、気をつけてね小春》
「うん、教えてくれてありがとう」
　通話を切ると、私は奏ちゃんを見た。
　本当なら奏ちゃんとふたりで駆けつけるのがいいのだろう。でも、奏ちゃんはこの前、リクのことで弱音みたいなものを吐いていた。
　だったら、とりあえずは私ひとりで行くのが無難だろう。
　奏ちゃんは、瞬きをしながら少しだけ眉を寄せて私を見

ていて。
「奏ちゃんごめん。これも食べてくれる？」
「えっ」
　私は手に持っていたクレープを半ば無理やり、奏ちゃんに渡す。
「さっき奏ちゃんは必要ないって言ったけど、私はそんなふうに思えない。だから……」
「……陸斗を選ぶんだな？」
　そう言いながら、奏ちゃんの顔つきが変わっていくのがわかった。瞳の奥に黒い炎をちらつかせるように、私を悲しそうににらんでいる。
　私は焦り、首を横に振った。
「そうじゃない。そうじゃないけど」
　選ぶとか、そういうのじゃない。
　今日だって、奏ちゃんが悩んでいることがあるなら聞こうと思っていた。
　でも、リクは今、誰かとケンカしている。
　リクの暗い顔をしていた理由が何かはわからないけど、今、止められるなら、助けられるなら助けてあげたい。
「私、行かないと。早めに戻るからどこかで待ってて！」
　リクを止めたら奏ちゃんに連絡する。そのつもりで言い残して、私は鞄を手に取ると急ぎ走り出した。

　商店街に入ったころには、私の息は上がっていた。
　最近疲れやすくなっていたけど、それをまた感じて私は

胸を手で押さえる。

胸を圧迫されるような感覚。少し呼吸が苦しい気がするのは、走っているせいだろうか？

けど、今はそんなことにかまっていられない。早くリクのところに行かなくちゃ。

よっちんに教えてもらったカラオケに到着すると、すぐ横に伸びている裏路地への細い道へと進む。

あたりを見回せば、リクの姿はすぐに見つかった。

カラオケの裏、駐車場の奥に続く少し広めのスペースで、リクはひとり、他校の男子生徒のパンチを避けたところだった。

相手は3人。状況は3対1。

リクに仲間がいないって……どういうこと？　助っ人のケンカじゃないの？

考えた刹那、リクは背後からケリを入れられて前につんのめり膝をつく。ケリを入れた男子生徒の手には、鉄パイプのような固そうな長い何か。

リクが強いのは知っている。中学のころからリクは不良グループの間でもちょっとした英雄扱いだってされていたから。

でも、このままじゃリクが危ないと思った。

だから私はとっさにリクへと走り寄り手にしていた鞄を地面へと落とすと、庇うように両腕を広げ、背を向けたリクの前に立つ。

呼吸もまだ整っていない。

心臓がバカみたいに騒いでいて、暴れているような気さえする。
　だけど、それでも精一杯、目の前で長く固い塊を振り上げた男子生徒をまっすぐに見た。
「な、なんだ、お前っ」
　目の前の男子生徒が動揺して動きを止める。
　それでリクも私の存在に気づいたのだろう。
「……こ、はる……？」
　疑うような、探るような声で私の名前を呼んだ。
　でも、私はリクのほうを振り向かないまま、相手に向かって言う。
「警察……呼んだ、から。もう……やめて」
　息切れしながらも伝えると、誰かが舌打ちするのが聞こえて。
「おい、本庄。あんまりチョーシこいてんじゃねーぞ」
　彼らは吐き捨てるように言うと、それ以上の危害は加えずにこの場から立ち去ってくれた。
　その途端、緊張の糸が切れて。
　ヘタリと地面に座り込んでしまった……次の瞬間。
　背中に感じる重みと、体を包み込まれる感覚。
　私はリクに、うしろから抱きしめられていた。
「ふざけんなっ……何、してんだよ」
　耳元でこぼれるリクの声は、少し震えている。
「それは、こっちの……セリフだよ」
　心臓の動きが早い。

走ったせいなのか、リクのせいなのか、わからない。
　わかるのは、私を包み込むリクの体温の温かさだけ。
「お前が無事でよかった。もう二度と、こんな真似すんな。頼むから」
「それも、こっちのセリフだよ」
「ハハッ、そうだな」
　リクが力なく笑って。今なら、言える気がした。
「リク……ごめんね。大嫌いだなんて言って」
　本当は嫌いなんかじゃないのに。
　ただあのとき、リクの態度が信じられなくて……ひどい言葉を言ってしまった。
　きっと、リクだってそうだ。暗くなっちゃうような何かがあったから、荒れて、私にもあんな態度をとっただけ。
「俺も、泣かせてゴメン」
　ほら、だっていつものリクだ。
　優しい声も、私の知っているいつもの……。
「でも……嫌いでもいいよ」
　……え……？
「俺には、幸せになる資格はないから。だから、小春は奏チャンといるほうが……きっと、いい」
　言いながら、リクが私をゆっくりと解放する。
　私を包んでいた体温は、もう感じない。私は息苦しさを覚えながらも、振り向かずに問いかける。
「……何を、言ってるの……？　幸せになる資格がないなんて……」

そんなこと、誰が決めたの？　私は奏ちゃんといるほうがいいなんて、どうしてそんなこと言うの？
「……ごめん、忘れて」
　また、話をなかったことにしようとするリク。
　どうしていつも……。
「いつもいつもっ、リクの中だけで自己完結しないで！」
　リクは言葉を、しまい込んじゃうのだろう。
　私が責めるように言って振り向いた瞬間。
「……小春？」
　ずっと感じていた息苦しさが増し、私を追いつめる。
「あ……はっ……う……」
　制服の胸元をわし掴みにすると、ドクンッと心臓が大きく跳ねた。そして、まるで立ちくらみのような感覚に襲われて……。
「小春っ!?」
　切羽詰まったリクの顔が見えたのを最後に、私の意識は沈んでしまった。

病

　気がつくと、リクの腕の中だった。
「小春っ、よかった。今、救急車を呼んだから」
　リクはそう言うと、腕の中で横たわる私の様子を心配そうにうかがいながら、安心させるように微笑む。
　息が、苦しい。
　まるで呼吸の仕方を忘れてしまったかのようで、私は必死に息を整えようと努力する。
　なんだか体もしびれている。
　私の体に、何が起きているの？
　苦しくて、苦しくて。ギュッとまぶたを閉じた瞬間、リクが奏ちゃんの名前を呼んだ気がした。
　次いで、誰かの手が私の頭を撫でる。その感覚にゆっくりとまぶたを持ち上げれば……心配そうな面持ちの奏ちゃんが目に映った。
　間もなくして耳に届いた、けたたましいサイレンの音。
　その音が連れてきたかのように、ポツリポツリと降り出した雨。
　リクと奏ちゃんに付き添われ、私は救急隊員さんに酸素マスクをあてがわれながら救急車に揺られた。
　心配そうなリクと奏ちゃん。鳴り続けるサイレンの音。
　息苦しさとしびれで固まっていくような体のせいで、病院までの道が長く感じられる。

やっとたどりついたのは、このあたりでも有名な大きな病院だった。
　リクと奏ちゃんのふたりに見送られながら救急の処置室に入って。若い白衣の先生に声をかけられ、どうにか自分の症状を答えると心臓の音を診察される。そして……。
「これは……心エコーの手配を」
「はい」
　先生が難しい顔で指示し、私はすぐに検査に回された。
　それからしばらくは、バタバタだった。
　出ていた症状は病院の適切な処置で回復してきたものの、奏ちゃんが連絡してくれたらしく、私の両親が病院に駆けつけてくれて。
　けれど落ちつく間もなく、両親は先生に呼ばれて検査結果を聞きに行った。
　……どうして、この場で結果を教えてくれないのだろうと疑問に思って、私はまだついていてくれているリクと奏ちゃんを見た。
「……もしかして私、重い病気なのかな？」
　患者は私だけしかいない大部屋で、酸素マスクをつけながら出した声は自分でも驚くほどの弱々しい声。
　先に声をかけてくれたのは奏ちゃんだ。
「そうとは限らないよ。今、小春は弱ってるから先に親が説明を受けてるだけかもしれない」
　悪く考えちゃダメだ。そう言って、奏ちゃんは優しく微笑む。

駅前で見せた奏ちゃんの面影は、どこにもない。
　そのことに安堵していると、奏ちゃんの隣でリクが頷く。
「そうそう。それに、どのみち聞いたって、小春のぽわぽわした頭じゃ、お医者さんの専門用語なんて理解できないだろ？」
　からかうような笑みを浮かべながらリクが言うから、私は唇を尖らせた。
「リクにだけは言われたくないもん」
「あ、拗ねた」
「おい陸斗。からかうのはそこまでにしろよ」
「はいはーい」
　茶化すように返事して、リクは背にしていた窓の外に広がる雨の景色を眺め始めた。
　奏ちゃんが「まったく……」とこぼしながら、困ったように笑う。
　久しぶりの気がする本来の私たちの空気。
　うれしくて、少しだけ心が軽くなる。
　そして、気づく。
　奏ちゃんとは違う方法で不安を紛らわせてくれた、リクの温かい心づかいに。
「……奏ちゃん、リク」
　私がふたりの名前を呼ぶと、彼らは同時に私に視線を向けて。
「ありがと」
　声に出せば、また同時に……微笑んでくれた。

両親が病室に戻ってきたのは、日も暮れたころだった。
　お父さんは奏ちゃんとリクを送ってくるからと早々に出ていってしまい、残ったお母さんはパイプ椅子に腰かけると、先生から告げられた病名を教えてくれた。
「……心不全？」
　私は、聞いたことはあるけど詳しくはわからない病名に首をかしげる。
「そう。その疑いがあるから、今日はこのまま入院して、明日になったら循環器科のある付属の大学病院に移って検査するように言われたの」
「そうなんだ……」
　お母さんの説明によって、専門のところできちんと検査して病気かどうか確かめることが必要なんだと理解した。
「心不全って、重い病気なの？」
「重症となると大変な病気よ」
　得た答えに私は返事もできず、ただお母さんを見ていた。
　よほど情けない顔をしていたのだろう。お母さんは困ったように笑いながら、私の膝のあたりをかけ布団の上からポンポンとたたいて。
「そんな顔しないの。まだ決まったわけじゃないんだから」
　いつものお母さんと変わらない態度で励ましてくれた。
「うん……そうだね」
　微笑んではみたけど、不安はずっと胸に残ったままで。
　お母さんが「また明日来るわね」と帰るのを見送り、就寝時間が来ても……私は眠ることができずにいた。

見慣れぬ天井を見つめ、嫌な未来を想像してしまう。
　このまま、病院から出られなくなってしまうんじゃないか。そんな不安に押しつぶされそうになって、私はきつくまぶたを閉じる。
　不意に、約束の少年の姿が脳裏に浮かんだ。
　彼も、何かに押しつぶされそうになっていたのだろう。
　だから、こらえきれずに泣いていた。膝を抱えて、ひとりぼっちで。
　少年の正体は……奏ちゃん。なのに、どうしてか男の子が振り向く姿を想像すると……リクの顔が思い浮かぶ。
　瞳を寂しそうに細めた……リクの微笑みが。
　ゆっくりとまぶたを開けば、浮かんでいたリクの姿は見えなくなって。
「……リク……」
　どうしてかな？
　今とても、リクに会いたい。

占い

　翌日、午前中に付属の病院へと移った私は個室をあてがわれ、さっそく検査を受けた。
　胸部ＣＴ撮影に、心臓の形、大きさ、動きを調べるための心臓ＭＲＩ撮影。検査は１日だけでは終わらず、２日、３日と続いて……最後に、血管から細くやわらかいカテーテルと呼ばれる管を挿入し、造影剤を流しての撮影等を行う検査をして、あとは検査結果待ちとなった。
「おはよう、小春ちゃん」
　いつも気さくに話しかけてくれる看護師の瀬戸さんが病室のカーテンを開ける。薄暗かった病室内に光が差して、私はぼんやりと開いていた目を細めた。
「検温お願いしますね」
「はぁい」
　彼女の涼やかな声に返事をすると、体をゆっくりと起こして、ベッドサイドに置いてある体温計を手に取った。
　それをワキに挟みながら、窓の向こうで揺れている木々を眺める。
　昨日は１日ぐったりだった。
　カテーテルの検査は、麻酔をしていたので、何事もなかったけれど、麻酔が切れてから呼吸困難の症状が出てしまって。集中治療室から戻ったのが昨日の夜。
　また苦しくなったらどうしようと考えたら不安で、あま

り眠れていない。
　瀬戸さんの話だと、今日には検査結果が出るようで、両親も先生が指定した時間に病院に来るとのことだった。
　今日は土曜日。両親が来るのは午後になってから。
　それまでどうやって過ごすかを、「またあとで体温を聞きに来ますね」と言い残して去りゆく瀬戸さんの背中を見ながら考える。
　ここにいると不安ばかりが膨らむから、本当だったら外に出て気分転換をしたかった。けれど、今の私にそれは許されていない。
　まだ検査結果が出ていないのと、感染症等のさまざまな可能性を考慮し、現在の移動はできる限りこの病室がある８階の入院病棟フロアだけと言われている。
　ピピピと、ワキに挟んでいた体温計が測定の終了を告げた。取り出してサイドテーブルに置くと、視線を外の景色へと動かす。
　青空の下を白い雲がゆっくりと流れ、太陽の光を浴びた木々が楽しそうに揺れた。
　その光景に、ちょっとだけ元気をもらえた気がして気持ちが上向きになる。
　まだ検査結果は出ていないけど……。
「病は気から、だよね」
　私は自分を元気づけるように口元に笑みを浮かべ、ひとつ、大きく伸びをした。

日も高くなってきたころ。
　散歩がてら、談話室に設置されている自販機でミネラルウォーターを購入し、病室に戻って数分。
　ベッドに腰かけた私が携帯をいじっていると……。
　——コンコン。
　扉をノックする音が、遠慮がちに室内に響いた。
　この位置からだと扉が見えず、誰がノックしたのかはわからない。
　携帯の右上に表示されている時計を見れば、時刻はまだ11時。
　両親が来るのには早いなと思いながらも「はい」と声を出すと、カラカラと扉が開く音がする。
　毎日、清掃員のおじさんが掃除してくれているキレイな床を歩く誰かの靴音。ひょっこりと顔を出したのは……。
「奏ちゃん」
　もしかしてリクも一緒なのかと思ったけど、どうやらひとりらしく。
「体調はどうかな？」
「うん、今は大丈夫」
　笑みを浮かべてはみたものの、リクがいないことにちょっとだけ……落胆してしまう。
　リクとは倒れた日以来会っていない。
　心配してくれるメールは何通かもらったけど、奏ちゃんのように、こんなふうにお見舞いには来てくれていない。
　当然、なのかな。

だってリクは、私は奏ちゃんといるのがいいんだ、と言っていたし……。
　奏ちゃんは、ギッという音を立ててパイプ椅子に腰かけると微笑んだ。
「これ、暇だろうと思って買ってきたんだ」
　そう言いながら、奏ちゃんがビニール袋から取り出したのは、私が毎月購入しているファッション誌だった。
「あっ、これ、最新号だ」
「いつも買ってただろ？」
「うん、ありがとう奏ちゃん」
　奏ちゃんの心づかいがうれしくて笑顔でお礼を述べる。
　すると、奏ちゃんは目尻を下げて微笑み「どういたしまして」と声にしてから、申しわけなさそうに声のトーンを落とした。
「……でも、大切な小春にこんなことしかできない自分が歯がゆいよ。何かできることがあったら遠慮なく言ってくれてかまわないから」
「うん……ありがと。でも、大丈夫だよ」
　……どうしてかな。
　大切にされることが、こんなにも悲しいような気持ちになるなんて。
　前はこんなことなかったのに。やっぱりこれは、あの日、奏ちゃんが変な捉え方をしたからだろう。
　ずっと言えずにいたけど……勘違いさせてしまったのなら、ちゃんと正さないとならないから。

私は、なるべく落ちついた口調で奏ちゃんに話しかけた。
「あのね、奏ちゃん。約束のことだけど……」
「約束？」
　不思議そうに、わずかに首を傾けた奏ちゃん。
「昔の約束」
　私が少しの笑みとともに教えると、奏ちゃんは「ああ、その話か」と言いながら微笑んだ。
「それがどうかしたの？」
　問われて、私はなるべく明るく努めながら話す。
「あの、守ってくれるかって聞かれて、もちろんって答えたけど、あれってべつに深い意味はなくて……」
「……」
　無言で、私を見つめる奏ちゃん。
　彼の表情には、薄い笑みがあるだけで。
　その表情からは何も読み取れず少し臆病風に吹かれながらも、私はなんとか言葉を続ける。
「だからね、今までどおり……」
「今は、そんな話はしなくていいよ。今大事なのは、小春の体だろ？」
　言いながら、奏ちゃんは笑みを濃くしていく。
「大丈夫。僕がしっかり支えるから。ずっと、一緒だ」
　とてもとてもキレイな笑み。けれど、どこか病的にも見えるそれに私は焦りを覚えた。
「ねえ奏ちゃんお願い、ちゃんと聞い……」
　そのとき不意に、私の声にまじるように響いたノック音。

扉が開いて「失礼します」と男の人の声が聞こえて。入ってきたのは、担当医の大塚先生。
　年齢は、うちのお父さんより少し上くらいだろうか。タレ目で優しい外見どおり、話し方も穏やかな先生だ。
「ああ、ごめんね。面会中だったのか」
「あ……いいえ」
　何が「いいえ」なのか。私は自分の言葉の意味がよくわからずに先生に笑顔を向けた。
　大塚先生と奏ちゃんが軽く会釈し合って。
「今日は調子よさそうだね。気分は？」
　先生に聞かれると、私は頷きながら答える。
「悪くないです」
「そうかそうか」
　優しい笑みを浮かべながら、先生は奏ちゃんへと視線を移した。
「佐倉さんの彼氏？」
「あ、えっと……」
　戸惑う私をよそに、奏ちゃんが笑顔で答える。
「そう見えて安心しました」
　奏ちゃんの言葉は曖昧なもの。でも、何も知らない先生からすれば、ちゃんと彼氏に見えてよかったと受け取れるのだろう。
　「お似合いだね」と先生は微笑んだ。そして「少し、診察があるんだけど」と続ける。
「ああ、じゃあ僕は一度出ます。少ししたら戻るよ」

「うん……」
 またね、と言い残して病室を出ていく奏ちゃん。
「はい、じゃあちょっと音を聞くね」
 聴診器を耳にかけた先生に促されて、私はパジャマを軽くまくってみせた。
 チェストピースの少しひんやりとした感覚に、鳥肌が立った。
 不意に、胸の音を聞きながら先生が声をかけてくる。
「彼氏、なかなかの好青年だね」
 奏ちゃんのことを話されて、私は愛想笑いを浮かべた。
「自慢の……幼なじみなんです」
「幼なじみでもあるんだ」
「……はい」
 本当は、彼氏じゃない。少なくとも、私は付き合うという意思表示はしていないから。
 でも、事情を何も知らない先生に詳しく話すのもなんか違う気がして、私は曖昧に返事をするしかなかった。
 診察が終わると、「また午後に」と告げて先生は次の患者さんの元へと向かった。

 奏ちゃんが戻ってきたのはそれから少ししてからで。
「今日は、検査結果が出るんだっけ？」
「うん。午後にお父さんとお母さんが来るの」
 でも、さっきの話を続けることができないまま、何気ない会話を繰り返していた。

もう一度、どう切り出そうか考えながら視線をふと落とした先に、さっき奏ちゃんからもらった雑誌があって。
　その表紙には大きな文字で【血液型占い特集】と書かれていた。
　占いが好きな私は、手に取ってパラパラと占い特集のページを探す。
　すると、ポップな文字ででかでかと【気になる相手は何型？　性格別血液型占い】と書かれたページが出てきた。
　奏ちゃんの目にも止まったのか、話しかけられる。
「占い？　小春はたしか僕と同じだったよね？」
「そうだよ。A型」
「相性はいいのかな？」
「どうかな？　見てみるね」
　表を見て、ふたりの血液型と性格タイプの交わる部分を指でたどる。
「相性は……80%だって」
「なかなかいいんだな」
　そう言った奏ちゃんの声は少し弾んでいて、なんだかうれしそうだ。
　私はパーセントの下に書いてある詳細も読んでみる。
「着実に愛を育てていく相性です。共感できる部分も多く、女性は男性をとても頼りにします」
　たしかに、合っているかもしれない。
　私にとって、奏ちゃんはとても頼りになる人だ。昔から共感できる部分も多い。

……まあ、そのほとんどにはリクが絡んでいて、まったくもう……みたいな共感が多い気がしなくもないけど。
　なんて考えて、続きの文章を読み上げようとしたけれど、私は、読むのをやめた。
【ただし、邪魔者が現れたときの嫉妬心や束縛には注意】
　嫉妬心と束縛という文字に、奏ちゃんが私に告げた言葉を思い出す。
『小春の運命は僕だ。他のヤツを見る必要も気にする必要もない。そうだろ？』
　当てはまるような……気がする。
　私はそのあとに続く【優しさと思いやりで支え合える相性でしょう】という文章のみ読んで終えた。
　優しさと思いやり、かぁ。たしかに、普段の奏ちゃんとなら、そんな関係が築けるのが想像できるかも。
　そう、今までの奏ちゃんとなら……。
「陸斗は？」
「え？」
「小春と陸斗の相性」
　奏ちゃんの口から聞かれたことに驚いた私は、少し目を丸くした。
　最近の奏ちゃんなら、そんなの見る必要ないって思っていそうなのに。
「あ……えっと、リクはO型で……」
　A型女性の私と、O型男性のリク。
　さらにリクの性格に近いタイプを選んで、私はふたつが

交わる部分をさっきと同じように指でたどる。
　……どうしてか、奏ちゃんのときとは違う複雑な心境だ。
　期待して、でもどこか不安な気持ちがぐるぐると私の中を駆けめぐっている。
「リクとの相性は……」
　指で触れた数字。視界に映った結果に、私の心がうれしさで踊る。
　相性は90％。でも、その数字に悩みが浮かんでしまう。
　これを、奏ちゃんに告げたらどういう反応が返ってくるのか。怒ったりはしないと思うけど……。
「小春？」
「あ、ごめん」
　ウソなんてついても、奏ちゃんが見たらすぐにバレる。さっき気をつかって言わなかったのとはまた違うんだ。
　だから、私は正直に告げた。
「相性90％だって」
「そっか……内容は？」
　奏ちゃんの声が、少しだけ落ち込んだ。
　読んでいいものか一瞬迷ったけど、聞かれたのに読まないのもおかしいと感じて、私は文章を読み上げる。
「正反対のようでいて、バランスが取れた相性。互いにないものを持ち、運命のように惹かれ合います」
「運命……」
　奏ちゃんの声が、病室内にこぼれ落ちる。
「……そう。占いでも、敵わないんだな」

また、だ。どうしてだろう。どうしてそんなにリクにこだわるのだろう。
「奏ちゃん……リクと、何かあったの？」
これも聞けなかったことで聞きたかったこと。
それを今、自然と口にできた。
奏ちゃんは私を見ないまま、小さな声で言う。
「……どうかな。でも……小春は僕を選んだ。だから、問題はないんだ。そう、ないんだよ」
「選んだって……私はね……」
「頼むよ……」
そして、泣きそうな微笑み。
「頼むから、僕を拒絶しないでくれ。僕を、ひとりにしないで。僕に、居場所をくれよ……」
「奏、ちゃん？」
うつむいた奏ちゃんに手を伸ばす。だけど、その手は彼に届くことはなかった。
奏ちゃんが、うつむいたまま立ち上がる。
「今日は帰るよ」
「……うん」
まるで、暗闇の中でひとり震えているような声で言葉を紡いだ奏ちゃん。
奏ちゃんは、何に怯えているの？
聞きたくても聞けず、私はただ、悲しみを背負ったように肩を落とした奏ちゃんを、見送るだけだった。
そして、午後。

両親がやってきて、約束の時間になると先生のいる診察室へ向かう。
　検査結果から導き出された先生の答えは……特発性拡張型心筋症。
　そして静かな声で続けられたのは、その心臓の病による、突然死の可能性だった。

ありがとう

　先生の診断により、本格的に入院することが決まった。
　また明日、着替え等を持ってくると言って帰宅した両親。
　私は病室のベッドの上でひとり、膝を抱えてぼんやりとしていた。
　だって、信じられない。
　たしかに体が以前とは違う。
　疲れやすいし、呼吸困難にもなったし。
　でも……。
『症状が悪化すると、最悪の場合、不整脈によって突然死する可能性があります』
　死んでしまうかもしれないなんて。そんなこと、簡単に信じて、受け入れられるわけがないよ……。
　お父さんとお母さんはショックを受けたようで、突然死の可能性にしばらく言葉を発することができなかったようだった。
　そんなふたりの様子を見たのは初めてで。
　"死"というどこか現実味のない言葉を受け止めきれずにいた私は、病室に戻ったときにふたりに言った。
『ほら、人っていつ死ぬかなんてわからないでしょ？　今日、この瞬間にも事故で亡くなる人がいるわけなんだし』
『でも病気なら、よくなれば心配もなくなる。だから、がんばって治すから心配しないで大丈夫』

そんなふうに話せば、お父さんもお母さんも、少しだけ微笑んでくれた。
　でも……本当は、話しながらどんどん不安になっていた。
　この瞬間に、死を迎えてしまう人がいる。
　それが今日、自分にもやってくるかもしれない。もしかしたら、明日は来ないのかもしれないと考えて……。
　そこで初めて、"死"というものをとても怖く感じた。
　死んでしまったら、私はどうなるんだろう。
　きっともう、お父さんにもお母さんにも会えない。
　よっちんにも奏ちゃんにも……リクにも、会えない。
　悲しい未来を想像して、私は膝を抱える腕に力を込めた。
　リクに会えなくなる。
　私の隣で、あったかい日だまりみたいな笑顔を向けてくれてたリクに、会えなくなる。
　それはすごく寂しくて……。
　どうしようもないくらいに不安になった私は、すがるように携帯を手にしていた。
　リクの声が聞きたい。
　何を話そうかとか、そんなこともまとまらないままにリクの番号をディスプレイに表示させて発信ボタンをタッチする。
　携帯を耳に当てると無機質なコール音が聞こえて。
　数度、繰り返されたあとに……。
《……小春？》
　私の名前を呼ぶ、リクの声が聞こえた。

それだけで、なんだか泣きたくなる。
「……リク……急に、ごめんね」
《いいよ。それより、何かあったんだろ？》
　優しい声でそう尋ねられて、私は、何も言わなくてもわかってくれるリクにうれしさを感じながらも苦笑いを浮かべた。
「……リクにはすぐわかっちゃうね」
《そりゃあ、俺はずっと……》
　受話器の向こうで、リクが一瞬黙って。
《……幼なじみだから》
　笑みを含んだ声で、そう言った。
　幼なじみだからわかってくれる。以前なら、それだけで十分うれしかったのに。今は、少し寂しい。
《それで、どうした？　奏ちゃんとケンカでもした？》
　からかうようなリクの声に、私は彼に見えずとも頭を振った。
「……違うよ」
　違うよ、リク。
　たしかに奏ちゃんともちょっとあったけど……今は、そうじゃなくて。ただ……。
「リクの声が聞きたくなったの」
《……声、震えてる。ホントどうした？》
　さっきまでのからかうような雰囲気は消えて、リクの声が真剣なものに変わる。
　本当に心配してくれているのがわかるから、私は寄りか

かるように声をこぼしてしまった。
「どうしよう……」
　どうしたらいいの？
　どうやって、この現実を受け止めたらいいの？
《小春？》
「リク……私、怖い」
《怖いって……何が？》
「もしかしたら……私に、明日が来ないかもしれないことが、怖いの」
　こうして耳に届くリクの声が、明日にはもう聞けなくなってしまうかもしれないこと。
　当たり前のように感じていた毎日が、突然なくなってしまうかもしれないこと。
　最初、先生から"死"という言葉を聞いたときには、それほどわからなかったその意味が……今は、こんなにも怖いものになっている。
《検査結果……出たんだ？》
「うん……」
　頷いたあとに訪れた沈黙。
　受話器の向こうから少しだけ聞こえるのは、リクの好きなアーティストの歌だ。
　たぶんリクは家の自室にいるのだろう。ふと、歌声にかぶさるように、リクが声を出した。
《……待ってて》
「……え？」

《すぐ行くから》
　そう告げたかと思えば、プツリと通話が切られてしまう。

　そして30分後。
「小春っ……はぁ……は、……お待たせ」
　赤、黒、白色を基調としたチェック柄の長袖シャツを羽織ったリクが、息を切らせて病室に現れた。
「あー……つっかれたー……」
　ハァハァと息を吐きながら、リクはデニムパンツの膝に手をついて苦笑いをひとつ浮かべる。
「走ってきたの？」
「うん、そう。すぐ行くって、言ったじゃん？」
　途中、看護師さんに怒られちゃったけどねと笑ったリク。
　きっとリクは「すいませーん」なんて言いながらも、走ってここまで来たんだろう。簡単に想像できた私は、クスッと笑ってしまう。
　すると、リクはパイプ椅子に腰かけて、ベッドに座る私を見た。
「それで……どんな病気だったの？」
「特発性拡張型心筋症、だって」
「とくは……？」
「とくはつせい、かくちょうがた、しんきんしょう」
　リクにわかるように区切って言ってみたものの、やっぱりわからないらしく彼は首を横にかしげた。
「それって、どんな病気なの？」

「私もまだ正確にはわかってないんだけど、先生から受けた説明だとね……」

　私は、先生の言葉を頭で整理しながらリクに説明する。
「授業でも習ったけど、心臓には４つの部屋があるでしょ？」
「あー……そうだっけ？」
「そうなの。それでね、問題があるのは左心室(さしんしつ)って言うところで、血液を送り出すポンプの役割をしてる部分なんだって」

　通常なら、規則正しく動いてるポンプ。その能力が弱くなってしまうのが、拡張型心筋症という病気なのだと、今日、先生が教えてくれたように私もリクに説明した。
「弱くなる原因は、左心室が少しずつ大きくなって、心臓の壁が薄くなっちゃうからなんだって」

　弾力をなくせばポンプの力は弱くなる。そうして、全身に血液を送ることがうまくできなくなる。
「その病気は、治るの？」

　リクが遠慮がちに問いかけてきて、私は首を横に振った。
「……でも、薬が効けば、かなりよくなる人もたくさんいるんだって」

　薬が効かなくても、ペースメーカーを植え込む手術をすれば、よくなる人もいる。

　そう話すと、リクの表情が少しだけ明るくなった。
「だったら小春もきっと大丈夫だ」
「うん……先生も、まずは薬でがんばってみようって言っ

てた。でもね」

　私は、失神してしまった。不整脈が出たからだ。
「不整脈が出る場合は、突然失神を起こしたり……最悪、突然死する場合があるんだって」
　そう告げると、リクの顔が青ざめた。
「それって、小春が倒れたときの?」
　問われて、私はコクリと頭を縦に振る。
　すべての不整脈が死に直結するものじゃないと先生は言っていた。それでも、死に至る不整脈が起こる可能性はあるのだとも。
「そっか……そりゃ、怖いよな」
　静かなトーンで言われて、私は再び頷く。
　そうして、そのままうつむいて顔を上げられなくなってしまった。
　今ここで顔を上げたら、リクの顔を見たら……涙を流してしまう気がしたから。
　不意に、リクが立ち上がる。
　そして、うつむいたままの私の隣に腰を下ろして……トントンと、私の背中をなだめるようにたたいた。
　リクの温かい手が、何度も繰り返し私の背中を優しくたたく。
　たったそれだけの行為。
　それが不思議と私の不安を少しずつ溶かしてくれて、安堵感が広がっていくのがわかった。
　同時に、気づく。

このぬくもりの大切さに。リクという存在の、大切さに。
　　顔を上げて隣に腰を下ろすリクを見れば、彼は首をかしげて。
　　私は、声にして告げる。
「リク……ありがと」
　　声を聞かせてくれてありがとう。
　　駆けつけてくれてありがとう。
　　今このとき、そばにいてくれて……ありがとう。
　　いつの間にか、窓の外には夕空が広がっていて。
　　背中から差し込むオレンジ色を浴びたリクの微笑みは、とても優しかった。

新事実

　寝る支度を終えた私は、ベッドの上に横たわりゆっくりと息を吐き出す。

　リクのおかげで少しだけ落ちつくことができた。

　奏ちゃんにもメールでだけど、リクに説明したのと同じことを文字にして送信した。

　リクにもそうであったように、奏ちゃんにも隠さずにきちんと伝えたかったから。

　ただ……電話は、昼間のことがあったからしづらくて、メールにしてしまったのは少し申しわけないと思う。

　でも、奏ちゃんはそのことには何も触れず、ひたすら心配してくれるメールを返してくれた。

　お見舞いに来たときと同じように、何かできることがあるならなんでもすると。

　とてもうれしい言葉。でも……奏ちゃんと私の間に今必要なのは、きっと病気に関することじゃない。

　奏ちゃんが胸のうちにしまい込んでいるものを知って、いい方向に持っていくことだ。

　それから……リクも。

　リクも、何かを抱えているのは以前からわかっていた。

　深入りしちゃいけないなら無理に入るつもりはない。

　だけど、奏ちゃんは私を支えようとしてくれている。リクも駆けつけてそっと寄り添ってくれた。

私も……ふたりのために何かできることがあるなら、してあげたい。
　祈るような気持ちで目を閉じた私は、訪れた眠気に逆らうことなく身を委ねた。

　優しい日差しの下、風に吹かれて薄紅の花びらがひらりひらりと舞い散る。
　ああ、久し振りに見たような気がすると、夢を見ている私は思っていた。
「わたし、こはる。あなたはどこのおうちのこ？」
「……」
　返ってきた、小さな声。
　やはり、今日もよく聞き取れない。けれど。
「どうして？」
　幼い私には聞こえているらしく、首をかしげた。
　すると、いつもは聞こえなかった言葉が、今日はハッキリと聞こえた。
「ぼくのお母さんが、いなくなっちゃったから」
「迷子になっちゃったの？」
　少年はうずくまったままの首を横に振り、涙まじりの声で告げる。
「ぼく、ひとりぼっちになっちゃった」
「ひとりじゃないよ」
「ひとりだよ」
「こはるがいる。そしたら、ひとりじゃないでしょ？」

黙った少年に私は幼い声で言葉を届ける。
「ずっとずっと、いっしょにいるよ」
「ずっと、いっしょ？」
「うん、やくそく！」
　私が笑顔で答えると、決まったように私の意識が桜吹雪に追いやられるように現実の世界へと向かわされて……。
　まぶたを、開く。
「また……昔の夢……」
　気づけば朝。けれど、まだ外は薄暗い。
　時計を確認すれば、もうすぐ6時になるところだ。
　私は寝返りをうち、仰向けになるとまだ夢見心地の気分のまま、まぶたを閉じる。
　昔の夢。
　桜の雨の下で出会った少年は、奏ちゃんなのに。
　最近、少年の姿を思い出そうとすると、どうしてかリクの姿が浮かんでしまう。
　……リクはまだ寝ているだろうか。
　どんな夢を見ているのかな？
　考えた直後、浮かんできたのは、リクに会いたいという感情。
　駆けつけてくれたときのことを思い返すと、心がほんわかと温かくなる。
　私は奏ちゃんといるほうがいいのだと、自分のことは気にしなくていいからと言っていたリクが駆けつけてくれた。そばにいてくれた。

今、あのときより少し前向きにがんばって治療しようと思えているのはリクのおかげだ。
　背中を優しくたたいてくれていたリクの手の大きさとぬくもりを思い出すと、幸せな気持ちがじんわりと心を満たしていく。その心地よい感覚に身を委ね、私は再び眠りについたのだった。

　夏の風に揺れる緑の葉。
　その上に広がる空に、夕暮れのキレイなグラデーションが描かれ始めたころ、制服姿の奏ちゃんがお見舞いに来てくれた。
「それで、経過はどう？」
「うん。薬が効いてるみたいで、悪くはなってないよ」
　私が答えると、奏ちゃんは安心したように笑って「よかったな」と喜んでくれる。
　そう、経過は順調だ。実は、治療開始直後に、植え込み式徐細動機（しきじょさいどうき）の話があった。
　それを体内に植え込むと、致死性（ちしせい）不整脈を予防することができるらしい。でも、先生からの説明だと、心臓ペースメーカーと言われる心臓の収縮を発生させる医療機器よりも誤作動を起こす恐れがあるとのことで、両親とともに悩んでいた。
　けれど、処方されている薬の効果が早々に出て、これなら大丈夫かもしれないと先生に言われたのが、今日の午前中に行われた診察のときだった。

「早く退院できるといいな。双葉さんも寂しそうだよ」
「うん。私も早くよっちんと、前みたいに過ごしたいな」

　私はしゃべりながら、一昨日、よっちんもお見舞いに来てくれたのを思い出す。

　習いごとや塾でいつも忙しいよっちんが、時間を作ってお見舞いに来てくれたのが、すごくすごくうれしくて。

　何より、信頼している親友の姿に、病気のことで張り詰めていた心と涙腺が緩んで半べそをかいてしまったっけ。

　よっちんは優しく目を細めて大丈夫だと言ってくれた。私ならきっと、病気に勝てると。

　よっちんが言ってくれると本当に勝てるような気がしてくるのは、彼女の勘の鋭さを知っているからだろう。
「早く退院できるようにがんばるね」

　ガッツポーズを作って笑うと、奏ちゃんは大きく頷いて微笑んだ。

　それから、私と奏ちゃんは学校の話をとりとめもなくしていた。

　入院のために受けられなかった期末テストの話では、受けなくてすんでラッキーと思いつつも、いつかやってくる就職や受験で不利になったりしないかなと心配になる私。

　それを声にして漏らせば、奏ちゃんが「なら、次は受けられるように早く退院しないとね」とクスクスと笑って。

　穏やかに流れる時間に、ああ、奏ちゃんとのこんな空気感は久しぶりだなぁと和んでいたら。
「ところで小春、検査結果が出た日、どうして僕じゃなく

て陸斗を呼んだの？」
　ほんのりと浮かべていた奏ちゃんの笑みが……消えた。
「さっきね、面会受付の名前欄にあったよ。陸斗の名前が」
　少し冷たいような視線が、私を捉える。
　ごまかす必要はない。だけど……リクの声が聞きたくなって電話したなんて言えなくて。
　私は認めることもできず、何も言えないまま黙っていた。
　奏ちゃんが、絞り出すように言葉を紡ぐ。
「どうして……陸斗なんだよ？　僕のほうが出会ったのが遅かったから？　僕のほうが早かったら、小春は誰よりも先に僕を頼ってくれたのか？」
「そんな……そんなつもりは……」
　言いかけて、違和感に気づく。
　出会ったのが、リクよりも奏ちゃんのほうが先だったとしたら？
　奏ちゃんと出会ったのは、リクよりもあと。それは、たしかだ。でも、よくよく思い出してみれば、夢の中の少年は初めて奏ちゃんに会ったときよりも姿が幼い。
「……奏ちゃんと私が出会ったのはいつ？」
　言葉は自然と口に出ていた。
「いつって……」
「ひとりぼっちだって泣いていたのは、ずっと一緒だって約束したのはいつ？」
　尋ねてから、ふと思い出した。夢の中で、少年が言っていた言葉を。

「……奏ちゃんには、お母さんがいるよね？」
「いるけど……いきなりなんだい？」
「夢の中の男の子は、お母さんがいなくなっちゃったって言ってたの」

　生じた矛盾を口にすると、奏ちゃんは一瞬大きく目を見開いて。それから……。
「いなく、なってるよ」
　そう、こぼした。
　いつの間にか日は暮れて、暗くなってきた病室内。
　奏ちゃんは立ち上がると部屋の電気を点け、再びパイプ椅子に腰かけると、私を見て寂しそうに微笑む。そして、ゆっくりと唇を動かして教えてくれたのは……。
「うちにいるお母さんはね、僕の本当の母じゃないんだ」
　初めて聞く、奏ちゃんの家の事情だった。
　奏ちゃんが私とリクに出会う２年前のこと。桜が咲き始めた季節に、奏ちゃんの両親は離婚した。
「理由はよく知らないんだ。でも、最後の日、母は僕を抱きしめて泣いてた」
　ごめんなさいと泣きながら奏ちゃんを抱きしめた本当のお母さんは、名残惜しそうに奏ちゃんから離れると……そのまま、振り返らずに去っていってしまった。
　こぼれる涙を拭う奏ちゃんと、ただ黙って見送る奏ちゃんのお父さんを残して。
　新しいお母さん、つまり、今のお母さんと奏ちゃんが出会ったのは、それから１年後らしい。

「もしよかったら、僕のお母さんになりたいって言われて。僕はただ頷いた……本当は少し嫌だったんだけどね」
　僕の母は、ひとりだけだからと弱々しい笑みを浮かべた奏ちゃん。
　それはそうだろう。私だって、もし両親が離婚して、新しいお母さんが来たとしても、心の中では自分の母親はひとりだけだと思うだろう。
　どんなに素敵な新しいお母さんでも、きっとそう思うんだろうという想像がたやすいほどに。
　それにしても……1年で新しいお母さんだなんて、なんだかちょっと早すぎる気がする。
　でも、恋に時間は関係ないともいうから、そこは人それぞれなのかな……なんて考えていたら、再び奏ちゃんが声を出した。
「それから、僕には新しい母親ができて、それからすぐに妹ができた。でも……心美が生まれてから、僕はひとりぼっちになった」
「どうして……」
「お母さんからしたら僕は前妻の子だからね。育児の大変さもあったんだろうけど、だんだんときつい態度をとられるようになって……」
　いつの間にか、奏ちゃんは家にいることをなるべく避けるようになったらしい。
　そこには自分の居場所はないから、と。
「でも、お父さんとは仲がいいでしょ？」

「そうかな?　でも、父さんも、お母さんの味方だから」
　父としては接してくれるけど、愛情を感じたのはほんのわずかだと奏ちゃんは語った。
「ごめん、こんな暗い話」
　弱ったように笑った奏ちゃん。私は頭を横に振った。
　奏ちゃんにとっては暗いだけの話じゃない。それを明かしてくれたのは素直にうれしかった。
　同時に、いろいろなことがつながった。
　どうしてお母さんが冷たいのか。なぜ、ひとりぼっちだと言っていたのか。そして、夢の中の少年が悲しんでいた姿と言葉。
　それがわかって、私は少しスッキリしていた。
　まだわからないのは、夢の中の少年の姿が幼いこととリクを意識していることだけど……。
　奏ちゃんの話を聞いた今は、姿に関しては、夢だからかもしれないとも思える。リクのことはまたいつか話してもらえればとも思い、今は聞かないようにした。
「ありがとう、話してくれて。でも、ひとりぼっちじゃないよ。心美ちゃんは、お兄ちゃん大好きだし」
「そうだね」
　アハハと笑った奏ちゃん。
「私とリクもいるよ」
　だからひとりなんかじゃない。そう伝えると、やわらかく微笑む奏ちゃん。
「そうだね。でも僕には、小春がいてくれればいいから」

そう告げると、立ち上がり大きな手でくしゃりと私の頭を撫でた。
「今日はそろそろ帰るよ。また来る」
　鞄を手にして、私に背を向けた奏ちゃん。
　来てくれてありがとうと口にしようとしたとき、奏ちゃんが振り返る。
「小春」
「ん？」
「この前も今日も、みっともないとこ見せてごめん」
　そう言って、奏ちゃんは眉をハの字にしてから、私の返事を待たずに帰っていった。
　ちょうど入れ違いに運ばれてきた夕食には、リクの大好きなハンバーグ。
　さっきまで奏ちゃんといたのに、些細なことでリクのことを思い出す。
　そうして、思い出せば今までに感じたことのないような気持ちがゆっくりと起き上がるのを感じて。
　けれど、それが何か確かめるのは、なんだか少し怖い気がしたから……ご飯と一緒に飲み込むようにする。
　気のせいか、今日のハンバーグはなんだか少しだけ甘い感じがした。

第 3 章

思い出の場所

奏ちゃんに、本当のお母さんと今のお母さんの話を聞いてから20日後。季節は夏まっ只中(ただなか)で、高校もすでに夏休みに入っている8月の初旬。
「あっつ〜い！」
私は、久しぶりに出た外の空気を、めいっぱいに吸い込んだ。

ギラギラと輝く太陽と、空気を震わすように合唱するセミの声。

昨年まではちょっとぐったりするような光景、音、温度が、今年はとても貴重なもののように感じる。
「小春、早く乗りなさい」
いつの間にか車に乗り込んでいたお父さんが運転席の窓を開け、私に声をかけた。

素直に頷いて後部座席に乗り込むと、助手席に座るお母さんが「忘れ物は？」と尋ねてくる。

私が「ないよ」と答えると、車はいよいよ発進して病院の駐車場を出た。

入院からひと月とちょっと。

薬の効果によって検査結果も安定しているからと、退院することを許されたのが3日前。

食事や運動といった日常生活にいろいろと制限はあるけれど、それを守り薬を欠かさず服用すれば自宅療養でも

かまわない。

　先生にそう言われたときは本当にうれしかった。

　このまま普通の生活を送り続けたいという希望に満ちあふれた心で、車の外を流れる景色を眺める。

　道行く人たちはみんな夏の装いで、太陽の熱を浴びながら歩いている。

　スーツを着てハンカチで汗を拭きながら歩いているサラリーマンはちょっと大変そうだけど、夏休みを満喫しているであろう私と同世代くらいのグループはやっぱり楽しそうだ。

　はしゃぐように歩いている男女のグループを見ていたら、頭の中に自然とリクと奏ちゃんのことが浮かんだ。

　実は、今日退院することはリクと奏ちゃんには知らせていない。

　奏ちゃんは夏休み中はほとんど店の手伝いをするのを知っている。そして、リクには予定がないのもメールでリサーチずみだ。

　だから私は、ふたりのところにアポなしで突撃して驚かそうとたくらんでいる。

　奏ちゃんはお店にいるとして、リクは家……かな？

　とにかく、一度帰宅して荷物を置いてから計画を実行することにしていた私は、ちょっぴりワクワクしながら家までのドライブを満喫した。

　病院を出て賑わう駅前を通り抜け、大通りを走り続けること約20分。住宅街に入ってまもなくすると、車は自宅前

に到着した。

ひと月以上の入院生活のせいか、見慣れていた景色がとても懐かしい気がする。
「ただいまぁ！」
玄関に足を踏み入れると、懐かしい我が家の匂い。とても安心する匂いに、帰ってきたんだと実感。
私より先に家の中に入っていたお母さんが、キッチンから声を発した。
「お昼ご飯、今から用意するから、できるまでゆっくりしてなさい」
「はーい」
返事したタイミングで、車から荷物を運んでくれているお父さんが家に入ってくる。
「ありがとう、お父さん」
手を伸ばして荷物を受け取ろうとすると、お父さんは私の顔を見るなり「うれしそうだな」と笑った。
私は「当たり前だよ」と返しながら、笑顔で荷物を受け取った。
お昼は、お母さん特製のオムライス。
病院のご飯とは違う味に小さな感動を覚えた私は、やっぱり家が一番だなぁと実感する。
ごちそうさまと手を合わせ、すぐに病院でも飲んでいた薬を飲んで。
私は両親にリクと奏ちゃんのとこに行ってくると伝えると、お気に入りのカゴバッグに必要なものと水分補給用の

ミネラルウォーターを入れ、麦わら帽子を被ると元気よく家を出た。
　玄関から外に出れば、途端にセミの鳴き声が私を迎える。
　まずはリクに会いに行こう。
　というか……リクに、会いたかった。
　入院中もいつも思っていた。リクのお陽さまみたいな笑顔が見たいなって。
　ちなみに、リクが来てくれたのは、駆けつけてくれたあの一度きり。
　励ましのメールとかもらっていたし、もしかしたら、私がねだればお見舞いに来てくれたのかもしれないけど……そうしなかったのは、がんばりたかったから。
　必ず退院できるようになって、私から会いに行く。それを目標にしていた。
　今日はそれが叶う日。
　私は逸る気持ちを抑えつつ、真夏の空を仰ぎ見てからリクの家へと向かった。……けれど。
「え、いないんですか？」
　リクの家。少し古めな作りの一軒家である玄関の前で、私は肩を落とした。
「ごめんね。せっかく来てくれたのに」
　私の前に立ち、申しわけなさそうに眉毛を下げているのは、休日で家にいたリクのお父さん。
「そっかぁ。突撃失敗しちゃいました」
　アハハと笑うと、リクのお父さんは少しシワのあるどち

らかといえば強面(こわおもて)の顔にほんのりと笑みを浮かべた。
「陸斗から少し聞いてるけど、元気そうで安心したよ」
　退院おめでとうと言われて、私も微笑み「ありがとうございます」と伝えた。
「あの、リクからどこに行くとか聞いてますか？」
　予定がないって聞いていたけど、もしかしたら何か入ったのかな？
　尋ねると、リクのお父さんは首を横に振った。
「ちょっと出かけてくるとだけ言って出ていったよ」
「そうですか……」
　仕方がない。先に奏ちゃんを驚かしてこようかな。
　そう思ったとき。
「ああ、もしかしたら3人の思い出の場所かもしれないな」
「え？」
「先週、うちのヤツの命日だったから」
　完全に、忘れていた。
　私は、自分のことばかりで、本当に忘れてしまっていた。
　リクのお母さんの命日のことを。
「私、ちょっと行ってみます」
　目的地は、私たちの思い出の場所。
　私はリクのお父さんに、また改めてお線香をあげさせてくださいと頭を下げ、その場所へと向かう。
　小学生のころ、私たちがよく過ごしていた秘密基地のある原っぱへ。
　本当は走って向かいたかった。けれど、疲れるようなこ

とは避けなければならない私は、リクにお母さんの命日を忘れていたことを謝りたい気持ちでいっぱいになりながら、原っぱへの道を歩く。
　その道すがら、私は記憶をたどった。

　リクのお母さんが亡くなったのは、私たちが中学に上がるころだ。
　料理が上手で優しい笑顔が素敵だったリクのお母さん。私も可愛がってもらった記憶がたくさんある。
　そんなリクのお母さんがガンを患って亡くなってしまった翌日、リクが突然いなくなった。
　大人たちはみんな焦って探していて、私と奏ちゃんにどこに行ったか知らないかと聞いてきた。
　そのときは知らないと答えたけど……本当は、私たちは知っていた。
　青いトタンでできている秘密基地の中、小さな窓際に座り、泣くことを我慢するように空を見上げ続けているリクのことを。
　結局、ご飯も食べないリクが心配で、私はリクのお父さんにこっそりと告げ口してしまったのだ。
　以来、リクは毎年お母さんの命日のころには秘密基地を訪れているようだった。
　私と奏ちゃんは邪魔するのも悪いからと、あえて行かないようにしていたんだけど……今日、もしリクが秘密基地にいるのだったら、せめて謝ってから帰ろう。

……考えてみれば、リクも奏ちゃんもお母さんを失っている。

　当たり前のようだけど、今もお母さんが健在である私は、とても幸せなのかもしれない。

　そんなことを思いながら久しぶりの原っぱへと足を踏み入れると、数年前と変わらない自然の香りが私を迎え入れてくれた。

　澄み渡る青い空。白い入道雲の下に広がる少しだけ背の高い草。気持ちのいい風が通り抜けて、見上げた空からは眩しい太陽の光。

　その光に一瞬、視界が奪われる。

　そして、風を受け気持ちよさそうにそよぐ緑の中に建つ、どこか懐かしさをまとった秘密基地の屋根の上に……空を見つめる、リクがいた。

　秘密基地はあのころよりもさらに赤茶色に錆びつき傷んでいるけれど、当時と変わらない形を保っていて。

　リクは屋根の上にかかる木陰の下に寝転び、チューチューアイスを口にくわえている。

　その瞳はぼんやりと空だけを映しているように見えるけど……心は、亡くなったお母さんへ向かっているのかもしれない。

　私はリクの名前を呼ばず、ゆっくりと秘密基地である小屋に歩み寄った。すると、私の気配に気づいたのか、リクがこちらへと顔を向けて。

　瞬間、無気力だったリクの瞳が、生気を取り戻すかのご

とく丸くなった。
「……小春っ？　え、なんでここにいんの？」
　寝転んでいた体を起こして、瞬きを繰り返すリク。
　とりあえず、驚かすことには成功したらしい。
　私は思わず笑みをこぼし、リクを見上げながら答える。
「安定してるから、自宅療養になったの」
「つまり、退院？」
「うん」
「そっか。おめでと、小春」
　ニッコリと笑うリク。
　ずっと会いたかったリクが、見たいと思っていた笑顔が、すぐそこにあることにうれしさがあふれた。
「ありがとう。それから……ごめんね」
「なんで小春が謝るの？」
「だって、私ってば自分のことばっかりで、リクのお母さんの命日を忘れてたの」
　毎年、おうちにお邪魔してお線香をあげていたのに。
「いいよ。小春はがんばって病気と闘ってたんだ。お袋も気にしないって」
　そう言って微笑むと、リクは滑るように屋根の上からひょいと飛び降りて土の上に着地した。
　手にしているアイスはもう空になっている。
　私は秘密基地に視線をやった。
　小学生のころは大きく感じたこの小屋も、こうして成長してから見ると、少し小さく見える。

「ねえリク。中って前と変わってないのかな？」
「少し変わってる。たぶん、どっかの子供が俺らみたいに秘密基地にしてんのかもな」
「そうなんだ。だとしたら、その子たちは後輩だね」
　笑って言うと、リクも笑いながら「そうだな」と頷いた。
　でも、その笑顔が不意に寂しそうなもの変わって。
「もしかしたら、小春が病気になったのは……」
　表情と同じ、寂しそうな声で続けた言葉は……。
「俺がそばにいるせいかもしれない」
　自分を悪者にするようなものだった。
「どう、して？」
　なぜリクがそんなことを言うのか、わからなくて問いかける。
　するとリクは、さらに顔を曇らせて言った。
「俺は、大切な人を不幸にしちゃうんだ」
　大切な人を不幸にする。そのフレーズに、入院する前にリクが言っていた言葉を思い出した。
『幸せになる資格がない』
　私が倒れる前に、リクが言った言葉。
　どうしてリクがそう思うのかはわからない。
　お母さんが亡くなったことが原因？
　それなら、リクは関係ない。だって病気だったのだから。
　私のことだってそうだ。
　私は首を横に振って、否定した。
「違う、そんなことない。お願いだからそんな悲しこと言

わないで」
　どこまでリクの心に届くかはわからないけど、できる限り私の正直な想いを声にする。
「リクは私を不幸になんかしてないよ。そんなふうに思ったこともない。病気は、私の体の事情でしょ？」
　だから自分を責めないで。
　そんな気持ちを込めて伝えると、リクは目を細めて弱々しく苦笑する。
「そうだといいな」
「そうなの。それに、こんなに長く一緒にいたんだから、リクが私を不幸にするならもっと昔になってるはずだよ。でも見て。病気だって、ちゃんとよくなってる。これのどこが不幸なの？」
　ぴょんと元気さをアピールして跳ねてみせると、リクはクスリと小さく笑った。
　刹那、少し強い風が通り抜けて、私の被っていた帽子がふわりと頭から外れてしまう。
「あっ」
　飛んでいっちゃう。
　一瞬焦ったけど、帽子は飛んでいくことなく、リクの手で受け止められていた。
「はい」
　リクは私の頭に帽子を被せると、ポンッと軽くたたく。
「ありがと」
　お礼を言うと、リクは「どういたしまして」と言ったあ

とに「言ってないから知らなかったと思うけど」と続けた。
　そして、頬を緩め……。
「俺が強くなりたかったのは……小春を守るためなんだ」
　優しいトーンで、とてもうれしいことを教えてくれた。
　うれしい、けど、なんだかちょっと恥ずかしい。
「し、知らなかったよ」
「だから言ってないし」
「でも……どうして？」
　私、リクに守ってもらわないといけないような問題でも起こしていたかな？
　誰かにイジメられたりはしていなかったと思うけど……知らないとこで、何かあったとか？
　予想したことをそのまま告げると、リクは大きくかぶりを振った。
「もう、大切な人をなくしたくないから、強くなりたかったんだ」
「リク……」
「でも、実際は困らせてばっかで、逆に庇われちゃうし、なんかいっつも俺のほうが小春に支えてもらってる気がする。出会ったときからずっとさ」
　思い馳（は）せるように、リクの瞳が優しく細められる。
　けど……その瞳が悲しく曇ったかと思えば。
「でも、いい加減に小春離れしないとダメだよな」
　また、悲しい言葉を紡がれてしまった。
「そんな……べつにこれからも……」

「今までどおりにはいかないんだ。俺も奏チャンもそう思ってる」
　リクにキッパリ口にされて私は押し黙る。
「前にも言ったろ？　俺たちは幼なじみだけど……」
「わかってるよ。私だって、わかってる」
　幼なじみだけど、私たちは異性だから。子供のように、いつまでも一緒じゃいられない。
「それなら、お前は俺のとこにいちゃ、ダメだろ」
　諭すように言われて、私は首を横に振った。
「違う。私は、奏ちゃんとは付き合ってないし……」
「でも、奏チャンはそう思ってない。小春を必要としてるんだ」
　視線を足元に落としたリクの声は、静かだけど……重かった。
「……奏ちゃんと、付き合えってこと？」
　私の問いかけにリクは答えない。
　聞こえるのは、風でそよぐ草のささやき声だけ。
　やがて……。
「あー……」
　呻（うめ）くような声を出したリクは、顔を手に当てながら大きなため息をついた。
　リクの髪が太陽に照らされ、通りすぎる風に揺れる。
「ホント、俺って弱い。あれこれ言うくせに、結局……手離したくないんだ」
　困惑したように微笑したリク。

リクの言葉の意味が理解できない私。
「えっと……よく、わからないんだけど……」
　正直に伝えるとリクは苦笑いして。
「うん、俺もなんかもう、よくわかんないや」
　そう言って気持ちを切り替えるように頭上に広がる空を仰ぐと、思い出したように私を見る。
「お前、奏チャンとこには行った？」
「ううん。これから突撃予定」
「あー、お袋のことがあったから優先してくれたのか」
「違うよ。ずっとリクに会いたかったから」
　言ってからハッとする。
　なんか、ちょっと恥ずかしいこと口走っているんじゃないかって。だって、私の前に立つリクもちょっとビックリしているし。
「や、あの。ほら、会ってなかったし」
　私は焦り、言いわけがましく説明を試みた。
　ああ、なんだか、太陽の熱とは明らかに違う体温の上昇を感じる。
　驚いた表情で私の様子を見ていたリク。やがてその表情が、うれしそうなものへと変わって。
「なぁ、体調が大丈夫ならさ、今年も夏祭りに行こうか」
　それは、毎年３人で繰り出すのが恒例となった、夏祭りへの誘いだった。

夏祭り

　彼が狙うのは、中でも一番難易度の高いものだ。
　精神を研ぎ澄ませ、銃をかまえる姿はまるで闇夜に紛れる凄腕のスナイパー。
　彼の目に映るのは獲物だけ。銃に込められた弾は、１発のみ。外せばすべてが終わる。
　——ゴクリ。
　私はつばを飲み込んで、やがて訪れるであろう一瞬を待っていた。
　もしも仕留められなかったら。そんな不安がよぎった。
　けれど……彼なら、きっと。
　祈るように両手を合わせた刹那。彼の指が、ゆっくりと引き金を引いた。
　そして、銃口から勢いよく飛び出した銃弾が獲物の腹部を直撃して。
　グラリ、その体が揺れると……崩れ落ちるように、赤いシーツの上に横たわった。
「あ……」
　私は、信じられないような気持ちで彼と倒れた獲物を交互に見る。
　彼はかまえを解き、ゆっくりとその体を起こすと……。
「見たか小春！　俺の実力を！」
　白い歯を見せて笑った。

「すごい！　さっすがリクだ〜」

　拍手すると、リクはいたずらっ子のような笑みを出店のおじさんに向ける。

「どうよ、俺の射的力！」

「まさか本当に落とすとは思わなかったぜ。ほら、嬢ちゃん。持っていきな」

　そう言っておじさんが渡してくれたのは、私がひとめぼれしたクマのぬいぐるみ。見かけた瞬間に私の体に稲妻が走ってしまい、射的の得意なリクに取ってほしいと頼んだのが始まりだ。

　ただ、ちょっと重さのある人形だから、おじさんは難易度が高いぞって言っていて。その言葉どおり、リクは5発中の最後の1発でようやく仕留められたのだ。

　けれど、やっぱりリクは射的が上手だ。

　仕留めたのはラスト1発にしろ、実はそれまでの4発は全部クマの人形に当たっていたのだから。

　私は受け取った人形をギュッと抱きしめる。

「ありがとうリク。大切にするね」

「どういたしまして。よっし、じゃあ次は腹ごしらえしよう」

「うん」

　頷くと、リクは出店を背に歩き出した。

　私は彼の背を追うように、人混みの中へと踏み出す。

　頭上には、夜空を彩るように連なり灯る提灯。

　道の脇にはたくさんの夜店が並んでいる。

　うれしそうに屋台を回る子供たち。浴衣を着た女の子た

ち。子供も、大人も、お年寄りも、みんな生き生きとした顔でお祭りを楽しんでいる。
　私たちが生まれる前から毎年行われているという町内の夏祭りは、今年も大盛況のようだ。
　私の前を歩いていたリクが振り返る。
「奏チャンから連絡は？」
「まだ来てないよ」
　そう答えて、私は先日のことを思い出した。

　退院した日。原っぱでリクと別れてから、私は予定どおり奏ちゃんを驚かしに行った。
　リクに続き、私の突撃に奏ちゃんもしっかりと驚いてくれて。しかも、奏ちゃんのお父さんから退院祝いにってケーキをいただいちゃったりもした。
　そのときに、今年も３人で夏祭りへ行こうって話をしたんだけど、奏ちゃんは店の手伝いでどうしても遅れちゃうらしく、リクとふたりで先に行くことになったのだ。
　……実は、３人でお祭りに行くことを奏ちゃんに話したとき、奏ちゃんは少し迷った素振りを見せた。
　たぶん、リクの存在が引っかかっていたんだと思う。
　でも了承したのは、毎年一緒だったから。
　今までどおりではいられないと言っていたリクでさえ３人で行くと言ったのだから、当然奏ちゃんもそれで落ちついたんだと予想した。
「お店が落ちつくのは７時くらいかもって言ってたよ」

鞄から携帯を取り出して時刻を確認すれば、今はまだ６時をすぎたところ。奏ちゃんからの連絡も入っていない。
「そっか。んじゃ、今なら俺の役目かな。……はい」
　差し出される手。
「……何？」
「はぐれないように。それと、小春が人に酔って体調が悪くなっても支えられるように、手、つなごう」
「えっ……」
　恥ずかしくて、戸惑っていると。
「あ、抱っこのほうがいい？」
　今度は両手を差し出されて。
「手がいいです！」
　抱っこ案を拒否すると、クスクスと笑うリク。
「そ？　じゃあどうぞ、お姫様」
　リクの手がそっと差し出されて、私は頬に熱を感じながらも彼の手に自分の手を重ねた。
　しっかりと握られた手に感じる、リクの体温。
　夏の気候のせいか、リクの手は温かい。
　だけど、私の頬の熱は……気候のせいではなく、紛れもなくリクのせいで。
　──トクトクトク。
　心臓が少し慌ただしく騒いでいる。
　だけど、不思議と安心感もあって……。
　リクと手をつなぎ、人の波を縫うようにして歩きながら、ふと思う。

奏ちゃんと手をつないでも、こんなふうにはならなかったのに、と。
　入院中にも何度か感じていたものが、急激に膨れ上がる感覚。温かくて優しくて、けれど切ないような複雑な感情が私を満たそうとした、刹那。
「……実はさ」
　祭囃子をはじめとした周囲のざわつく音をＢＧＭに、リクが口を開いた。
　彼は私ではなく、人波や夜店を眺めながら続ける。
「なんとなくだけど俺、奏チャンは今年の夏祭りはきっと遅刻参加になるってわかってたんだ」
「……え？」
「お袋の命日に奏チャンが手を合わせに来てくれたんだけど、そのときに言っててさ。今年は家の手伝いが入っちゃったし、小春も入院してるから中止かなって」
　たしかに実際、奏ちゃんは最近忙しそうだ。
　どうやらその理由は、奏ちゃんのお父さんが考えた夏の新作ゼリーがヒットしているかららしい。
「だからさ、今年は小春とふたりで回る時間があるって予想してた」
「そ、そうなんだ」
　どうして今、そんな話をするんだろう。
　リクがどんな気持ちで何を考えて話しているのかはわからないけど、私的には、手をつないだこの状況から変に意識してしまう。

だからリクの顔をまともに見られずにいたら……。
「今ごろ奏チャン、小春のことが心配で手伝い失敗してるかもなー」
　ハハハと笑ってから、私を見た。
「でも、たまにはいいよな。俺が小春のこと、独占する時間があっても」
　茶化すように笑うリク。
「いっそ、愛の逃避行でもする？」
　そう提案した彼の声は冗談めかしたもの。
　けれど……リクの瞳には、それだけじゃない何かが宿っているように見えて。
　ドギマギしながら答えあぐねていると、リクはまたいつものように「なんてね」と言ってごまかすように微笑んだ。
「さーて、なに食べようか？」
　リクの視線が私から外れて連なる夜店へと移る。
　まるで、自分がした会話から逃げるように。
　私の心に、期待にも似た戸惑いを残したまま。

　奏ちゃんから連絡が入ったのは、それから少ししてからだった。
「奏ちゃん、今から来るって」
　携帯を鞄にしまってリクに告げると、私の手をしっかりと握ってくれていたぬくもりが、そっと離れた。
　代わりに、リクが持ってくれていたクマのぬいぐるみが渡される。

「じゃ、あとはソイツに守ってもらって」
　そう言っておどけたリクに、どう返していいのかわからなくて、私は笑って「そうだね」と返した。
　でも……本当は手を離されたことに寂しさを覚えていた。そして、胸の痛みも。
　だけど、それを隠すように私は笑ってみせる。
　今の私は、リクの瞳にどうに映っているんだろう。
　無理しているように見える？　ちゃんと楽しそうに見えている？
　こんなふうに自分を偽るように笑うなんて、まるで何かを抱えているのに隠す……リクみたいだ。
　もしかして、リクも自分をごまかしたいから笑っていたのかな？
　そんな疑問が浮かんでしまい、途端にリクのことが心配になってくる。
　けれど今は、年に一度しかない夏祭りを、リクと過ごす時間を大切にしたい。
「ねぇリク、スーパーボールすくいしようよ。どっちが多くゲットできるか競争ね」
「よっし、上等！」
　だから私は、奏ちゃんが合流するまでの時間で、たくさんはしゃいで、リクと笑い合った。そして……。
「見て見て、奏ちゃん！　すっごいでしょ」
　奏ちゃんと合流した私とリクは、ベンチに腰かけながらふたりで競争してゲットした景品を奏ちゃんに見せた。

クマのぬいぐるみはもちろん、スーパーボールにヨーヨー、ダーツゲームや輪投げで手に入れたおもちゃ。
　私たちの手には持ちきれなくて、親切な屋台のおじさんがくれた袋にたんまりと入っている。
「これ私が獲ったんだよ。すごくない？」
「いやいや、俺が獲ったコイツのほうがすごくね？　ね、奏チャン！」
「すごいけど、ふたりとも、いったいいくら使ったんだい？」
　苦笑いして褒めながらも、たしなめる奏ちゃん。
　するとリクが得意げに「心配ないよ奏チャン」と告げたかと思うと。
「俺と小春、ふたり合わせてたったの五千円ですから！」
　さらに得意げにピースサインまでつけて言いきった。
「五千円!?　夏祭りで使う金額じゃないだろう……」
　驚きお叱りモードに入った奏ちゃんに焦る私。
　リクは奏ちゃんのお説教に慣れているせいか、どこ吹く風といった感じで私を盾に口笛を吹いている。
　というかリクってば、何もふたり合わせた金額で言わなくてもいいのに。
　ひとりで使った額を言うより大きく感じるじゃないの、なんて心の中で愚痴りつつも、私は内心ホッとしていた。
　３人の空気感が、いつもと一緒だから。
　奏ちゃんが来るまで、少し心配だったのだ。私たちの空気が、ギクシャクしてしまったらどうしようって。
　だけど、この分なら大丈夫そうだと安心した。

「奏ちゃん、ご飯は食べてきたの？」
「いいや、食べないで来たよ」
「よーし、じゃあ俺とかき氷の早食い競争しよう」
「出た。夏祭り恒例、奏ちゃんとリクの一騎打ち対決」

　私が笑うと、奏ちゃんは困ったような笑みとともにため息を吐く。
「今年はかき氷か……って、僕的には空きっ腹に冷たいかき氷より……」
「去年に続き、今年も俺が勝利の栄光を掴むぜ！」
「待ってくれって。かき氷じゃないので頼むよ陸斗」
「ダメでーす。さあ、行こうぜ奏チャン！」
「頼む！　せめて広島焼きにしてくれ！」

　リクがふざけて、奏ちゃんが突っ込んで、私が笑う。
　続くようにリクが笑って、奏ちゃんも笑って……３人で笑う。
　他愛ない時間が、とてもうれしい。それぞれの間にいろいろあるとしても、こうして笑い合えるのはきっと、私たち３人だから。出会ってから時間とともに積み重ねた絆があるからだと思える。
　ふたりが私の幼なじみでよかった。
　今年の夏祭りの収穫は、自分で獲った景品でもリクがゲットしてくれたクマのぬいぐるみでもなく……。生涯薄れゆくことはないであろう、ふたりへの温かく、たしかな感情だった。

真逆の人

　窓の外からかすかに聞こえる元気なセミの声。
　真夏の炎天下で聞いていたなら煩わしく思うその声も、クーラーの効いた室内で聞く分にはさして気にならない。
　いや、むしろ今すぐこの状況から抜け出して、セミの声を聞きに行きたいくらいだ。
　夏休み終了まで、あと3日。
　私は、リクと一緒に奏ちゃんの家に集合していた。
　テーブルの上に広げられたノートとにらめっこしていた私は、ついにこの重圧に耐えきれなくなり、大きく息を吸い込むと声にする。
「数式なんて絶滅しちゃえばいいんだっ！」
　そうして、ノートの上に突っ伏した。
「ねーねー、奏ちゃん。私の人生に数式は必要ないと思うの」
「必要かどうかは、次の式を解いてから考えよう小春」
「うぅ……奏ちゃんのいじめっこ……」
　いつもは優しく教えてくれる奏ちゃんも、毎年このときばかりは少しだけ厳しくなる。
　私は泣き言をこぼしながら突っ伏した体を起こして、ため息を吐いた。すると、私の向かい側に座っているリクがあきれたように肩をすくめて。
「小春〜。奏チャンがせっかく貴重な時間を割いて助けてくれてんだから真面目にやりたまえよー」

私を注意した。
　けれど、すぐさま奏ちゃんがメガネを光らせ、厳しい視線を陸斗に向ける。
「お前もだよ、陸斗」
「アレッ、バレてた？」
　奏ちゃんのツッコミもなんのその。
　リクは懲りている様子もなく、頬杖をついてプリントにいたずら書きをしている。
　それを見た奏ちゃんが深いため息を吐き出した。
「まったくふたりとも、どうして毎年繰り返すんだ……」
「うっ……ごめんなさーい」
「ごめんちゃーい」
　本当に、毎年どうしてこうなってしまうのか。
　いや、自分が甘いからなのは承知している。
　でもでもっ、夏休みはどうしてもソレを後回しにしてしまうわけで！
「ほら小春、そこ間違ってる」
「ええ〜……何が違うの？」
　ああ……数式もだけど、夏休みの宿題も絶滅してしまえばいいのに！
　消しゴムで間違えた数式を消しながらそんなことを考えていると、ギブアップしたのかリクが床に寝転がった。
　それを見ておおげさといえるような息を吐いた奏ちゃんは、仕方ないといった様子でつぶやく。
「がんばれば父さんに頼んで、おやつもらってくるんだけ

どなぁ……」
　途端に勢いよく起き上がったリク。
「よし、がんばろうぜ小春」
「ラジャー！」
　奏ちゃんの素敵な言葉に、現金な私とリクはやる気スイッチをオンにした。
　リクはさっきとは別人のように、プリントの英字に目を走らせる。そして、さっそくつまずいたリクが眉を寄せれば、親切にアドバイスする奏ちゃん。
　夏祭りのときにも思ったけど、なんだかんだとそれぞれに事情があるとしても、こうして一緒にいられるのがうれしい。
　つい顔をほころばせたら、奏ちゃんが合わせるように微笑んで。
「どうした？　なんだかうれしそうだけど」
　問いかけられて、私は笑みを濃くした。
「うん。退院できて、ふたりとまたこうして一緒にいられてうれしくて」
「……そうか」
　優しく微笑む奏ちゃん。
「小春はピュアだよなー。昔っからさ。原っぱに雪男が出たってウソも本気で信じてたし」
　雪男……。
　そういえば、小学校高学年のころにそんな話をリクにされてすっかり騙されたことがあったっけ。

「あれはリアルに設定を作った陸斗も悪いだろ。でも、素直なのは小春のいいところだよ」
　フォローをありがとう、奏ちゃん。
　昔から変わらない奏ちゃんの上手なフォローに心の中で感謝して、私は再び宿題と向き合った。

　ようやく数式との格闘が終わった私は、トイレ休憩のために立ち上がる。
「奏ちゃん、ちょっとおトイレ借りるね」
「ああ、いってらっしゃい」
　奏ちゃんの声を受けた私は、集中しているリクの邪魔にならないようにそっと扉を閉めて廊下に出た。
　そして、トイレから出て部屋に戻ろうとしたとき。
「こんにちは、小春ちゃん」
　ちょうど外から帰宅したらしい、奏ちゃんのお母さんと会った。
「こんにちは。おじゃましてます」
　キレイな笑みを浮かべた奏ちゃんのお母さんは、涼しげな水色のワンピースを着ている。
　上品なデザインで、奏ちゃんのお母さんにとてもお似合いだ。
「そのワンピース、素敵ですね！」
「ありがとう。気に入って買ったばかりなの。今日は陸斗くんも一緒なの？」
「はい。私と一緒に奏ちゃんに宿題で迷惑かけてます」

「そう。そうだ、うちの新作ゼリーは食べた？」
「いえ、今日買って行くつもりなんです」
　そうだった。
　宿題に追われていてすっかり抜けていたけど、今日は噂の新作を買っていくと心に決めていたのだ。
「あ、まさかもう売れ切れてたりっ？」
　焦る私の様子に、奏ちゃんのお母さんはフフッと上品に笑う。
「冷蔵庫にあるから、おやつに出してあげる。桃とオレンジとグレープフルーツがひとつずつあるけれど、どれがいい？」
「私は桃派だけど、たしか奏ちゃんも桃派だから……」
「あの子はいいの」
　低く強い声で言われて、私は一瞬肩を震わせた。
　今の声は、奏ちゃんのお母さんが奏ちゃんに接するときの声だ。
「お客様優先よ」
　ニッコリと笑った奏ちゃんのお母さん。
　私は「ありがとうございます」とお礼を口にしてから、リクにも聞いてくると言って踵を返して階段を上った。
　相変わらず奏ちゃんには冷たいんだなぁ……。
　血がつながっていない。
　"それだけのこと"とは思わないけど……奏ちゃんがいない場所でもあんなふうに言うなんて。
　小学校のころ、奏ちゃんがひとりぼっちだと感じて家に

帰りたがらなかったのも、わかる気がした。
　奏ちゃんはどんな気持ちで、今日までこの家で過ごしていたんだろう……。
　切なくなりながらも、奏ちゃんの部屋の前にたどりついた私の耳に聞こえてきたのはリクの声。
「悪いウソじゃないんだし、いいじゃん」
　なんの話だろう？
　そう思ってドアノブに手をかけようとしたら、今度は奏ちゃんの声が聞こえてきた。
「悪いかどうかは小春が判断することだろう」
　出てきた私の名前に、思わず手を引っ込めてしまう。
「まあね。でも……ほんとピュアだよなぁ」
　は、入っても大丈夫……だよね？
　さっきの話の続きだろうし……と思った刹那。
「俺の母親とは真逆だ」
　リクの言葉に、私は再び出しかけた手を止めた。
「どっちの？」
「アッチしかいないじゃん」
「……僕は会ったことないからコメントできないよ」
「そりゃそっか」
　……どっちって？　会ったことがないって、何？
　リクのお母さんは、あの優しいお母さんでしょう？
　笑顔が素敵な、料理上手のお母さん。奏ちゃんだって会ったことのある。
　アッチって……誰？　よくわからないけど……きっと、

私の知らない話。奏ちゃんとリクだけがわかる話なんだ。
　そう思ったら少し寂しくて、けれどそれを思いがけずこんな形で知ってしまったことに動揺して、私はただ下を向いて立ち尽くしていた。
　だから、気づけなかった。リクが、扉を開ける気配に。
「……小春」
　見上げたリクの顔には、驚きとも困惑ともつかないものが浮かんでいる。
「あ、の……ゼリー……」
　たまたまとはいえ盗み聞きになってしまった罪悪感で、言葉がうまく出ない。
「……」
　そんな私を、リクはジッと見つめているだけだ。まるで、何かを探るように。
　どうしよう。とにかく、勝手に聞いちゃってごめんなさいって、謝ったほうがいいよね。
　そう思い至って、私はうつむきそうになる顔をグッと上げてリクを見た。すると……。
「ゼリーって新作ゼリー？」
「え……あ、うん……」
　いつの間にか、リクの表情はいつものにこやかなものになっていて。
「それがどうした？」
「え、と……奏ちゃんのお母さんに、何味を食べたいか聞かれて……」

「食べられるの？　やっりー！　俺、自分で見て決める」
　ウキウキしながら階段を下りていくリク。その様子をまだ動揺しつつも瞬きしながら見ていたら、奏ちゃんが部屋から出てきて。
　私はゼリーの説明をすると、リクに続き奏ちゃんと一緒に１階へと向かったのだった。

　それから……結局、リクはオレンジを選び、私は桃で奏ちゃんがグレープフルーツを食べた。
　人気というだけあって、とてもおいしかったゼリー。
　宿題も無事に終わって、お土産のゼリーもゲットして。
　本当なら、憂うことなんて何もないはずなのに……リクの話が頭から離れない。
「ごめんな、小春。本当は家まで送ってやりたかったんだけど」
「いいよ。お手伝いがあるのに、時間を作ってくれてありがとう」
「ホントホント。助かったよ奏チャン。またヨロシクお願いします！」
「よろしくお願いしないようにしてくれよ、ふたりとも」
　玄関先で疲れたようなため息をついた奏ちゃんに、私は苦笑いする。
「アハハ……がんばります」
「じゃ、またね奏チャン」
　軽く手を上げて歩き出したリク。

「ああ。気をつけて」
　奏ちゃんが頷いたのを見て、私が手を振って歩き出そうとしたとき。
「小春」
　不意に、奏ちゃんに名前を呼ばれて振り返った。
　私を見つめる奏ちゃんの瞳が優しく細められる。
「あとで、電話するよ」
「……うん」
　彼の小さな約束に曖昧な笑みで頷くと、再び奏ちゃんに手を振ってリクの背中を追った。
　奏ちゃんの私への接し方は３人でいるときは普通でも、ふたりきりのときはまだ少しおかしいままだ。
　お母さんの話をしてくれた日から、たまに見せられていた怖い雰囲気で接してくることはないけれど、付き合っているように接してくるのは変わらない。
　キッパリと拒絶できない私もいけないのは十分わかっている。
　でも……話を聞かされてしまったせいで、以前よりも奏ちゃんを傷つけないように気をつかってしまうのだ。
　どうすれば、奏ちゃんの心を楽にしてあげられるのか。
　いい方法が思い浮かばず、私はリクに気づかれないように小さく息を吐き出した。
　……けれど。
「どうした？」
「あ……」

どうやら聞かれてしまっていたようで、数歩前を歩いていたはずのリクは、いつの間にか私の前に立ち、顔をのぞき込むようにしていた。

　私は足を止め、力なく笑う。
「な、なんでもないよ」
「ホントに？　具合悪いならすぐに言えよ？」
「うん。でも、そうじゃないから」
「そう？　じゃあ……悩みごとか」

　それには答えずに私は歩き出した。

　そうすれば、リクも歩き出して私の隣に並ぶ。
「悩んでるのは奏チャンのこと？　それとも……」

　夏の陽は長い。

　夕暮れ前の青さを残した空の下で発せられたのは。
「俺の母親のこと？」

　感情の読み取れない、リクの声。

　私の心臓がひとつ、大きく跳ねた。

　何も言えずにいると、リクがクスリと笑う。
「相変わらず隠しごとできないよなお前。わかりやすすぎ」
「ご、ごめん。でもね、立ち聞きするつもりはなくて……」
「うん、わかってるよ」

　それきり、リクは無言になった。

　機嫌を悪そうにしているわけではない。かと言って、よさそうでもない。リクはただ、前を見て歩くだけ。

　時折、夕暮れの色に変え始めた空を眺めながら。

　そして……やがて、分かれ道にさしかかる。

ここからは、別々の道。
　　リクのお母さんの話は気になるけど、リクが触れない以上は……私からは踏み込めなくて。
　　だから、私は笑顔を作った。
「それじゃ、またね」
　　そう言って、手を振った。けれど、リクは動かなかった。
　　ただ私を、まっすぐに見ている。
「……リク？」
　　どうしたのかと首をかしげると、彼は微笑し唇を動かす。
「ちょっと俺の家、寄っていかない？」
「え？」
「気になるんだろ？」
　　それは、お母さんのことだろうとすぐにわかった。
「そ、れは……気になる、けど」
「だったら付き合ってよ。俺の昔話に」
　　リクはそう言って、まだ夏の昼間の熱を残した地面の上で、私を誘ったのだった。

寂しい背中

「今日は親父、帰りが遅いらしいから話すにはちょうどよかった」

　私がクッションに腰を下ろすと、リクはそんなふうに言いながら自嘲気味に笑った。

　リクの部屋に入るのはいつぶりだろう。

　たしか、中2のころにお邪魔して以来……？

　家具の位置はちょっと変わっているけど、家具そのものは見覚えのあるものばかりだ。

　20インチくらいの液晶テレビに、シングルサイズのパイプベッド。壁に設置されているクローゼットには、中学のころと同じように、制服がかかっている。

　そんなに大きくはない四角いローテーブルには、音楽雑誌と……リクが用意してくれた、氷で冷やされたオレンジジュースの入ったグラスがふたつ、並んでいた。

　リクはベッドを背もたれにして座っている。

　彼のうしろに見える窓はエアコンが効くまではと開けられていて、ぼんやりと時折風に揺れる青いカーテンを見ていたら、リクの声が秘密を漏らした。

「……俺さ、この家の子じゃないんだ」

　ポツリと、まるで水面を静かに揺らすように。

「正確には養子。ま、親戚ではあるんだけどね」

「そうだったんだ……」

「俺はね、両親に捨てられてるんだ」

　私は驚きで目を丸くしつつも、悲しい告白に眉をハの字にする。
「俺は、母さんが愛人してたときにできた子供でさ。けど、父親からは認知されず、母子揃って捨てられた。でも、俺はそれでもよかった。父親がいなくたってかまわなかった。でも……」

　リクの瞳に影が差した気がして、私は無意識にスカートの裾をキュッと握った。
「でも、母さんは違った。母さんは、自分の愛した男に捨てられたことが苦しくて仕方なかった」

　出会ったことのないリクの本当のお母さん。

　大好きな人に捨てられるという苦しみは、私には経験のないことだけど……きっと、身を切られるような思いだったんだろうと予想した。
「そんなある日、部屋で遊んでた俺は、母さんがベランダに立ってるのを見つけたんだ」

　語るリクの視線が、ぼんやりとテーブルを見つめる。
「俺が何してるのか聞いたら……もう、疲れたって。あの人と同じ目で見るのはやめてって、狂ったように言いながら母さん、は……」

　そこまで話して、リクは言葉に詰まったように黙ってしまう。

　それ以上言わなくても、わかった。

　きっとリクのお母さんは、そのまま……ベランダから飛

び降りて、命を絶ったんだ、と。
「俺のせいなんだよ。母さんが死んだのは……」
　痛みをこらえるように微笑んだリクに、私は首を横に振った。
「俺の存在が……母さんを不幸にした」
　まるで、生まれてきたことを否定するような響きに、私は泣きそうになる。
「きっと、お袋もそうだ。俺を養子になんかにしたから、病気になった。だから……」
　リクの瞳が、不安げに私を見つめて。
　私はハッキリとかぶりを振って否定した。
「違うよリク。前にも言ったでしょ？　私はこうして、退院だってしたんだから」
　そうだよ。リクがいてくれたから、私はがんばれた。
　不幸どころか、今こうして幸せに過ごせている日常は、駆けつけて支えてくれたリクがくれたものでもあると思っている。
「お母さんのことだって、リクのせいなんかじゃない。リクは何も悪くないんだよ」
「でも、俺……母さんを止めること、できなかった」
「リク……」
　後悔を背負い続けるリクに、どんな言葉をかけてあげたらいいのかわからない。少しでも彼の負担を減らしてあげたくて、言葉を探していたら……。
「……これが、俺の昔話。どうしようもない昔話」

そう言って、痛みを隠すようにリクが笑う。
　次の瞬間、話の終わりを告げるように、窓から入り込んだ優しい風がカーテンを揺らした。
　リクはジュースをひと口飲むと、気持ちを切り替えるように明るい声を出す。
「ごめんな。話してなくて」
　聞いても気持ちいい話じゃないだろうし、優しいお前のことだから変に気をつかうかもしんないと思って言わなかったと、リクは申しわけなさそうに眉を寄せて微笑んだ。
　そして、ひと呼吸を置いてから、また言葉を続ける。
「奏チャンにはさ、出会ったときに話してたんだ。ひとりぼっちだって泣いてた奏チャンには、不思議と話せた」
　それはきっと、リクが奏チャンを秘密基地に連れてきた日のこと。無邪気でいられた幼いころの話。
「まあ、子供だったから、今したみたいに詳しくは話してないけどね」
　言いながら立ち上がったリクは、窓を閉めてベッドに腰かける。そして、そのまま話題を別のものに変え、お母さんの話に戻ることはなかった。

「それじゃあ、またな」
　私を家の前まで送ってくれたリクが、踵を返して今来た道を戻っていく。
　ジーンズのポケットに手を突っ込み、ゆっくりと歩くリクの背中がなんだか寂しそうで……。

「……リクッ……」
　思わず、リクを追いかけてしまった。
　私の声に振り向いたリクが目を見開く。
「……どした？」
「えっと……送ってあげようかと、思って」
　歩み寄りながら説明すれば、リクは少し訝しげな表情になった。
「……は？」
「だから、送ってあげるの」
「送るって、今、俺が……」
「もう少し歩きたいの！　散歩のついでです」
　寂しそうだから放っておけない、なんて言えなくて。
　適当に理由をつけてはみたけど……リクは私の気持ちを見透かしたのか、おかしそうに小さく笑った。
「……そっか。実はさ、俺も歩きたい気分なんだ。ちょっと遠回りしよっか」
「うん」
　私が頷くと、リクはやわらかい笑みを浮かべる。
　そうして、どちらともなく歩き出した。
　さっきはひとり分しかなかった影が、ふたり分になり並んでいる。
　昔は影踏みして遊びながら帰ったなぁ……なんて考えていたら。
「……小春」
　不意に名前を呼ばれて、影に落としていた視線をリクへ

と向ける。
「ん？」
「ありがとな」
　微笑んだリクの表情が、どこか切なく見えるのは夕日のせいだろうか。
　笑むことで返事をした私に、リクが優しく目を細めて。
　私たちはとりとめもない会話をしながら、夏の夕暮れ道を歩き……空の色が紺色に変わったころ、私は再びリクに送られて自宅前までやってきた。
　散歩で気が紛れたのか、リクからは寂しい気配が消えたように見える。
　だから今度こそ、そのまま見送るつもりだった。
　……けれど。
　リクの瞳が、私を通り越して何かを見つめた瞬間、険しさをまとう。
　何事かと振り返ってみれば……そこには。
「そ、うちゃん……」
　メガネの奥にある瞳に怒りとも悲しみともとれる複雑な色を浮かべた、奏ちゃんが立っていた。
　奏ちゃんのまっすぐな視線に私が固まっていると、背後からリクの明るい声がする。
「あれっ？　お手伝いは？」
「終わったよ」
　リクの声に対して、奏ちゃんの声色はどこか冷たい。
　奏ちゃんがリクにお説教するときにも、その声色が普段

のものとは変わって厳しくなることは多々あったけど……こんなふうに、冷めたような声をリクに向けるのは初めてだと思う。

　でも、声を向けられたリクは表情を変えることはなく、少しだけ笑って「そっか、お疲れ様」と口にした。

　すると、リクに向けられていた奏ちゃんの視線が、再び私へと注がれる。
「電話、したんだよ」
　そう言われて、奏ちゃんと交わした小さな約束を思い出した。あとで電話すると言われていたことを。

　私は急いで鞄から携帯を取り出すと、ディスプレイにはたしかに着信があったことを知らせるマークが表示されていた。
「あ……ご、ごめんね。気づかなくて……」
「どこかで倒れたんじゃないかって、心配したんだ」
「ごめんなさい……」

　心配かけたことが申し訳なくて、私は謝罪する。

　でも、本当はそれよりも……奏ちゃんが抱えているだろう、怒りの理由が怖かった。

　きっと、私がリクと一緒にいたことをよく思っていないはず。

　だからこそ、心配だけでなく、瞳に怒りを滲ませているのだろうから。

　どうしたらいいかわからずにうつむいてしまう。

　そうして、私たちの間に少しの沈黙が降りて……近所の

犬がひと吠えしたのを聞いた直後。
「なあ、奏チャン……」
　この場を支配していた静寂を……リクの寂しそうな声が破った。
「俺、奏チャンのこと信頼してるけどさ、それでいいの？」
「……何がだい？」
　聞き返した奏ちゃん。
　リクは視線を、つ……と私に向けると。
「……小春、苦しそうに見える」
　思いやるような優しさを滲ませた声と瞳で、つぶやいた。
　リクの言葉に、私は少し泣きそうになって慌ててうつむく。けれどリクには、それが否定的な態度に見えてしまったのか……。
「ま、俺が口出しするなって感じ？」
　茶化すように言って、いつもの調子で話を続ける。
「小春のことは俺が連れ回したんだ。責めないでやって。ゴメンネ小春」
　謝られて、私は顔を上げた。だって、リクは悪くない。
　私がリクを放っておけなくて声をかけたのに。
「そんなっ」
「それじゃ、お先ぃー」
　リクだけが悪者みたいになってしまうのが嫌で声を発しようとしたけれど、それはリクの明るい別れのあいさつによって弾かれてしまった。
　そして、振り向くことなく……リクは、私と奏ちゃんを

置いて去ってしまう。
　残された私たちは、身動きも取れず再び訪れた沈黙に縛られていると……。
「小春を……苦しませたいわけ、ないに決まってるじゃないか……」
　不意に、奏ちゃんが声を漏らして。
「奏ちゃん……？」
「でも、どうしようもないんだ。もう、僕には……」
　ひとり言のようにこぼした彼は、手が白くなるほどに強く拳を作る。その顔には、追い詰められたような焦りと苦しみが見えていた。
「小春……お願いが、あるんだ」
　奏ちゃんの表情はとても真剣で。
　私は何も答えず、ただ彼の言葉の続きを待つ。
　夏の生ぬるい風が私たちの間を吹き抜けたあと、奏ちゃんは言った。
「急がなくていいから、幼なじみの殻を破って僕を見てほしい」
　そして、いつか交わした約束を果たそう、と。
　拒絶することは、できなかった。
　したら、奏ちゃんが壊れてしまいそうな気がして。
　だから私は……。
「時間をください」
　そう答えて、願いが届くようにと祈りを込めるように微笑んだ。

第4章

太陽のような

 9月。厳しい残暑の中、2学期が始まった。
 夏休みはあっという間にすぎて、病状も今のところ安定していた私は、通院しながら学校生活を送っている。
「えー、そんじゃ今日は、文化祭の出し物を決めたいと思いまーす」
 ロングホームルームの時間、教卓の前で学級委員の新谷が棒読み気味な声で宣言した。
 新谷はうちのクラス一……というか、たぶん、学年一のチャラ男くんだ。
 趣味特技はナンパと自分で豪語するほどの女の子好き。
 加えて、楽しいことが大好きで、面倒なことが大嫌いだという。
 そんな新谷が、委員の中でも面倒な部類に入る学級委員をどうしてやっているかというと……。
「では、何かいい案がある人は挙手をお願いします」
 新谷の隣に立ち、切れ長のクールな目で私たちを見ながら、落ちついた声で話すもうひとりの学級委員、よっちんを落とすためらしい。
 これは本人から聞いたわけではなくクラスメイトから聞いた話だけど、新谷は入学式のときによっちんをナンパしたけど見事に玉砕。
 よっちんに『あなたみたいなのが一番嫌い』とハッキリ

言われた新谷は、絶対に落とすと宣言したんだとか。
　以来、何かとよっちんに絡んでがんばっているみたい。
　私も何度かその光景を目にしているけど、よっちんはまったく相手にしていないのが現状だけど……。
　よっちんが深緑の黒板に白いチョークで【文化祭の出し物案】と書く。
　その横で新谷が「誰か案ある人ー」とちょっとかったるそうに聞くと、ちらほらと意見が出始めた。
　定番のお化け屋敷に飲食店、演劇や駄菓子屋。クイズ大会なんていう案も出てきて、それぞれに、おもしろそうだという声が多数あがったけれど、決まったのは新谷が提案した『執事＆メイド喫茶』だ。
　衣装やメニュー等の話し合いは次回のロングホームルームでという流れで、その日は終了したけれど……。
「美乃ちゃーん」
　放課後、よっちんと私が帰り支度を終えて鞄を手にしたところで、新谷が声をかけてきた。
「慣れ慣れしい」
　よっちんは無表情で新谷に言い放つも、新谷は気にもせずにニコニコとよっちんに話しかける。
「俺、執事やろうと思うんだけどさ、安心していいよ」
「……何が」
「役割上、女の子のお客さんたちに尽くしまくるけど、俺の本命は美乃ちゃ……」
「帰ろう、小春」

新谷の声を無情にも切り捨て、スタスタと歩いていってしまうよっちん。
「……」
　切り捨てられた新谷は、よっちんに向けた笑顔のまま固まっている。
「あ、えっと……じゃあ、また明日ね、新谷」
　よっちんのあとを追う前に新谷にあいさつすると、固まっていた新谷が「あ！」と声を発して動き出した。
「小春ちゃんはメイドさんやってよ」
「えっ、なんで私が」
「小春ちゃんってなんか小動物っぽくて可愛いし、男のお客さんが増えると思うんだよなー」
　新谷はタレ目がちな優しい瞳をニッコリと細め、言葉を続ける。
「まあ、体調とか心配なら呼び込み係で立ってるだけでもいいしさ、とりあえず考えといて」
「う、うん、わかった」
　頷くと、新谷は「よろしくなー」とうれしそうに白い歯を見せた。
　私の病気のことは、担任の先生を通してクラスのみんなが知っている。
　私は最初、みんなに気をつかわせたくないからと黙っていようかとも思ってたんだけど、友達を思いやり、助け、支え合うというのも大切なことだからと先生が話すことを勧めてくれた。それで、始業式の日に私の口から病気のこ

とを話させてもらっていた。
　以来、今日までに何度かクラスメイトの労りと心の温かさに触れ、病気であっても幸せだと感じている。
　今もそうだ。何気ない新谷の気づかいに、私は感謝の気持ちでいっぱいになっていた。
「ありがとう新谷。体のこと気にかけてくれて」
「いやいや、クラスメイトだし当然っしょ。あー、でも、この話、美乃ちゃんにして俺のよさをアピールしてくれてもオッケーだからなー？」
　茶目っ気たっぷりにウィンクをした新谷。
　私はそんな彼の言葉と仕草に笑いながら「善処します」と告げると、教室の扉のところで待っていてくれていたよっちんの元へと急いだ。
　そして、よっちんとふたりで階段を下りながら、新谷に頼まれたアピールの件を話すと、彼女はあきれたように小さく息を吐き出した。
「して当然のことをアピールされてもね」
「でも、できない人だっていると思うし」
「しない人よりはマシでしょうけど、あの人の場合は下心が見えるから」
　よっちんの言葉に否定できない私がいて、苦笑いを返しながら靴を履き替える。

　昇降口から一歩外に出ると、むわっとした熱気が出迎えてくれた。

校舎内も暑いと感じるけど、外の気温に比べたらかなりマシだと思われる。
　まだ少し高い位置にある太陽の光を避けるように、よっちんとふたりで日陰を歩きながら校門へとなだらかな坂を下っていると。
「小春」
　風紀委員の腕章をつけた奏ちゃんに声をかけられた。
　優しい笑みを浮かべた奏ちゃんの手には、風紀委員の記録表。
「お疲れ様です、奏ちゃん」
　奏ちゃんは一昨日から始まった風紀強化週間のため、校門脇に立って生徒の身だしなみをチェックしている。
　朝は別の生徒が立っていて、奏ちゃんは帰りの時間を担当しているようだ。
「ありがとう。小春は？　疲れてないかい？」
「大丈夫だよ。薬もちゃんと飲んでるし」
「そうか。ところで、陸斗を見た？」
「え？　見てないけど……」
　奏ちゃんの口からリクの名前が出て、ちょっとドキッとしてしまう私。
　リクがどうかしたかと問いかけると、奏ちゃんは困ったようにため息をついてから唇を動かした。
「アイツ、一昨日からここを通ってないんだよ」
「あ……そういうことかぁ。裏門は？」
「通ってないって話だよ」

眉根を寄せた奏ちゃんに、私は力なくアハハと笑った。
　どうやら、リクは風紀委員のチェックからうまく逃げて帰宅しているらしい。裏門にも姿を見せずに帰っているなんて、どこから帰っているんだろう。
　なんて思っていたら、よっちんが「そういえば」と声を出した。
「本庄くんに聞かれたから答えたんだけど……体育館裏」
　突然場所を示されて、私と奏ちゃんは首をかしげる。
　すると、よっちんは告げた。
「抜け道だったらそこが一番だよって」
　その瞬間、奏ちゃんの目が見開いて、もうひとりの風紀委員の生徒に何かを話すと記録表が託される。
「いい情報をありがとう双葉さん」
「いえ、余計なことをしてごめんなさい」
「悪いのは陸斗だよ。じゃ、僕は抜け道をチェックしてくる」
「う、うん。がんばってね」
「ああ、気をつけて帰るんだぞ！」
　言い終えないうちに、奏ちゃんは体育館裏へと走っていった。
　それを見送ってから再び歩き出した私とよっちん。
　同じように帰宅する他の生徒の流れに乗るように校門を出たあたりで、よっちんが私を見た。
「最近、柏木先輩と一緒にいないよね」
「……うん、そうだね」
　答えながら、私は夏休みが終わる前のことを思い出して

いた。
　リクの口から、リクの本当のお母さんが自ら命を絶っていたという話を聞いた日、鉢合わせした奏ちゃんに時間をくださいと頼んでから、奏ちゃんは強引に一緒にいるようなことはしなくなっていた。
　けれど、私に対する想いは隠さず、やわらかく滲ませながら接してくれている。
　それにより、どこか痛みを伴うようだった奏ちゃんと私の関係は少しずつ落ちついてきていた。
　ただ……。
「本庄くんも、小春のとこに来ないね」
「そう、だね……」
　そう。夏祭りで近づいたように感じていたリクは、再び私から距離を置いているようだった。
　原因は、奏ちゃんとの鉢合わせによるものなのか。
　それとも……不幸にしてしまうという恐れからなのか。
　後者ならば、私は不幸だと感じたことなんて一度もないのに。でも、リクが時折何かを隠すように切なく笑うのは、過去のトラウマが原因なのはハッキリとわかった。
　わかったけれど……。
「どうしたら、伝わるのかな？」
　リクのせいではないと。
　自分を責めなくてもいいのだとリクに理解してもらうには、どうしたら……。
「……何かあったの？」

慈愛を帯びたようなよっちんの声に問われて、私は……少しだけ相談することにした。
　リクをとりまく環境は濁しつつ、けれど彼の過去が彼を苦しめていることと、それによって自ら孤独を選ぼうとしているように見えることを。
「本庄くんは、怖いのね」
「怖い？」
「怖いから孤独を選ぶ。他者から離れていれば、傷つくことも傷つけることもないでしょう？」
　よっちんの言葉に私は考える。
　たしかに、他者から離れていれば傷つけることはないと思う。でも……。
「もしも心が他者を求めてしまったら、その瞬間に自分は傷つくんじゃないの？」
　誰かを傷つけるくらいなら……と、普段は思っていても、ふとした瞬間に誰かの存在を求めることがあったら？
　そうしたら、そのときっと、自分が孤独なことに心を痛める。
　お母さんの死を自分のせいだと背負ってしまっている心優しいリクなら、なおさら。
「そうだね。小春の言うとおりだと私も思う。だから彼は、もう手遅れだと気づいてる」
「え？」
「それでも大切だから、意地を通そうとしてるんだよ」
「……よっちん、難しくてよくわからないんだけど……」

眉間にシワを寄せて悩む私を見て意味ありげな笑みを浮かべると、フフッと笑ったよっちん。
　彼女の髪が、夏の生温い風に揺れる。
「大切であればあるほど簡単には譲れないものでしょう？　彼が小春を大切に想い、小春が彼を大切に思うから、ぶつかる」
「えぇっと……つまり、リクも私も互いに大切に想うからこそ、互いの願いがぶつかってしまう、ということ？」
　確認すると、よっちんは小さく頷いた。
「小春は、彼を救いたい？」
「救う……というか、放っておけないというか……」
「だったら、放っておかなきゃいいと思うよ」
「でも、リクはきっとそれを望んでない」
　だからこそ、距離を置いているんだと思うから。
　そう告げると、よっちんは照りつける太陽に手をかざして、まぶしそうに目を細める。
「大丈夫。彼にとって小春はきっと、太陽のような存在だから」
　太陽のような存在。
　抽象的な表現に首をかしげると、よっちんは口元にやわらかい笑みを浮かべて。
「あらゆる生物は太陽がないと生きていくのが難しいでしょう？　だから、そういうことよ」
　つまり私は、リクにとって重要な存在だということ？
　そんなに大切なポジションにいるのかは自分ではわから

ないけど、もしもそうなら……と考えたら、とてもとてもうれしくて。
　病気に負けず、いつも元気でいたいと心から思う。
　リクが過去に押しつぶされないように。
　リクの不安を打ち消せるように。
　孤独の闇にいる彼に、しっかりと手を伸ばせるように。

泣かないよ

夢を見た。

いつもの桜の夢を。

はらりはらりと振り続ける桜の雨は美しく、儚く。

きっと今日もここにあの少年がいる……と、思ったのだけれど。

桜の木の下にいたのは少年ではなく……高校の制服を着た現在のリクだった。

悲しそうに、桜の花びらが舞い散る様を眺めているリクに、私の胸が切なく締めつけられる。

声をかけたい。

今すぐ、その隣に駆け寄りたい。

そう思うのに、まるで金縛りにあったように体も唇も動かせない。

リク。リク。

心の中で呼ぶことしかできずにいると、不意に視界が揺らいだ。

夏の蜃気楼のようにユラユラと。

次いで、色彩がぼんやりと白に染まり始め……私は、目を覚ました。

ゆっくりと体を起こし、枕元の目覚まし時計を確認する。

アラーム設定時刻よりも30分も早い時間。

普段なら二度寝してしまうところだけど、今日はそんな

気分になれなかった。
　夢の中に出てきたリクの悲しそうな表情が、私の心を刺激しているからだ。
　どうして、あの場所に出てきたのが少年じゃなくてリクなのか。
　ただの夢だと言ってしまえばそれまでだけど……もしかしたら、リクがひとりぼっちであることを望んでいるように見えるせいかもしれない。
　カーテンの隙間から差し込む穏やかな朝陽。
　私はベッドから抜け出すと、夢の中のリクの悲しそうな横顔を思い出しながら、カーテンを開けて部屋に朝の光を呼び込んだ。

　――トンカン、トンカン。
　そんな音があちこちから聞こえてくる校内。
　文化祭まであと2日と迫った今日は、全学年、午後から文化祭準備の時間に当てられていてとても賑やかだ。
「美乃ちゃーん！」
　教室内に新谷の軽やかな声が響く。
　床に座って私と一緒に装飾作りの作業していたよっちんは、ちょっと迷惑そうに眉間にシワを作って顔を上げた。
　私もつられて顔を上げると、そこには見慣れない姿の新谷が。
「どう？　似合う？」
　彼がまとう衣装は、クラスの出し物であるメイド＆執事

喫茶の執事の衣装だ。
　燕尾服タイプの黒いジャケットと同カラーのズボン。中にはグレーのベストと白いシャツ。首元を飾るネクタイも黒だけど、ワンポイントについているゴールドのブローチがオシャレだ。手には手袋をしている。
　新谷はピンッと背筋を正し、よっちんに向かって右手を差し出した。
「惚れ直しましたか、お嬢様？」
「ホストにしか見えない。それと、最初から惚れてないから」
「……だよね〜」
　引きつった笑みで懸命によっちんに合わせる新谷。
　でもすぐに、よっちんは興味はないと言わんばかりに作業を再開する。
「んじゃ、小春ちゃんは？」
「え？」
「似合う？　俺に惚れちゃう勢い？」
　新谷は言いながら、よっちんに向けていたポーズを私に向けた。
「あー……ハハハ……」
「なんだよその苦笑い〜」
　頬を膨らませ、子供のようにむくれる新谷。
　正直に言えば似合うと思う。
　けど、たしかにホストに見えなくもないし、それよりもどうしてよっちんの前でそんなこと聞いてくるのかなぁ。
　本気でよっちんを落とす気があるのか疑ってしまうよ、

新谷。
　……という思いからの苦笑なんだけど、それは声にせずにいた私。
　新谷は「チェ〜」なんて拗ねた素振りを見せたあと、何かを思い出したように私を見た。
「あ、そうだ。メイド服も届いてるから、小春ちゃんも試着しといてよ」
「はぁ〜い……」
　浮かべていた苦笑いに諦めの表情を添えて答えると、よっちんがため息をついて私に同情するような視線を送ってきた。
「小春も、新谷に振り回されて大変だね。キッパリ断ればよかったのに」
「たしかにメイド服は恥ずかしいけど……みんな楽しそうだしね」
　本当はメイド服を着るのは断ろうと思っていた。
　でも、新谷だけじゃなくクラスメイトにも勧められ、そのときのみんなが醸し出していた雰囲気がとても楽しそうだったから……私は、首を縦に振ったのだった。
「みんなで何かを作り上げていくのって、いいよね」
「そうね。明るい空気。きっといい文化祭になる」
「うん」
　よっちんの予言めいた言葉に私は微笑んで頷く。
　次の瞬間、よっちんの目がいたずらっ子のように細められて。

「メイド姿の小春を見たら喜ぶだろうね」
　そんなことを言い出した。
「誰が？」
「もちろん、本庄くんが」
「ええっ!?」
　リクが私のメイド服姿で喜ぶ？
　や、たしかにリクは昔から、浴衣姿とかを見て褒めてくれる人だけど、喜ぶ……のかなぁ？
　でも、喜んでくれるなら、笑顔を見せてくれるなら……なんて考えたら、メイド服を着るのもいいかなと思えて。
「とにかく、こっちは任せて小春は試着に行ってきなよ」
「うん、じゃあちょっと行ってきます」
　よっちんに促され立ち上がった私。
　このとき私は普段の態度を装ってはいたけれど……自分の心が確実に変化していっているのを自覚して、ドキドキしていた。

「はい、サイズはオッケー。小春は当日、この番号の置いてある服を着てね」
「了解！」
　女子の試着室としてあてられている視聴覚室で試着を無事にすませた私は、教室に戻るべく廊下へと出た。
　渡り廊下を歩いて、１年の教室がある校舎へとたどりついたとき。
「あ、小春」

バッタリ、リクと会った。
「ちょうどいいところに」
　リクは私を見るなり明るい表情を見せたかと思うと、「ちょっと付き合って」と言いながら私の腕を引っ張って歩き出す。
「ちょ、リク？　どうしたの？」
「小春。俺を助けて」
「え……？」
　突然の救助要請の理由がわからず首をかしげた。
　そうしてリクに腕を引かれたままたどりついた先は……多目的室。
　中には誰もいなくて、机や椅子がよけられたスペースに大きなダンボールと大きな模造紙が広げられていた。
　その横にはペンキやらサインペンやらが無造作に並んでいる。
「あれ？　リクだけなの？」
「他のヤツらは教室の飾りつけの応援。それより、これこれ」
　リクが指さすのは模造紙。
　よく見れば、でかでかと【フリーマーケット】と書かれた文字の上に白いペンキがべちゃーっと盛大にこぼれてしまっていた。
「わっ……これは……」
「あと少しだったのに、うっかりこぼしちゃってさ」
　どう見ても失敗だ。
　これを修正するには、結構な手間がかかりそう。

「これさ、火で炙ったり水に浸したりしたら文字が浮き出て元どおり～とかない?」

どことなくワクワクしながらリクが聞いてくる。
「そんなことできるわけないでしょ。これはもう1からやり直したほうがいいかもしれないね」
「げ……めんどくさいな～」

ちょっと楽しそうだった表情が一変して、煩わしそうなものになるリク。
「じゃあさ、すぎたことは気にせず、未来をだけを見て進む案はどう?」

だけど、すぐに真面目な顔でそう提案され、未来だけを見て進むという前向きな言葉に一瞬惑わされかけたけど。
「それって、ただ逃げてるだけだよね!?」
「あ、そうとも言うか」

突っ込んだ私にリクはとぼけつつも楽しそうに笑ったけれど、次の瞬間、彼は腕をまくると新しい模造紙を引っ張り出した。
「しょーがない。逃げてばっかもいらんないし、やり直すか」

そして、そう言って下書きをすべくペンを手に取る。
「私も少し手伝うよ」

そう言いながらリクの隣に腰を下ろすと、彼はにこやかに笑んだ。
「サンキュ。さすが俺の愛する小春ちゃん」
「もうっ」

からかわないでよ、なんてむくれてみたけど、本当は少

しうれしくて恥ずかしかった。
　頬が熱を持つのがわかる。私はそれをリクに見られないよう、作業にかこつけてうつむき隠していた。
「……でもさ、ちょっと珍しいね」
「何が？」
「いつも素早く華麗に逃げるリクが、逃げないなんて」
　新谷に負けず劣らず面倒なことが好きじゃないリク。
　いい言い方をすれば自由を愛しているわけだけど、リクはとくにこういう細かい作業が好きじゃない。
　体を動かしたりするほうが好きな人なのだ。
「文化祭だからね」
　リクは、模造紙にペンを走らせながら話す。
「俺のせいで誰かが困るのは好きじゃないんだ」
「そっか」
　リクの答えに、私は顔をほころばせた。
　誰かのために……と逃げないで向き合う姿は、とてもリクらしい。
「リクのそういうところ、好きだな」
　自然と出た言葉だった。純粋にそう思って口にしただけ。
　でも、リクは少し驚いたような顔をしていて。
「……なんだよ、その不意打ち」
　ほんのりと、頬を染めていた。
　こんなリクは見たことなくて、心臓が、トクントクンと騒ぎ始める。
　自分は私に簡単に愛してるとか言うくせに、そんな姿を

見せるなんて、それこそ不意打ちだ。

　途端に変な空気になってしまって、私たちはちょっとぎこちないまま作業を進めていく。

　そして……下書きが終わって、着色に入ろうとしたときだった。

「好きだなんて、簡単に俺に言っちゃダメだよ」

　リクが、淡く微笑みを浮かべながら言った。

「小春は俺を簡単に幸せにできる。だから、ダメだ」

　悲しく寂しいお願いに、私は眉を情けなく寄せてしまう。

「幸せになっちゃいけないなんて、誰が言ったの？」

「……俺の過去」

　リクの言葉に、私の手は完全に止まってしまった。逆に、リクの手は休まずに動いている。

　けれど、その行動はまるでリクの中の痛みを隠すような行動にも見えて……。

「リクは、幸せになりたくないの？」

　本音を聞きたくて、問いかけてしまった。

　答えてくれないかも。そう思ったけど、リクは、唇を動かした。

「……なりたいよ。でも……あったかいその幸せに手を伸ばしたいと思うと……いつも、過去が、あの瞬間が追いかけてくる。逃がさないって、許さないって、言ってるみたいに」

　悲しげな笑みとともに。

「……って、まーた暗い話しちゃったな〜。ごめん、気に

しなくていいから」
　空気を変えるように明るく笑ったリク。リクが変えたくてそうしたなら、無理に戻すつもりはない。でも……。
「もっと、話してね」
　これだけは、伝えさせてね。
「……小春？」
「いっぱい話して、いっぱい教えて。リクのこと」
　今みたいに、リクが抱えてきた思いを吐き出してほしい。
　少しずつでもいいの。
　それを何度も積み重ねていれば、いつか、楽になるときが来るかもしれないから。
　私の頼みごとに、リクが困ったように微笑む。
「小春は……ホント昔から眩しいくらいにまっすぐだよな」
「そう、かな？」
「うん。眩しすぎて……泣きそうだ」
　ハハッと声にして笑ったリクは、そのままうつむいてしまう。
　いつの間にか、作業を続けていた彼の手も止まっていた。
「……泣いてもいいよ」
　泣いて楽になるなら、泣いてしまったほうがいい。
　そう思って言ったのだけど……リクは、首を横に振った。
「……泣かないよ。泣かないって、決めたんだ」
　そうして、顔を上げると微笑して……。
「あの日、決めたんだ」
　強さを秘めた眼差しを、私に向けたのだった。

文化祭

「執事＆メイド喫茶で休憩はいかがですかー！」

文化祭初日。賑わう校内を練り歩き、私は呼びかける。

手にはクラスメイトお手製の【執事＆メイド喫茶】と書かれたプラカードとメニュー。

私はこのメニューを文化祭に訪れているお客さんたちに見せて、気に入ってもらえたら教室まで案内するという役目を担っている。

「とっておきの笑顔で呼び込みよろしく」と新谷に頼まれたけど、呼び込みを始めてからかれこれ1時間弱。

さすがに笑顔も引きつってきている気がする。

それとは逆に、このメイド服で校内を歩き回るのがちょっと恥ずかしいのは、時間がたっても変わらないまま。

早く交代の時間にならないかなと願いつつも、別の階に向かおうとしたときだった。

「可愛いメイドさん、はっけ〜ん」

他校の制服を着た男子生徒ふたりが私の前に立ち、顔をニヤつかせていた。

ひとりはナチュラルブラウンの髪にやわらかめのパーマがかかった人。もうひとりはアシメスタイルの髪で、個性的なオシャレが好きそうな人。

どちらもオシャレさんな感じで今どきなんだけど、醸し出す雰囲気が微妙によくない気がした。

けれど私は愛想笑いを作り、とりあえず喫茶店を勧めてみる。
「喫茶店で休憩はいかがですか？　おいしいケーキセットもありますよ」
「ケーキセットには君もついてくるの？　だったら行こうかなー」
　引き続きニヤついた表情でそう言ったのは、パーマの男子生徒。距離を詰めるように顔を近づけられて、私は一歩あとずさった。
「いえ、私は……」
「それより、いっそサボって俺らとデートしようぜ」
　私の声を遮るようにアシメスタイルの男子生徒が言って、私の腕を掴む。
　知らない人の体温に少しの嫌悪感を感じた直後、私の心臓がドクドクとテンポを速めて脈打ち始めた。
　心臓へのストレスを感じ、頭に浮かんだのは自分の病気のこと。
　薬はきちんと飲んでいるけど、このまま不整脈が出てしまったら……そんなことを想像して、胸の奥から恐怖が広がっていく。
　とにかく、このふたりから離れよう。そう思って腕を引こうとしたら。
「いててててっ！」
　突然、私の腕を掴んでいた人が大きな声を上げて痛がった。
　何が起こったのか一瞬わからなかったけど、痛がる男子

生徒の背後に覚えのある人の姿が見えて、私は思わず笑みをこぼした。
「リク！」
「はい、俺でーす」
　ニコッと笑ったリク。
　その笑みとリクの存在に、あれだけ感じていたストレスが一気に消えていくのを感じた。
　それによりまわりの状況が見えるようになった私は、ギャラリーらしき人たちが心配そうに私たちを見ていることに気づく。
「な、なんだよ、お前っ。離せよっ」
　戸惑う声が聞こえて、私は再び腕を掴んでいる人物に目をやる。
　どうやら私の腕を掴んでいるアシメスタイルの彼は、もう片方の腕をリクにねじり上げられているらしく、ちょっと涙目になっていた。
「離せ〜？　じゃあ、可愛いメイドさんを掴んでるそのシタゴコロ丸出しの腕も離してくれる？」
「はあ？　なんでそんなことをお前に……いててててっ！」
「離してくれるよな？」
　リクが力を強めたんだろう。アシメスタイルの彼が泣きそうになりながらも私から手を離した……そのとき。
「チョーシに乗んなよなぁっ!?」
　大人しく見守っていたと思っていたパーマの男子生徒が、リクに殴りかかる。

けれど、リクはひょいと身を引いて攻撃をかわし、そのまま腕を掴んで取り押さえた。
「チョーシに乗ってなんかないね。俺はただ、このメイドさんを守ってるだけだから」
　リクに捕まった男子生徒ふたりが苦い表情で痛みを訴えている最中、この状況をどうしたらいいのかと困惑していたら……。
「何か問題かい？」
　風紀委員の腕章を腕につけた、奏ちゃんが現れた。
　天の助けとは、まさにこのこと。
　この文化祭で奏ちゃんは、風紀委員の仕事として校内の警備を担当しているのだ。
「奏ちゃん！」
「……小春？」
　奏ちゃんは私の格好に驚いたのか、わずかに目を見開いたかと思えば続いて頬を赤らめた。
「そ、そうか。メイド服で呼び込みだったよな。似合うよ」
「あ、ありがと……」
　照れた素振りで褒められて、なんだか私まで照れてしまう……って、そんな場合じゃなかった！
「奏ちゃん、あのね」
「ああ、わかってる」
　奏ちゃんは私に微笑みかけ、けれどすぐにその表情を引きしめるとリクたちのほうへ視線を動かした。
「なんの騒ぎかな？　どちらが原因にせよ、これ以上問題

になるようなら先生に報告しないとならない」
「あー、奏チャン。俺は悪くないからな？」
「それは当事者全員の話を聞いてから決めるよ」

　キッパリと言い放った奏ちゃん。

　とりあえず手を離すようにリクに言って、リクが素直に従いふたりを解放すれば……。
「本当すんませんでした！　大人しく文化祭を楽しんできま〜す！」

　ふたりの男子は苦笑いを浮かべながら謝ると、逃げるように走り去った。

　呆気にとられて見つめていた私をよそに、リクが奏ちゃんに向かって親指を立てる。
「ナイスタイミング。俺、奏チャンが風紀委員でよかったと初めて思ったかも」
「僕は、陸斗が相変わらずのトラブルメーカーで頭が痛いけどね」

　本当に頭痛でもしているかのように額に指を当てた奏ちゃん。その言葉にリクが唇を尖らせた。
「えーっ、俺、一応、小春を守ったんだけど？」
「わかってるよ。小春、大丈夫かい？」

　奏ちゃんに尋ねられて私は首を縦に振る。

　まわりにいたギャラリーは、いつの間にかみんな文化祭を楽しみに戻ったようだ。
「うん、ふたりのおかげ。ありがとう。でも、文化祭でナンパなんてあるんだね」

「中学とは違うからね。というか小春、そんな格好してるから余計されやすいんだと思うよ」

 た、たしかにこの格好は声をかけやすいのかもしれない。
 なぜかお説教されているような気分になり、私はアハハと曖昧に笑った。リクも奏ちゃんの横で頷いている。
「そうそう。まあ、可愛くて俺は満足だけど」

 リクの可愛いという褒め言葉と添えられた笑みに、私の心臓がトクンと高鳴った。
 リクが言葉で褒めてくれるのは前からなのに。
 どうして最近、こうもリクの言葉を意識してしまうのだろう。
「俺もあとで行こうかな〜。小春を指名できる？ 俺の専属メイドさん」
「私は呼び込み係だよ」

 かぶりを振って、まだ少し高鳴っている胸を手でそっと押さえながら答えた。
「なんだ、つまんね。んじゃあ、呼び込みメイドさんの護衛して俺の専属メイドさんにするか」
「それだとどっちかっていうと、専属なのは陸斗のほうだろう」
「あ、たしかに。メイドさん専属ナイト、みたいな？」

 他愛ない会話をする奏ちゃんとリク。
 ふたりはいつものテンポ。なのに、私の心臓だけは今までと違う反応を見せている。
 リクの言葉に、微笑みに。彼という、存在に。

今日までに何度も感じることのあった、幸せでいて切ない感覚に戸惑っていたときだった。
「ここにいたの、小春」
「よっちん」
　さっきまで三角巾とエプロンをつけていたよっちんが、いつもと変わらない制服姿で私に歩み寄る。
「私たち、休憩だって」
「わかった。一緒に回ろう、よっちん」
　よっちんが頷くと、奏ちゃんが私の肩に手を添えた。
「あとで小春のクラスに売り上げ貢献に行くよ」
「ありがとう奏ちゃん」
　お礼を言うと、奏ちゃんは優しく微笑んでから「何かあれば連絡して」と言い残して見回りに戻っていった。
「んじゃ、俺もクラスに戻るかな」
「うん。本当にありがとう」
「いいって。それに言ったろ？　小春を守るためにって。だからいつでも呼んで。スーパーマンみたい空を飛んでいくから」
　茶目っ気たっぷりにそう言って、リクもまた廊下の向こうへと去っていった。

　休憩に入った私は制服に着替え、よっちんとふたりで各クラスの出し物を満喫し、購入したジュースを手に中庭のベンチに腰かけていた。
　中庭の噴水から流れる穏やかな水音が心地いい。

「やっぱりこういうイベントっていいね」
　隣に座るよっちんに微笑みかけると、よっちんも微笑んで「そうだね」と言った。
　ふと、私たちの前をカップルが通って。
　どちらからも発せられている恋愛オーラに、私はポツリとつぶやく。
「恋って、よく、わからない」
　それを聞いたよっちんは、通りすぎていくカップルから私に視線を移すと。
「小春の心には、誰もいないの？」
　問われた刹那、私の脳裏にリクの姿がよぎった。
　トクンと心が反応して、優しくも甘い痛みが私の中に広がっていく。
　私……やっぱりリクのことが……？
　いつの間にかスカートをギュッと掴んでいた私の手。
　よっちんにどう答えていいのかわからない。
　言葉にしてしまうのが、怖い。
　しばらく沈黙に付き合ってくれていたよっちん。
　彼女はそっと微笑みを濃くすると唇を動かす。
「小春らしくないよ」
「……え？」
「言葉や想いを呑み込んで後悔するくらいなら、声にして、精一杯愛おしんで後悔するほうが何倍もいいと思わない？　小春にはきっと、そのほうが似合う」
　いつも、私をしっかりと理解してくれているよっちんの

言葉だからこそ、私の胸に響くものがあったのだと思う。
　後悔さえも前向きに。
　そんな強い自分でいられるかはわからないけど……私は、小さく、けれどたしかに頷いてみせた。
　頭の片隅に、リクの存在を残しながら。

臆病な心

　文化祭、最終日。
　多くのお客さんで賑わっていた一般公開の時間も無事に終わり、楽しい余韻に浸りながら校内の片づけを終えた私たち生徒は、しめくくりとなる後夜祭に参加していた。
　19時現在、校庭にはたくさんの生徒が集まっている。
　みんなが手にしているのは、小さな灯篭。
　後夜祭名物の「灯篭飛ばし」をこれから行うためだ。
　私は奏ちゃんから「幻想的で感動するよ」と聞いていたので、このときを楽しみにしていた。
　濃紺の空にはいくつもの星が輝いていて、灯篭が空を舞い、夜空を彩るのを心待ちにしているようにも見える。
　私は、自分の手にしている灯篭に目を移した。
　灯篭は薄い紙と竹でできていて、火を灯して熱気球のように飛ばすのだ。
「小春は何を願うの？」
　隣に立ち、私と同様に灯篭を手にしたよっちんが聞いてきた。
　それは、灯篭を飛ばすときに願いを込めると叶うというジンクスがあるからだ。
「う～ん……何にしようかなぁ」
「まだ決まってなかったの？」
「そう言うよっちんは？」

私が問いかけながらよっちんを見つめる。

　すると、彼女は真顔で言った。

「世界平和」

「え!?」

　なんてスケールの大きい願いごとなの……と思い、あんぐりと口を開けていたら。

「ウソ。小春の病気がよくなるように願うよ」

　やわらかい声で言って、よっちんが慈愛に満ちた笑みを浮かべた。

「よっちん……」

　彼女の優しさに目が熱くなる。

　頬を緩めて「ありがとう」と告げたときだった。

　たくさんの生徒の向こうに見える昇降口に、リクの姿を見つけた。

　リクはひとり、校舎の中へと入っていったようだ。

　灯篭飛ばし、参加しないのかな……？

　気になった私は、少しだけ迷って……。

「ごめん、よっちん。ちょっと行ってくるね」

　そう伝え、よっちんが頷くのを確認すると、灯篭を手にしたままリクを追いかけた。

　もうすぐ灯篭飛ばしが始まるためか、校舎内の電気は極力消されているために薄暗い。

　私はリクを探し、とりあえず自分たちの教室がある階へと向かった。

　階段を上り、廊下を歩いていると。

——カタン。
　どこからか、音が聞こえた。
　私はその音を頼りに廊下を進んでいく。
　自分の教室を通りすぎ、リクの在籍する教室、１－Ｂをのぞいてみると……そこに、リクはいた。
　リクは窓際に立ち、静かに校庭を眺めている。
　どこか寂しそうな背中。それはまるで、リクがお母さんのことについて話してくれた日に見たようなうしろ姿に思えて。
「……リク」
　私は、そっと声をかけた。
　少しだけ肩を震わせたリクが、こちらを振り返る。
　そして、私の姿を瞳に映すと少しだけ笑んだ。
「お前ってさ、昔から俺を見つけるのが得意だよな。かくれんぼとか最強だったし」
「そう？」
「うん、そう」
　笑みを含んだ声で頷くと、リクはまた窓の外を眺めた。
　私は教室の入り口に立ったまま話しかける。
「灯篭飛ばし、始まっちゃうよ？」
「うん。俺はここから見てるから」
「お願いごとはしないの？」
　私の問いかけに、リクはふと瞳の色を翳（かげ）らせた。
　けれどすぐにニッコリと微笑んで。
「いっぱいありすぎて決められないから今回は不参加」

茶化すような明るい声で言う。

隠したリクの本音に、心が苦しくなった。

……きっと、リクはまた自分の幸せに背を向けている。

幸せになる資格はないと、願いごとはできない、と。

……それなら。

私は、止まっていた足を動かして歩みを進めると、リクの横に並んで彼と同じように校庭を眺めた。

「……何してんの？　灯篭飛ばし、するんだろ？」

「うん。するよ」

「だったら……」

「ここから飛ばすの」

リクに微笑みかけてから、私は目の前の窓を開けた。

そして。

「……あ」

私は灯篭を見て、動きを止めてしまう。

「火が……」

「ないな」

クスッと笑ったリクは、ポケットから小さな箱を取り出し、私に差し出した。

「ほら、これ」

それは、可愛らしい雰囲気のマッチ箱。

桜の花びらの中で祈りを捧げる小さな女の子のイラストが描いてあった。

「なんでマッチなんて持ってるの？」

「そりゃ、いつ遭難してもいいように」

「普通に暮らしてたら遭難なんてしないでしょ」
「そうなんだー」
「……」
　私は無言で彼を見つめる。
　すると、リクはわざとらしい咳払(せきばら)いをして。
「他クラスの出し物で手作りグッズの店があって、そこで見つけたんだ。気に入って買った」
　マッチ箱を振って、シャカシャカと音を鳴らした。
　もう、最初からそう言えばいいのに。でもまあ、おもしろおかしく言うリクも実は嫌いじゃないんだけど。
　そんなやりとりの間に校庭では点火が始まったらしく、次々と小さな灯りが増えていく。
「貸して。点けてあげる」
　素直にリクに灯篭を渡すと、彼はマッチをすって灯篭に火を灯した。
「小春は願いごとすんの？」
「うん」
「叶うといいな、その願いごと」
　心から思っているよ……と伝えるような、やわらかいリクの口調、そして微笑み。
　この微笑みが、リクの笑顔が、私は大好きだ。
　こうしてずっと、隣で見ていられたら……そんなふうにさえ思えるほどに。
　だから、願うの。
　私はそっと、灯篭を空へと放つ。

どうか、リクが過去に負けませんように。少しでも、彼の傷が癒されますように。あふれ、こぼれ落ちるくらいの幸せが、リクを満たしてくれますように。
　フワフワと空に上がっていく、たくさんの灯篭。
　夜空に浮かぶ淡いオレンジは幻想的で、その美しさに私の心は感動で切なく震えていた。
　願いが、想いが、夜空へと旅立っていく。
「……キレイだね」
　私の言葉に、隣に立ち同じように灯篭を眺めているはずのリクからは返事がなく、気になって彼に視線を移せば。
　──トクン。
　鼓動が、音を立てた。
　リクの瞳は、灯篭ではなく……私を、映していたから。
　ふたりしかいない、仄暗い教室。
　そして窓の外には、ふわりふわりと夜空を目指す美しい光の群れ。
　私を見つめるリクの表情は真剣でいて、どこか悲しげで。
　整った顔立ちに浮かんでいる甘やかで儚いような雰囲気に、私は囚われたように身動きもできずにいた。
　ただ、心臓だけは色めき立つようにテンポを速めていて。
　……不意に、リクの右手が私へと伸ばされる。
　その指が、頬に触れる直前。
　リクは、眉間を切なく歪めて。
「……ごめん」
　謝罪の言葉を口にすると、手を引っ込めた。

まるで、何かに怯えるように。
「どうして、謝るの？」
「……どうしてかな」
　自虐的な笑みを漏らしたリク。
　私は直感的に、その何かが"不幸"に関わることなのだと思った。
「……リク。リクがなんて思おうと、私は幸せだよ？」
　静かに声にして伝えると、リクは困ったような笑みで私を見つめた。
　私は、そのまま自分の気持ちを素直に伝える。
「病気のことはたしかにショックだった。でも、その病気が、当たり前の日常が、こんなにも優しくて幸せにあふれたものだと気づかせてくれた」
　リクがいて、奏ちゃんがいて。
　家族がいて、友達がいて。
　夏の日に感じる太陽の熱、吸い込まれそうな青く高い空。
　その下で生き、笑えること、泣けること、怒れること。
「だからリク。もしも……もしもリクが私を不幸にしたとしても、それは私にとってただの不幸じゃないの。ちゃんと伝わってる……かな？　うまく言えなくてごめんね」
「……大丈夫。伝わってる」
　ゆっくりと頷くと、リクは優しく目を細めた。
「そうだよな。俺、ちょっと思い出したかも」
「……何を？」
「初めてお前と会った日にもらった強さ」

私と……会った日？
　転校初日に何かあっただろうか？
　思い当たる節もなく首をかしげると、リクはちょっと寂しそうに笑って。
「俺なりにがんばってみるよ」
　そう告げて、私の頭をくしゃりと撫でると「またな」と残して教室を出た。

　ひとり、教室に残された私は、リクから聞いた前向きな言葉に頬を緩める。
　無理はしないでほしい。
　けれど、少しでもリクの心が前に進めたならとてもうれしい。
　灯篭に込めた願いが、リクの力になりますように。
　小さくなった光を見ながらもう一度願った直後、背後から、カラリと教室の扉が動いた音がして。
　私はリクが戻ってきたのかと思い振り向いた。
　けれど……そこに立っていたのはリクではなく。
「……こんなところで、どうしたんだい、小春」
　微笑みをたたえた奏ちゃんだった。
「奏ちゃん……」
「ここ、陸斗の教室だろう？」
　奏ちゃんの顔は、微笑んでいる。
　でも、言葉には微かに刺(とげ)があった。
　しばらく見ていなかった、私を想いの檻に閉じ込めよう

とする、孤独に怯えた奏ちゃんだ。
「う、うん。少し、リクと話をしてたの」
「そうか」
　まったく笑みを崩さない奏ちゃんに、少しだけ恐怖を感じる。
　薄暗い教室。
　雰囲気のせいで奏ちゃんが怖く見えるのかもしれない。
　そう思った私は声をかける。
「戻らないとね。奏ちゃんも一緒に行く？」
　このままここで話をしていたらよくない気がして、私は奏ちゃんの前に立つと声をかけた。
　その瞬間、私の体が強い力で移動し、背中に冷たく固いものが当たる。
　目の前には、奏ちゃん。
　私の肩を押さえつけ、メガネの奥の瞳に暗い怒りを宿していた。
「奏、ちゃん？」
　奏ちゃんのうしろに並ぶ窓と夜の景色に、自分が教室のドアを背に押しつけられているのだと理解する。
　形のいい奏ちゃんの唇が、冷たく動いて。
「陸斗と、何を話していたの？」
「何って……」
「陸斗と見つめ合って、何を想ってた？」
　奏ちゃんの言葉に、見られていたのだと知った。
　私がどう答えていいかわからずに答えあぐねていると。

「嫉妬が凶器になるなら、僕はもう幾度も陸斗を殺してるだろうな」

 恐ろしくて悲しい言葉を、奏ちゃんが口にした。

 そうして、今度は愛おしむように私の頬に手を添える。

 リクが触れることのなかった私の頬を、ゆっくりと優しくなぞって。

「僕以外を好きにならないで」

 そう、懇願した。

「陸斗を好きになる？　そんなのは許さない。……耐えられるわけがない」

 泣きそうな声で訴えられ、胸が苦しくなる。

 呼吸さえも忘れてしまいそうなくらいに。

 それから私たちの間に言葉はなく……。

 やがて、奏ちゃんは私から手を離すと、静かに教室を去っていった。

 校庭からわずかに聞こえる生徒たちの声。

 それを耳にしながらも私は、ドアに背を預けたまましばらく動けずにいた。

こんなにも君を

　文化祭から数日……。
　そろそろ冬の気配を肌で感じるようになってきたころ、私の体に覚えのある症状が出始めた。
　薬はちゃんと飲んでいる。
　ただ時折、倦怠感が出るようになっていた。
　呼吸苦は感じられない。けれど、心配だった私はすぐに診察を受け、その結果、内服する薬を増やされた。
「入院になるような悪い診断結果じゃなくてよかったじゃないか」
　放課後、病院からの帰り道。
　心配だからと付き添ってくれた奏ちゃんが励ますように言ってくれて、私は淡く笑みを浮かべた。
　たしかにそのとおりだ。薬が増やされただけですんで本当によかったと思っている。でも、このまま悪化してしまったら……という不安が顔を出すのだ。
　……ダメ。
　ここで弱気になったらよくなるものもならない！
「そうだよね。がんばって薬飲む！」
　そう宣言すれば、奏ちゃんはニッコリと笑ってくれた。
　それは、いつもと変わらない優しい奏ちゃんの笑み。
　後夜祭のときに見た奏ちゃんの面影はどこにもない。
　恐ろしい言葉も、切なく吐き出された懇願も、泣きそう

な声も、全部夢だったんじゃないかと思えるほどに。

　でも……夢なんかじゃなくて、あれはたしかに起こったことで。

　ただ、その現実に、私と奏ちゃんはあえて触れないようにしている。

「小春、信号赤だよ」

　駅前の横断歩道で、私は奏ちゃんの声により足を止めた。

　考えごとをしていたせいで、うつむいてしまっていた顔を上げると、信号は赤を示している。

「あ……奏ちゃん、ありがと」

　奏ちゃんがいなかったら、うっかり渡ろうとしていたかもしれない。

　お礼を言うと、奏ちゃんは心配そうな顔をした。

「大丈夫かい？　具合悪くなってたりするんじゃ……」

「ううん。今は平気だよ」

　首を横に振ってみせると、奏ちゃんはよかったと告げてから信号機に視線を移す。

　続くように私も正面を向いた……そのとき。

「……あれって……」

　奏ちゃんも私と同じものを見ているのだろう。

　短く言葉を発して、横断歩道の向こう側の様子をうかがっていた。

　その横で私は何も言葉にできず、まるで金縛りにあったように動けないまま、私たちに気づかずに女の子と歩く楽しそうな……リクを、見ていた。

リクは横断歩道から少し離れた場所に建っているマンションの中へと、女の子とふたりで仲よさそうに話をしながら入っていく。
　信号が青に変わって。
　けれど、私は……いまだ、動けずにいた。
　よく、わからない。
　なんだろう、今の。誰だろう、今の。
　どうしてこんなに……。
「……リ、ク？」
　胸が、締めつけられるんだろう。
「……小春……」
　奏ちゃんの声が聞こえた。
「信号、青だよ」
　冷静な声だった。
　その声に促され、私は横断歩道を渡る。
　足元で繰り返される白い線。
　歩きながらリクが歩いていた道を目でたどる。
　マンションの前にはもう誰もいない。
　リクが出てくる気配もない。
「……今のは、リクだよね？」
　奏ちゃんの押し殺したような声が頭上から聞こえた。
　人違いだと、言ってほしかった。
　似ていたけど、別人だよって。
　でも……。
「そうだね」

奏ちゃんは、口角を少しだけ上げて頷いた。
ジワリと、瞳が熱くなる。唇が震えて、私はうつむいた。
知らなかった。
リクに、あんなに仲のいい子がいたなんて。
考えもしなかった。
リクが、自分以外の女の子とふたりで過ごすなんて。
そして、私が……。
「……っ」
こんなにもリクのことを好きになっていたなんて。
気づかなかった。

第5章

許して

　今年の冬は寒さの厳しいものになる。
　昨日の天気予報で言っていたとおり、12月になったばかりの今朝の気温は低く、私はマフラーを巻いて登校した。
　雪のように白いフワフワのマフラー。
　とても可愛くて暖かくて、私のお気に入り。
　実はこのマフラーは……去年のクリスマスにリクからプレゼントされたものだ。
　……といっても、いつもの3人の間で、適当な音楽を流して行われるプレゼント交換でもらったものだけど。
　毎年、夏祭りと同様に3人で過ごすクリスマス。
　今年はどうするのだろう。
　リクは……あの子と、過ごすのだろうか。
　リクと一緒にいた女の子は、同じ学年の子だ。
　しかもリクと同じクラス。仲よくなるのは自然なことだと思う。だけど……。
「本庄！」
「あー、百瀬。おはよ」
　教室に向かい、廊下を歩いていた私の視界に飛び込んできたのは、楽しそうに話しているリクと百瀬さん。
「ね、今日はどうする？　いつもどおりうちに直行？」
「そうだな。そうする」
　……だけど、最近の様子を見ていて、リクにとって彼女

の存在は特別なんじゃないかと思ってしまう。
　リクと百瀬さんがマンションに入っていくのを見つけてから今日まで、校内でふたりが一緒にいるのをよく見るようになった。
　この前なんか、新谷が「あのふたりって付き合ってるんじゃね?」って怪しんでいたし。
　よっちんは適当なこと言うなって、静かな声で新谷を叱っていたけど、私も、もしかしたら……と考える。
　そうすると、心がチリチリと焼けるように痛くなって。
　自分勝手な黒い感情が私の中に募っていく。
　リクを好きだと自覚して以来、百瀬さんと一緒にいる光景を目撃するたびに心が騒いで。
　リクの幸せを願っておきながら抱いてしまう嫉妬心。
　自分を嫌いになりそうで、リクたちから目をそらして教室に逃げ込もうとした瞬間。
「こーはる〜」
　リクの声に、呼び止められてしまった私。
　見れば、いつの間にか百瀬さんはいなくて。
　ニコニコと笑みを浮かべながらリクが歩み寄ってきた。
「おはよ。今日、寒いよな」
　いつもと変わらないリクの態度。
　だから私も、できるだけいつもと同じような態度を心がけて返す。
「おはよう、リク」
　あいさつすると、リクの瞳がやわらかく細められて。

「そのマフラー、今年も使ってくれるんだ」
　うれしそうに、首を傾けた。
　リクのキレイなやわらかい髪が小さく揺れる。
　どうして、そんな顔をするの？
　私が、リクにとって大切な幼なじみだから？
　リクのことが、その心のうちがわからなくて、返事もできないまま戸惑っていると。
「小春ちゃんオハー」
　鞄を肩にかけてだるそうに歩く新谷が声をかけてきた。
「お、おはよう」
　新谷はリクにも気づき、「おー、本庄くんじゃん。オハー」とリクにもあいさつする。
　同じように「オハー」と、あいさつを返すリク。
　新谷はそんなリクを見て「あ」と声を発した。
「本庄くんといえば、百瀬ちゃん。最近一緒にいるよな」
　触れたくても怖くて触れられなかった話題。
　それを、新谷はいとも簡単にリクに投げかけた。
　私の心臓がキュッと縮まったような、痛みと苦しさを覚えた刹那……。
「うん。ちょっとね。いろいろとありまして」
　否定せず、リクはニッコリと笑った。
　どこか少し……幸せそうに。
「いろいろかー。俺も美乃ちゃんといろいろしてぇ～」
　羨む声を発しながら教室に入っていく新谷。
　私は……ショックで、動けなかった。

「相変わらず双葉を狙ってんだな、新谷」
「そう、みたい」
　廊下を行き交う生徒たちの声もどこか遠い気がする中、リクの話にどうにか笑って答えてみせたけど……うまくできてなかったのかリクが眉を寄せる。
「……小春？」
　このままリクの前にいたら、何かが壊れてしまう。
　そんな気がした私は、息が詰まるほどのダメージの中、必死になって一歩、足を動かした。そして……。
「あの、ごめんリク。よっちんに話があるから行くね」
　ウソをついて、教室へ逃げ込む。
　そして、よっちんに駆け寄って。
「よっちん、おはよ」
　自分の席じゃなかったけど、よっちんの隣の席に腰を下ろした。
「おはよう。本庄くん、心配そうにしてるけどいいの？」
「……うん……」
　今は、ダメなの。
　向き合えば、きっと泣いてしまう。
　リクの得ようとしている幸せを喜べずに、わがままに涙を流してしまうだろうから……今は……ごめんね、リク。
　少しだけ、時間をください。
　痛みが和らいだそのときはきっと、リクの幸せを祝福するから。だから今は、弱虫で卑怯(ひきょう)でヤキモチ焼きな私を、どうか、許して。

写真

「クリスマスまであと1週間！　今年はホワイトクリスマスになりそうです」

　床暖房で暖められたリビングで、ソファに座りながらぼんやりと夕方のニュースを見ていたら、天気予報士のおじさんがうれしそうな声でホワイトクリスマスを予告した。

　今年のクリスマスは雪、かぁ……。

　たしかに普段ならテンションが上がる予報だけど、今年は……そう簡単にはいかないようで。

　私はそっと、息を吐き出した。

　毎年恒例、12月24日の夜に行われる3人のクリスマスパーティー。

　会場は奏ちゃんの部屋。

　クリスマスケーキはもちろん奏ちゃんのお父さんの作ったもので、その他の買い出しは私とリクの担当。

　ずっと変わらずに行われてきたクリスマスイベントが、今年は……少し、変化を見せた。

『ごめん。24日、ちょっと無理そうでさ』

　だから今年のパーティーは25日にしないかと、リクから言われたのが先週だった。

　私も奏ちゃんも特に予定もないし、25日でいいと頷いたのだけど……どうしても、無理な理由に百瀬さんの存在がちらついてしまう。

リクは彼女と過ごすんじゃないか。だから、今年のクリスマスイヴは、百瀬さんを優先した。
　嫉妬心が、私にそんなふうに思わせる。
　私は隣に置いてあるクッションを引き寄せると、不安を紛らわせるように抱きしめた。
　そして、それでもいいのだと自分に言い聞かせる。
　リクが幸せなら、いいのだと。
　リクの笑顔を思い浮かべ、クッションに顔を埋めたときだった。
「小春？　具合悪い？」
　心配そうなお母さんの声に、私は首を横に振ってみせる。
「ううん、大丈夫」
「そう？　でも、昨日はだるかったんでしょ？」
「少しね。今日は平気だから。それよりお母さん、それ何？　アルバム？」
「ええ。少し整理しようと思ってね」
　そう答えて、お母さんはダイニングテーブルの上に数冊のアルバムを広げた。
「掃除してたら、しまい忘れてたのがさっき出てきたのよ」
　あ、わかるかも。あとから写真をもらったりすると、ついそのまましまい忘れちゃうんだよね。
　お母さんが椅子に座って作業を開始する。
　特にすることもなかった私はソファから立ち上がると、お母さんの隣に座って写真を眺めることにした。
「これは……小春が１歳のときくらいかしら」

お母さんは声にして確認しながら、手にした写真を該当のページにしまい込んでいく。
「これは……ああ、旅行のね。このとき、小春がぐずって大変だったのよね～」
　ぼやいたお母さん。
　それは、親戚のおじさんたちが笑顔で写っていて、小さな私だけが泣いているもの。
　自分もだけど、おじさんや家族の若さにちょっと笑ってしまった私。
「みんな若いね」
「ね～。ホント、年は取りたくないわぁ」
　そう言ってお母さんが苦い笑みを浮かべながら、また1枚写真を手に取る。
　淡いピンクが写っている写真を。
「……あ、れ？」
　ピリリと、体に何かが走ったような、そんな不思議な感覚だった。
　写真に写っていたのは、桜の木。どこにでもある、春になると目にする桜の木なんだけど……。
　似ている、と思った。夢で見ていた、あの桜の木に。
「お母さん、その写真って、どこ？」
「ええっと……ああ、あの公園ね。前に住んでいた家のほうよ」
「前って……転校する前の？」
「そうそう。たまにしか行かない公園だったけど……そう

いえば、小春は一時期この公園によく行きたがってたっけ」
「そう、なの？」
「そうよ。家の近所のほうがお友達もいっぱいなのに、どうしてかそこに行きたがってて」
　お母さんは考え込むように首をかしげる。
「なんだったかしら……あ、そうだ。"一緒にいるの"って何度も言ってたわ」
　間違いないと、感じた。
　桜の木と、約束の言葉。もしも、そこが約束を交わした場所なら。
　……私は本当にそこで、奏ちゃんと出会ったの？
　そう、これは以前も感じていた矛盾だ。
　初めて会ったのは、転校してからのはずなのに……と。
「……お母さん、その場所、教えてくれる？」
　確かめよう。この場所で私と奏ちゃんがどうやって出会ったのか。
　私だけじゃない。奏ちゃんだって忘れている何かがあるのかもしれない。
　それなら、行ってふたりでちゃんと確かめればいい。
　そう思った私は、お母さんからその写真を貸してもらい、奏ちゃんと約束を取りつけるべく自室に戻ると携帯を手にする。
　数回のコール音のあと、奏ちゃんの声が聞こえて。
《どうしたの小春》
　やわらかく、優しい声色。

私の好きな、穏やかな奏ちゃんの声。
『あのね……奏ちゃんと、行きたいところがあって』
《行きたいところ？》
『うん。空いてる日、あるかな？』
　尋ねれば、奏ちゃんは《クリスマスイヴなら》と言った。
　前日まではお店のお手伝いで忙しい。でも、もともとパーティーをする予定があったから、その日なら確実だと。だから私はその日でかまわないと、お願いした。
　どこに行くのかと聞かれたけど、私は内緒だと言ってごまかして。楽しみだとうれしそうに言った奏ちゃんに心の中で謝罪してから、電話を切った。
　机の上に視線を向ければ、いくつか並べられているフォトフレーム中に収められた１枚の写真が目に止まる。
　それは、１年前のクリスマスに撮ったもの。
　私を真ん中に挟み、カメラに向かって無邪気に笑う奏ちゃんとリク。
　リクの痛みも、奏ちゃんの孤独も、私の病気も、まだ何も知らずに笑っていられた私の笑顔は、とても幸せそうで。
　まぶたを閉じて、たしかにあった時間を思い返せば……その幸福感がわずかに蘇り、私の頬が緩む。
　今年もどうか、少しでも幸せで楽しいクリスマスになりますように。
　願いを胸に、私はゆっくりとまぶたを持ち上げた。

はじめまして

　12月24日。クリスマスイヴ。
　曇り空というあいにくの天候の中、私は奏ちゃんと一緒に隣の県に来ていた。
　お昼すぎから電車に揺られて1時間半。
　閑散とした木造の小さな駅舎に降り立った私は、ひんやりとした風を受けながらあたりを見回した。
　冬という季節柄、裸木もまじってはいるけど、駅のまわりには木々が立ち並び自然が多い印象だ。
　高い建物はなく、駅前から伸びた道には小さな商店街が見える。
　私は鞄に手を入れ、内ポケットから折りたたまれた小さな紙を取り出した。
　広げると、お母さんが書いてくれた地図が目に飛び込んでくる。どうやら、商店街を抜けた先に目的地となる場所があるようだ。
「そろそろ到着？」
　奏ちゃんに尋ねられて私は頷く。
「うん。ここから少し歩けばつくみたい」
「そうか」
　短く言って景色を見渡した奏ちゃん。
　私は「こっちだよ」と声をかけ、奏ちゃんと並んでお店の並ぶ商店街へと入っていった。

八百屋さんの前を通ると、店員さんとビニール袋を腕から下げた買い物客であろうおばさんが立ち話をしている。
　その隣に建つ化粧品屋さんでも、同じような光景が見られて。
「ゆったりとしてて、いい街だね」
　奏ちゃんの声に、私は微笑んで頷いた。ちょうど同じことを感じていたから。
　賑わっているわけではないけれど、街に漂う空気は和やかで、どことなく温かい。そんなのんびりとした雰囲気の中、私は奏ちゃんと目的地を目指し足を進めた。
　そっと、隣を歩く奏ちゃんを盗み見る。
　実は、奏ちゃんにはまだ目的地をきちんと告げてはいなかった。出発時に「まだ内緒なの？」と聞かれたけど、私は「奏ちゃんと見たいものがある」としか伝えてない。
　商店街を抜け、踏切を渡る。
　古めかしいお寺の前を通りすぎ、突き当たりを右に曲がれば……。
「あ……ここだ」
　ようやく、目的地である公園にたどりついた。
　そこは想像していたよりも広い公園。
　数人の子供が楽しそうに走り回るのを見ながら、私は奏ちゃんと並んで公園へと足を踏み入れた。
「それで、小春が見たいものって？」
　尋ねられて、私は視線を公園内にめぐらせ目的の桜の木を探す。

小さめの池に、アスレチック。砂場のそばには大きな滑り台。
　それらを視界に映していると、不意に、見覚えのある景色を見つけた。
　私はお母さんから借りた写真を鞄から取り出して、景色と見比べる。
　写真の中のように公園を彩る見事な薄紅の花は咲いてないけれど、枝ぶりは変わらないので間違いない。
　目の前にあるのは……。
『ずっとずっと、いっしょにいるよ』
『ずっと、いっしょ？』
『うん、やくそく！』
　夢の中で見ていた、桜の木。
「……約束の、場所だ」
　思わず声を漏らすと、奏ちゃんが「約束、か……」と静かに言って、桜の木の下に立った。
　私も追いかけるように歩いて、桜の木を見上げる奏ちゃんを見つめる。
　冷たい風が頬を撫でるように吹くと、奏ちゃんは木を仰いだまま声を発した。
「なんとなく、ここだろうって思ってた」
　寂しそうに眉を寄せ、薄く笑った奏ちゃん。
　続けて唇が紡いだ言葉は……。
「ごめんな、小春」
　謝罪だった。

この場所で謝られることの意味。
　以前尋ねたときにハッキリと答えてもらえず、胸のうちにしまっていた違和感。
「……あの子は、奏ちゃんじゃ……なかったの？」
　消え入りそうな声で問いかけると、奏ちゃんは私へと視線を向け……小さく頷く。
　ああ、やっぱり……と、思った。
　でも、もともと違和感を抱いていたからだろう。ウソをつかれていたことへのダメージは大きくなかった。
「どうしてウソをついたの？」
「約束したのが僕だと言えば、小春の心を掴めると思ったんだ」
　奏ちゃんの視線が、足元へと落とされる。
「……僕は、小春の一番でいたかった。でも、小春の一番はずっと……僕じゃないヤツだった」
「……え？」
「同じように時を共有してそばにいても、小春の心を掴むのは……」
　一瞬、震えた気がした奏ちゃんの声。
　彼の唇が一度だけ引き結ばれ、そして……開かれると。
「いつだって、陸斗だけだ」
　リクの名前を、口にした。
「言葉で、行動で、陸斗は小春のいろんな表情を引き出す」
　リクが……私の、表情を？
　そんなの、考えたことも意識したこともなかった。

ただ、たしかなのは。
「小春は……陸斗のことが、好きなんだろう？」
　……そう。私は、いつの間にか……リクのことを好きになっていた。幼なじみとして、いつも一緒にいたリクを。
　……もうひとりの幼なじみの奏ちゃん。
　リクとは違うけど、私の大切な人だ。
　大切だから、傷つけたくなんかない。けど、大事な話をしているからこそ、自分の気持ちにウソをつくこと、奏ちゃんにウソをつくことをしたくなくて。
　声にはせず、私は静かに首を縦に振った。
　途端に、奏ちゃんの顔が悲しげに歪む。
「……おかしいんだよ。僕は、陸斗なら許せると思ってたんだ」
　ハハハと、泣きそうに眉を寄せて力なく笑って。
「でも……ダメだった。小春が僕から離れてしまうなら、陸斗だって……いや、陸斗だから、余計に許せないんだ」
「リク、だから？」
　遠慮がちに聞くと、奏ちゃんは口をわずかに開く。
　けれど、奏ちゃんは言葉に迷ったように沈黙し……少しの間のあと、教えてくれた。
「僕はね、陸斗も大切に思ってる。だから、大切なふたりが僕をひとりにするのが……」
　そこで一度言葉を切ると、奏ちゃんは顔を歪めながら拳をギュッと握って……。
「ひどく怖くて、許せない」

まるで、血を吐くように言った。

痛いよ、辛いよと、振り絞り叫ぶように……。

「大切なのに、許せないんだ」

奏ちゃんは告げた。

リクとは少し違うけど、奏ちゃんも孤独を感じている。

そして、私とリクを誰よりも大切に思い、心の拠りどころにしてくれている。きっと、あの秘密基地で出会った日から、ずっと。

『ぼくは、ひとりぼっちなんだ』

今の奏ちゃんに何を言えば正解なのかわからない。

奏ちゃんの欲しい言葉も、わからない。

だから私は、奏ちゃんの心に届きますようにと祈り、自分の気持ちを伝える。

「奏ちゃんは、ひとりぼっちになんかならない。私も、リクもいる。大人になっても、住む場所が遠くなっても、ケンカしてもウソついても……私とリクは、奏ちゃんの味方で、幼なじみだよ」

信じて。私たちが過ごした時間を。結んできた、絆を。

まっすぐに奏ちゃんを見つめ、言葉を待った。

すると、奏ちゃんの声が「小春」と私を呼び、悲しみを帯びた瞳を、少しだけ細める。

「ありがとう。でも僕は、身勝手に小春を縛りつけようとしたんだ。汚くて、最低だ。嫌われても、ひとりになっても当然のことをした。その覚悟だって、していたんだよ」

ひとりぼっちを恐れている奏ちゃんが、そのリスクをお

かしてまで必死になった。
　その気持ちを想像すると、うれしくて、寂しくて、悲しくて。胸が張り裂けそうになる。
「嫌いになんて、ならないよ」
　なれるなら、とっくになっている。
　私にとって奏ちゃんは、そんな簡単なポジションにいないのだ。けれど……。
「でもね、もしも奏ちゃんの中で何かが終わっていたり、終わらせたいと願ってるのなら……許せないままでもいい。迷惑じゃなかったら……また、1からやり直そう？」
「やり直すって……」
　戸惑うように私を見つめる奏ちゃんに、手を伸ばす。
「はじめまして。私は、小春。佐倉小春です」
　本当のはじめまして……ではない。
　そんなのはわかっているけど……壊れてしまうなら、終わってしまうというのなら。
「今日からまた、よろしくね」
　やり直せばいいんだ。
　生ある限り、望む限り、何度でも。
　絡まった糸を緩め、ほどいて、結ぶように。
　奏ちゃんが、唇を噛みしめてうつむく。
　込み上げる何かを堪えるように、肩を震わせて。
「僕、は……」
　涙まじりの声が聞こえると、奏ちゃんの手が私へと伸ばされた。

「僕は……柏木……奏一郎」
　伸ばされたその手を、私はしっかりと握る。
　冬の冷気にすっかり冷えてしまった、奏ちゃんの手を。
「こちらこそ……また、よろしく。小春」
　私の大切な、幼なじみの手を。

夢の続き

　——ふわり。
　冷たくやわらかい風に乗って舞い降りた"それ"が、奏ちゃんの手を握っている私の手に落ちて溶ける。
　振り仰げば、鉛色の空から白い雪の花が舞い降りてきていた。
　奏ちゃんも空を見上げ、「降り始めたね」と口にする。
　そして、ゆっくりと手を離すと、さっきよりもやわらかくなった表情で私を見た。
「よろしく……とは言ったものの、すぐに今までと同じようにはできないと思う」
　ごめんな、と続けて謝る奏ちゃんに、私は首を縦に振る。
　奏ちゃんの紡いだ言葉は寂しいものだけど、それは当然のものだった。
　関係をやり直す……と言っても、そんな簡単に切り替えられるものじゃない。
　声にし、気持ちを教えてもらえても、積み重なったわだかまりがすぐに解けるとも思っていない。
　時間はかかってしまうだろう。
　それでも、また笑い合えるなら。
「いいよ。奏ちゃんのペースで」
　伝えると、奏ちゃんの瞳がメガネの奥で微笑む。
「見つめ直すよ。小春のくれた言葉と、陸斗と築いてきた

関係を信じて」
　3人がともに過ごしてきた時間を、思いを、絆を、未来に向けて、また結び直そう。
　私が強く頷いてみせると、奏ちゃんは笑みを漏らした。
　そしてまた、桜の木を見上げる。
「約束の桜の木、か……。ここで、約束したんだよね。男の子と」
「そう、みたい」
　曖昧な返答に奏ちゃんは小さく笑ってから、私に視線を戻して。
「僕も……約束するよ」
　約束という言葉を、口にする。
「僕らは幼なじみ。何があっても、どんなに遠く離れても、僕も小春の味方だ」
　まだ、わだかまりは消えていない。けれど、奏ちゃんがくれた約束は温かくて優しいもので……。
「ありがとう、奏ちゃん」
　きっと、大丈夫だと思えた。
　私たちはまた、穏やかな関係に戻れるのだと。
　頰を緩ませた私を見て奏ちゃんはやわらかく笑むと、相変わらず弱く降る雪を眺める。
「本格的に降る前に帰ろうか」
「そうだね」
　同意すると、奏ちゃんが「行こう」と踵を返し私に背を向けた。

直後、風が吹いて、雪が踊る。
　花びらが、舞うように。
　……その、瞬間。
「……っ？」
　頭の中に、映像が浮かんだ。
　大人に手を取られ、歩き去る少年の姿。
　切なく舞い散る淡紅の春の雪。
　少年が、私を振り返ろうとして……。

「あ……」
　記憶は途絶え、映像が消え去った。
　同時に吐き気を覚えて、私は無意識に手を胸に当てる。
「小春？」
　立ち止まっている私に気づいた奏ちゃんが、駆け寄ってきて顔をのぞき込んだ。
「大丈夫かい？」
「う、うん……ちょっと、変な感じになっちゃって」
「変な感じ？」
「……昔の、記憶が蘇ったっていうか……なんか頭に浮かんだの」
　いつもは夢でしか見なかった。
　こんなふうに思い出したのは、初めてのことだ。
「あの子……私のほうを振り返ろうとしてた」
「……約束した子？」
　私は頷いて、言葉を続ける。

「でも、顔までは思い出せなかった」
「……小春は、思い出したいの？」
　奏ちゃんの質問に、再び頷いてみせた。
「約束したのは、私だから」
　子供が交わした他愛ない約束。
　前にリクが言っていたとおり、相手だってもう忘れているかもしれない。
　でも、例えそうだとしても、私だけはちゃんと覚えておきたいんだ。
　だってあの子は、私が口にした約束に少しでも涙を止めてくれた。一緒にいるという言葉に。
　だからせめて、しっかりと覚えていたい。
　まだ少し吐き気がする中、奏ちゃんにそう伝える。
　すると彼は、迷ったように視線を落とした。
「奏ちゃん？」
「……これは、僕の推測だけど」
　奏ちゃんの瞳が、そっと私に向いて……。
「もしかしたら、小春が約束したその男の子は陸斗かもしれない」
　つぶやかれた。
「……リク、が？」
　そう問えば、奏ちゃんが小さく頷く。
「僕が小春にウソをついてしまった日、陸斗から電話が来て言われたんだ。『なんでウソをついたの』って。なんで陸斗は僕がウソをついたとわかると思う？」

白い息を吐きながら、私に答えを求める奏ちゃん。
　ウソだとわかるのは、そうだとわかる何かを知っているからだ。本当に奏ちゃんなのかと尋ねるなら、それはあくまで疑うという行為。
　でも、リクはウソだと断定して奏ちゃんに言った。
「本当に、リクが……？」
　そう声にした途端、不意に思い出した。
　転校してリクと初めて会ったとき、はじめましてと言った私に、ちょっと困ったように眉を寄せて微笑んだリクの表情。
　奏ちゃんが、約束したのは自分だと告げたとき、隣に座っているリクが浮かべた怪訝そうな顔。
　寄せては返す波のように、次々と記憶があふれ出る。
　もう泣かないと、あの日に決めたんだと言って、私に向けた強い眼差し。
　私と初めて会ったときにもらった強さを思い出したと、私の頭を撫でた優しい手。
　リクが私に伝え、見せてきたものは……リクが約束の少年だから、なの？
「最初に言ったけど、これは僕の推測だ。当たってるかはわからない。むしろ……そうじゃなければいいって、僕は思ってた」
　奏ちゃんから吐かれた素直な気持ちに、私は言葉も出せずにただ立ち尽くしてしまう。
　そんな私を見て、奏ちゃんは困ったように笑った。

「思ってたけど……僕は小春の味方。だから、ここから先は小春が自分で確かめておいで」
　真実は、私が自分で。
「そして、正解でも正解じゃなくても、陸斗を……救ってやってくれ」
　幼なじみを思い、背中を押してくれるような優しい奏ちゃんの眼差しに、私はひとつ頷いて……。
「ありがとう奏ちゃん」
　礼を言ってから、携帯を手にした。
　リクに、会いにいくために。

見つけたもの

　ドンッ、と肩がぶつかる。
「ごめんなさいっ」
　慌てて謝ると、スーツを着たおじさんは一瞬だけ足を止めた。けれど、急いでいるのか、無言で私を一瞥すると歩き去ってしまう。
　クリスマスイヴという日の効果で、いつもより人の多い地元の駅前。
　その中を、歩きながら携帯を見ていた私は、当然の如く人にぶつかってしまった。
　というより、ぶつかったら危ないということを失念していたくらい、携帯を手にしてディスプレイばかり見ていた。
　私は、またぶつからないようにと道の端に寄る。
　リクから折り返しの電話はまだない。
　一応メールもしておいたけど、その返信もないままだ。
　小さく白い息を吐いた。
　足元には、本格的に降り始めた雪が落ちていく。
　溶けた雪で濡れた道路。
　奏ちゃんとは、駅についてすぐに別れている。
「また明日」とは、お互い言わなかった。
　奏ちゃんが明日のパーティーを望めない心境だったらと考えたら、私からは言えなくて。
　……私は、今日、これからの時間をどんなふうに過ごし、

どう乗り越えて明日を迎えるのだろう。

どんな気持ちでパーティーに参加するんだろう。

不安を紛らわせるように、駅前の景色に視線をめぐらせてみる。

雪雲のせいか、クリスマスイルミネーションの輝きのせいか、少し明るく見える夜空の下を行き交う人々はどこか幸せそうだ。

空から降る雪に視線を向けて口元をほころばせている人もいる。

うれしそうに手を伸ばす女性の隣には、恋人らしき男性の姿。

無意識に、ふたりの姿がリクと百瀬さんに変換されて、私の胸が泣くように痛んだ。

今日、リクは百瀬さんと一緒かもしれない。

それは電話をかける前に予想していた。

もしもそうだとしたら、百瀬さんを優先してもらってかまわない。

悲しいけれど、寂しいけれど。隣にいるのが私だったらうれしいのにと、羨んでさえしまうけれど。

それでも、リクの幸せな時間を奪うことはしたくない。

だから私の話は、その幸せな時間のあとでもかまわない。

ただ、もしも今まだ時間があるなら、会って、ちゃんと目を見て確認したいんだ。

リクが約束の少年だった場合、それを今まであえて明かさずにいたのなら、リクは本当のことを話してくれないか

もしれないから。
　何か理由があるにしても、電話越しの会話だけじゃ、私はきっと……わずかな真実も見抜けない。
　携帯を持つ手にキュッと力を込める。
　そして、桜の花びらが降りしきるあの公園で、私を振り返ろうとした少年の姿を頭に思い描いたとき。
　携帯が、音を立てながら震えた。
　ディスプレイに表示された相手の名前を見て、私の心臓が跳ね上がる。
　少しの緊張と不安。やっとリクから連絡が来たことへの安堵感。
　それらを胸に、私は通話ボタンを押した。
　携帯を耳に当てると、すぐにリクの声が聞こえてくる。
《あ、小春？　ごめん。携帯手元になくて気づかなかった》
　一瞬、ヤキモチ焼きの私が起き上がり、どうして手元にないのか勘ぐってしまう。
　けれど、それをどうにか心の奥に追いやって「ううん」と声を返した。
「私こそ、忙しいのにごめんね」
《忙しいっていうか……まあ、それもひと段落ついたから大丈夫。で、メールも見たけど、話があるって何？》
　さっそく聞かれて、私はひとつ深く息を吸い込んでから答える。
「あの、できれば会って話したいんだけど、今日は……難しいよね」

《今日？　んー……》

考える声。

やっぱり、いきなりなんて迷惑だったと私は申しわけなく思った。

でも、もしもあの少年がリクかもしれないと思ったら、早く知りたい気持ちが勝ってしまう。

思えば、何かのためにこんなに必死になったのも初めてかもしれない。

もちろん、努力したことはいっぱいある。全力で挑んだこともある。だけど、自分の欲求を満たすためだけに必死な気持ちになるのは、初めてだ。

……それでも、わがままに欲求を通すことはしたくない。

リクが困るというなら、なおさら。

「ご、ごめん、急すぎだよね。百瀬さん優先でいいの」

ちょっと聞きたいことがあるだけだから、時間が取れそうなら教えて？

そう続けるはずだったけど、それはリクの声で途切れてしまう。

《百瀬って……えっ、もしかしてバレてる？》

何がバレているのか。

それは、きっとリクと百瀬さんの関係。

私の心が、深く沈んだ。

「そ、うだよね。うん、バレてるかな」

わざと明るい声で告げる。

たぶんそれは、自己防衛だ。今にも泣いてしまいそうな

のを、堪えるための。
「ごめんなさい。せっかくふたりで過ごすイヴだもんね。私の話はまた時間を取れそうなときで大丈夫」
　これで、あとは別れのあいさつを言って電話を切るだけ。
　リクも「またな」と返してくれて、私はひとり、家に帰るのだ。そう、思ったのだけど。
《過ご……？》
　リクが電話の向こうで眉をひそめたような声を発した。そして……。
《あっ、そっちか！　待て小春。あの、とりあえず俺、今家にいるから。ひとりで》
　語尾を強調して言った。
《聞こえてる？　俺はひとりです。で、どこに行けばいい？》
「え？」
《話、あるんだろ？　むしろ俺もちゃんと説明しないといけないっぽいし》
　なんの説明？　まさか、正式に百瀬さんとのことを報告されてしまう、とか？
　そ、それはちょっとキツイかもしれない。まだ、笑顔でおめでとうと言えるかわからないのに。
「リ、リクのは、また今度でもいいよ」
　むしろクリスマスイヴなんて日に百瀬さんとのことを報告されたら、今夜サンタさんに願うのは"時間を戻してください"とか不可能なことばかりになってしまう。
　でも……リクは納得しなかった。

《今日する。じゃないと、がんばった意味がなくなる気がするんだ》
　真剣味を帯びたリクの声。
《とにかく、どこ？》
　そう問われて、私は口をつぐんだ。
　がんばったって、何をだろう？　百瀬さんとのこと？　だとしたら、やっぱり聞くのは辛いよ。
　……でも、リクがちゃんと報告したいと思ってくれているのなら……逃げてばかりじゃ、いけないよね。
　リクから向けられる言葉がどんなに辛くても、悲しいものでも。例え、涙を流してしまったとしても。
　幸せを掴んだ彼に、お祝いの言葉を伝えよう。
「……私が行くよ。お邪魔していい？」
《うち？　いいけど……お前、どこにいんの？》
「駅前。すぐに行くから、少し待っててね」
　本当は、百瀬さんのことを考えると気持ちが沈む。
　だけど、リクに会えるのはうれしくて。
　携帯を鞄にしまうと、私は人波をかき分け歩き出した。
　なじみのある店の前を通過し、やがて住宅街に入るころには、自然と足早になってしまっていた。
　急ぐつもりはなかったけど、気づけば少し息苦しさを感じる。
　病気のことがあるのだから気をつけなければ……と思うのに……リクに会いたいという気持ちが、私の背中を押していた。

大丈夫。リクに会えたら、きっと回復する。
　病は気から。大丈夫。大丈夫。
　心臓に言い聞かせるように頭の中で唱え続け……。10分後、私はリクの家の前に到着した。
　まだ、心臓は落ちつかない。ドクドクと少し早いテンポで鼓動を打っている。
　私は左手で胸をそっと押さえた。
　そして、再び大丈夫だと頭の中で繰り返し……右手の人さし指でチャイムを押す。
　呼び出し音が聞こえて数秒後、玄関の扉が音を立てて開いて、中からリクがひょっこりと顔をのぞかせた。
　会いたかった人を前に、さっきまでいろいろと感じていたマイナスな感情がいくらか吹き飛ぶ。
「お待たせ、リク。いきなりだったのにありがとう」
　そう言って微笑んだのだけど、リクはジッと私を観察していた。
　そして、唇を動かしたかと思えば。
「……急いだだろ」
　会って第一声が、とがめるようなソレ。
　病気のことを気にかけてくれての発言だと思った私は、心配させまいとかぶりを振った。
「ウソだな。だって、鼻の頭も赤いし」
「こ、これは寒いからだよ」
「電話を切ってからの時間を考えても早い」
「う……」

「そんなに俺に会いたかった？」

冗談めかしたように言って笑ったリク。

……違う。めかしたんじゃなくて、本当に冗談なんだ。

「ダメだよリク。もう、冗談でもそんなこと言っちゃ」

悲しみを隠してたしなめると、リクが困ったように微笑んだ。

「……それって、俺に百瀬のことが絡んでるから？」

いきなり始まった核心に迫る会話に、私は言葉を詰まらせてしまう。

「……まあ、あとでいいや。風邪ひく前に上がって」

やっぱりその話題に触れるのだと知り、心が悲しみの重りを背負ったようにズッシリと重くなった。

少しだけど、頭や肩に乗ってしまった雪を玄関先で払い、リクに続いて家の中に入る。

「おじゃまします」

あいさつしたけど、おじさんの声は返ってこない。

「あ、親父はまだ帰ってないよ」

先に階段を上るリクが振り返らずに教えてくれる。

私は「そうなんだ」と答えて、リクのあとを追って階段に足をかけた。

ギギッと木製の階段がきしむ音を聞きながら２階へと上がり、そのままリクの部屋に入る。

そこはすでに暖房が効いていて、寒さでかじかんでいた手足がジンとほぐされていくのを感じた。

「適当に座ってて。なんか温かい飲み物でも用意してくる」

「ありがと」
　リクはクローゼットの扉にかかっていたハンガーを私に手渡して、部屋を出ていった。
　階段を下りる慣れた足音を耳に、私はコートを脱ぐ。
　それをハンガーにかけ、クローゼットの扉にあるフックにかけると、私は深く息を吐いた。
　リクにはバレないように接したけど、体に感じる倦怠感と息苦しさ。
　やはり少し無理をしすぎたかもしれない。
　いまさらだけど、反省していた私の視界で、一瞬、キラリと何かが反射した。
　突如飛び込んできた光の正体が気になって、私はそれがある机まで移動する。
　乱雑に物が置かれた机の上。
　ノート、雑誌、筆記用具、小箱。いかにもお土産といった感じの小物たち。
　それらとは別、わずかに開いていた引き出しの中に、それはあった。
　そっと手に取ってみると……。
「……これ……」
　どこかで、見たことがある気がした。
　いつだったか。どこだったか。
　この桜を象(かたど)った小ぶりなブローチを、私はどこで？
　思い出せそうで、だけどさっきから私の体に現れている倦怠感や息苦しさが邪魔をしている。

思い、出したい。
だってこれは……そう、これは……。
『いっしょの……しるし』
私がリクに……。
脳内で蘇る記憶の断片をかき集め、つなげようとしたと同時。
「っ……ぅ……」
私の意識は、プツリと途切れてしまった……。

ふたりの出会い

　小さな肩から下げた鞄の中には、たくさんの宝物が入っていた。
　もうすぐ年少さんから年中さんになる。
　ひとつお姉ちゃんになれるのだと張りきっていた私が部屋から持ち出した鞄の中の宝物は、お姉ちゃんな自分を意識したおもちゃのアクセサリーたちだ。
「今日は桜がキレイな公園に行こうか」
　お母さんがそう言って、"キレイ"や"可愛い"といったものに興味津々だった私は、首を縦に振ってお母さんと手をつなぎ、桜を見に行った。
　少し、早い時間だったと思う。
　公園には人があまりいなくて、だけど、目の前に立つ桜の木はとても立派でキレイで。
　ベンチで休憩しているお母さんに見守られる中、私は桜の木に近づいた。
　そこで……私は、出逢った。
　優しい日差しの下、桜の木を背に膝を抱えて泣いている少年に。
「どうしてないてるの？　かなしいの？」
　薄紅の花が、風に揺れ舞い散って。
「わたし、こはる。あなたはどこのおうちのこ？」
「もう、おうちはなくなるんだ」

「どうして?」
　首をかしげると、少年が涙まじりの声で話す。
「ぼくのお母さんが、いなくなっちゃったから」
「迷子になっちゃったの?」
　少年はうずくまったままの首を横に振り、告げた。
「天国にいっちゃった。ぼく、ひとりぼっちになっちゃった」
「ひとりじゃないよ」
「ひとりだよ」
「こはるがいる。そしたら、ひとりじゃないでしょ?」
　黙った少年に、私は幼い声で言葉を届ける。
「ずっとずっと、いっしょにいるよ」
「ずっと、いっしょ?」
「うん、やくそく!」
　私が笑顔で答えると、少年の頭が少しだけ持ち上がった。
　それを見て、私は肩から下げている鞄へと小さな手を入れ、お気に入りのひとつを引っ張り出す。
「これ、いっしょの……しるし」
　それは、桜の形をしたブローチ。このころの私が一番気に入っていたアクセサリーだった。
　少年の手が開いて、その上に私がそっとブローチを置いてあげた直後。
「ここにいたの。そろそろ行かないと」
　大人の女の人が少年に声をかけた。
　少年のやわらかそうな髪が風に揺れる。
　やがて、少年はゆっくりと立ち上がると、手に乗ったブ

ローチをポケットの中に入れた。
「……ありがとう、こはるちゃん」
　少し掠れてしまった声でお礼を言った少年は、女の人のところへ向かう。……その、間際。
　少年が、振り向いた。
　泣いていたせいで赤くなってしまった目で、私をジッと見つめて。
「ぼく、りくと」
　そして、まだ悲しみに濡れた顔にちょっとだけ笑みを浮かべてから、女の人の手を取る。
　私は、きっとまたここで会えると思いながら、去っていくうしろ姿を見送っていた。
　背中を押すような少し強い風が吹いて。
　小さなリクのうしろ姿が、桜の雨で見えなくなった。

幸せに手を伸ばして

 重いまぶたをゆっくりと持ち上げる。
 ぼんやりとした薄暗さの中、心配そうな瞳で私をのぞき込む彼の姿が見えた。
「……小春?」
 もう、何年も近くで聞いてきた声。
 気づかうようなリクの声に、私は瞬きをして視界を少しクリアにする。
 白い天井に簡素なベッド。見覚えのある光景に、ここが病院で、私は倒れてしまったのだと予想した。
「大丈夫?」
 リクに問われ小さく頷くと、彼の瞳に安堵が浮かんだ。
「よかった……」
 病室内にこぼれたリクの声。
 表情にはわずかに笑みが滲んでいて……蘇った記憶の中の、小さなリクと重なって。
 私の中で、ストン……と何かが落ちついたのがわかった。
「……リクが」
「ん?」
「リクが約束の男の子?」
 問いかけた私に、リクはただ静かに微笑む。
 そして……彼は、ジーンズのポケットから何かを取り出し手を広げた。

そこにあるのは、私の意識が途絶える前に見た、桜のブローチ。昔、私がリクにあげたもの。
「前に、大切な物は家にあるって話、しただろ？　それが、コレ」
　リクの言葉に体育祭の借り物競争での話を思い出し、私は「そうだったんだ……」と答えた。
　今でも大切に持っていてくれたことが素直にうれしい。
　……だけど。
　"物"は変わらなくても、"者"は変わってしまった現実が、こんなにも悲しい。
　リクの幸せを心から喜ぶには、まだ時間がかかりそうだ。それでも、リクが前を向くなら応援したいという気持ちはたしかにある。
「……ね、リク。勝手な約束をしてごめんね」
　リクが以前言っていた。
『小春は、小春が大切だと思うヤツと一緒にいればいいってね』
　あのときは、突き放すようなものに聞こえたけど……今なら、なんとなくわかる。
　大切な人には、幸せになってほしい。約束に縛られることはないのだ。
　忘れてしまってはいたけど、今日まで私は幼なじみとしてリクと一緒にいた。
　ある意味、約束を守っていたことになる。
　でも、私の中にリクへの想いがある以上、百瀬さんには

邪魔なものになるだろう。

　私は、ゆっくりと上半身を起こすと、リクに笑いかけた。
「これからは、リクの見つけた本当に大切な人と、ずっと一緒にいてね」

　ずっと一緒にいるべきは、もう、私では……。
「それ、お前の誤解」
　……誤解？
「え？」
「小春はさ、俺が百瀬と付き合ってるとか、そんなこと思ってるだろ？」
「思って、ます」

　なぜか敬語になってしまった私に、リクが「やっぱりか」とため息をついた。
「付き合ってないし、好きでもないよ」
「ええっ？　だって、新谷に聞かれたとき、なんかちょっと幸せそうな顔してたよ？」
「あれは、小春のことを考えてたから」

　わ、たし？

　どうしてそこで私のことになるのかわからなくて首をかしげると、リクが困ったようにやわらかく笑う。
「ごめんな。俺、小春に隠しごと多いよな。ちゃんと説明する」

　そう言ってパイプ椅子に腰を下ろすと、わずかに寂しそうな笑みを私へと向け、話し始めた。
「約束のことは……言えなかったんだ」

リクの視線が、自分の手にあるブローチへと注がれる。
「小春がこのブローチをくれた日、俺、今の家に引っ越しする日でさ。小春に会いたくても、子供にはどうしようもない距離だったから、公園に行くことができなかった」
　桜の木のある公園は、私たちの街の最寄り駅から電車に乗って1時間半ほどの距離。
　たしかにそれは、小さな子供には果てしないほど遠くに感じるものだ。
「会えなかったけど、小春がくれた約束は俺を支えてくれてて。強くなろうって、泣かないぞって、子供ゴコロに決めてた」
　小春が、泣くだけだった俺を変えてくれたんだよ。
　優しい声で言われて、なんだか照れくささを覚える。
　だけど、リクの支えになれていたことが、とてもうれしかった。
「そんなある日、小春が俺の前に現れたんだ」
「転入したとき？」
　出会いを思い出しながら問うと、リクがコクリと頷いた。
「でも、小春は俺のこと覚えてなかっただろ？」
「ご、ごめんね」
　どう思い出してみても、そのころの私はすっかりリクとの約束を忘れてしまっていた。
　謝った私に、リクは小さく笑ってかぶりを振る。
「正直ショックだったけど、いつか思い出してくれるまで内緒にしておこうと思って、黙ってた」

忘れている仕返しに、ちょっと驚かせるのもいいかなというイタズラ心だったらしい。
　でも、黙っていたつもりが言えなくなったのだと、リクは教えてくれた。
「小春の幸せそうな笑顔を見ると、うれしいのに怖くてさ。小春を大切に感じれば感じるほど、母さんの最期の瞬間が頭ん中に浮かぶんだ」
　そう語るリクの瞳に、弱さが滲む。
「お袋のこともあったし、余計に嫌な想像ばっかするようになって……気づいたら、雁字搦め」
　リクは自虐的で泣きそうな笑みを浮かべた。
　彼の抱える過去のトラウマに、私の胸が締めつけられる。
　想像しただけでも辛いと思うのに、体験したリクの心はどれほど深く傷ついてしまったのだろう。
　何か声をかけたくて。だけど、言葉にするには難しくて。
　リクに対する思いをめぐらせていたら……。
　彼の眼差しがふとやわらかくなって、私を視界に捉えて。
「でも、やっぱり俺には小春が必要なんだ」
　リクの言葉に、トクントクンと私の心臓が速度を速めていく。
「そのことを、後夜祭んときにすんげー実感してさ」
　思いを馳せるようにリクが微笑んだ。
「俺なりに、がんばってみるって言ったろ？　だから……まずは小春に、ちゃんと伝えようと思って。そのための小道具を、用意してました」

「小道具？」
「……コレ」
　言って、リクはブローチをベッドのサイドテーブルに置くと、パイプ椅子にある自分のショルダーバッグから小箱を取り出した。
　これ……たしか、リクの部屋の机にあったやつだ。
　リクが箱の蓋を開ける。
　現れたのは、小さな桜の形をしたシルバーのネックレス。
　桜の花びらの部分には、透き通ったピンクの石があしらわれていて……。
「すごく可愛い……」
　思ったままに口にしたら、リクがうれしそうに笑みを濃くした。
「俺が作った」
「……えっ!?　リクが作ったの？」
　お店で売っているものかと思っていた私は、心底驚いて目を丸くしてリクを見た。
「うん、小春のためにね」
「わ、たし……？」
「そ。んで、ここからが百瀬の話になるんだけど、百瀬の兄……じゃなくて姉ちゃんがさ、シルバーアクセを作ってる人だって聞いて」
　そこまで聞いて、私はふたりがマンションに入っていくのを思い出した。
「……もしかして、百瀬さんの家に通ってたのは……」

「げっ。そこも見られてたのか」
　リクはバツの悪そうな表情を浮かべ、苦笑いしながら説明してくれる。
「自宅が百瀬の姉ちゃんの工房だからさ。通って教えてもらいながら作ってた」
「そう、だったんだ……なんだ……私、てっきり……」
　いつの間にか強張っていた体から、一気に力が抜けていくのを感じた。
　そんな私の姿をリクは小さく笑って、手に持った箱からネックレスを取り出す。
「俺からのクリスマスプレゼント。受け取ってくれる？」
「い、いの？」
「モチロン。てか、受け取ってもらえなかったら世界に絶望するレベルで落ち込む」
　オーバーな表現に私の頬が緩んだ。
　プレゼントをくれるだけでなく、わざと空気を和らげてくれるリクの気づかいにも感謝しながら私は頷く。
「ありがとう。すごくうれしい」
「よかった！　んじゃ、つけてあげる」
　正面から、リクの腕が私の首のうしろに回る。
　いきなり近づいた距離に、私の心臓が高鳴って。
　恥ずかしさをごまかすように思いついた話題を振る。
「このネックレス、ブローチとデザインが似てるね」
「うん。意識したから」
　いつか思い出してもらえたらという希望を込めて。

当時、大切なものだったかもしれないものを約束の証としてくれたお礼も兼ねて。
　リクはそう語ると「小春」と静かな声で私を呼んだ。
　そして、首元にネックレスのひんやりとした感触を感じた直後、石鹸のようなコロンの香りが鼻をかすめ……。
「俺、お前のことが好きだよ」
　言葉とともに、優しく抱きしめられた。
「幼なじみとか、そんなんじゃなくて……本気で小春が好きなんだ」
「リ、ク……」
　どうしようもないくらいうれしくて、胸が押しつぶされそうなくらい愛しくて。
　込み上げる想いと、リクの告白に視界が涙で滲んでいく。
「たぶん、約束をくれたあの日からずっと、お前だけに恋し続けてる」
　優しい声色で告げられて、ついに大粒の涙がこぼれてしまった。
「リク……っ……た、し……私も……」
「うん……」
「私も、リクのことが、好き」
　涙に詰まりそうになりながらも想いを伝えると、私を抱きしめるリクの腕に少しだけ力が込められる。
　感じる体温に、胸の奥までリクでいっぱいになる感覚。
「幸せって、こんなにも温かいんだな」
　つぶやいたリクの声は、少しだけ掠れていて。

もっと、幸せを感じてほしくて、私はリクの背中に腕を回した。

　ねえ、リク。
　私もとても幸せだよ。
　大好きな人と同じ気持ちでいられること、大好きな人が幸せに手を伸ばしてくれたことがうれしいんだ。
　だから、大丈夫。
　そんなに心配そうな顔をしないでね？

『心臓の状態がよくないので、このまま入院してください』

　きっとまた元気になる。
　寒い冬を越えて、暖かい春をリクと一緒に迎えるから。
　その先も、ずっと、ずっと。

ハッピークリスマス

【クリスマスパーティー、できなくなっちゃってごめんね】

　12月25日のお昼すぎ、奏ちゃんへのメールを送信した私はゆっくりと息を吐き出して病室を見渡した。

　昨夜出始めた息苦しさは薬で抑えられているものの、体には倦怠感が残っている。

　先生の話では、今回の入院は心不全の急性増悪のためらしい。

　もともと弱っていたところに、何かきっかけがあって症状が悪化し倒れてしまったんだろうとの話だった。

　覚えがあった私はもちろん反省したのだけど、一緒に話を聞いてもらったリクが「自分にも非がある」と落ち込んでしまって……。

　私がよくなるまで毎日お見舞いに来ると言ってくれたのだけど、それだと今度はリクが疲れてしまって倒れるんじゃないかと心配になる。

　窓の外には、昨日から変わらず降り続けている雪が見えて、それを不安な気持ちで見つめていたら、奏ちゃんからメールの返信が入ってきた。

　開いたメールには【元気になって、また来年やればいいさ】と書かれている。

　昨日、奏ちゃんと別れたあと、奏ちゃんがパーティーを望めない心境だったらと考え、私はどんなふうにこれから

の時間を過ごすのだろうと思っていたけれど……まさか、倒れて病院で過ごすことになるなんて。
「元気に、か……」
　……そうだよね。
　またがんばって退院して、来年こそ病院じゃない場所で楽しいクリスマスを迎えよう。
　ひとり頷いて気持ちを前向きに切り替えたときだった。
　コンコンとノックの音が聞こえて。
「はーい？」
　声を返せば、首元にくるくるとマフラーを巻いたリクが扉を開けて入ってきた。
「彼氏、見参」
　ニッコリと笑って言ったリク。
　彼氏というワードに、気恥ずかしさを覚えた私は、言葉に詰まって照れ笑いを浮かべるのみとなってしまって。
「あれ？　もしかして、恋人になったと思ってるの……俺だけ？」
　目を丸くして首をかしげたリクに、私はかぶりを振った。
「そ、そんなことない、けど」
　ないのだけど、今まで幼なじみだったリクとの関係が、彼氏という別のものに変化したことに、まだちょっと馴染めなくて正直戸惑ってしまう。
　それがどうしても態度に出てしまう私に、リクが苦笑いを浮かべた。
「ま、俺もその辺ちゃんと言ってないもんな」

たしかに、付き合いましょう、そうしましょうという流れの会話はしていない。
　でも、昨日リクが自分の気持ちを明かしてくれて、私も伝えることができた。それだけのことに私は満足しているんだけど……。
「小春、俺と付き合ってください」
　リクは律儀にも告白をしてきた。
「は、はい……」
　いきなりの告白に私は返事するので精一杯。
　そんな私の様子を見たリクはプッと吹き出した。
「顔、赤い」
　言われて、赤くなった頬を隠すように両手で覆う。
「リクのせいだよ」
「うん。俺のせいだな」
　ニコニコと、だけどどこか優しさを含めた笑みを私に見せるリク。
「これは俺だけの特権。これからも、俺だけにそういう顔、見せてね」
　瞳に滲むのは私への愛情。
　さっきの告白同様、突然の独占宣言に、私の心臓は喜びでトクトクと速度を速めつつあった。
「……もうっ、本当に恥ずかしいんだけど」
「実は、言ってる俺もけっこー恥ずかしいんだ」
「えぇっ？　前からリクって、からかって似たようなこと言ってたよね？」

「小春が相手なら、冗談めかしてても、ココロん中じゃ反応見て一喜一憂してたんだって」
「そんなふうに見えなかったけど……」
　現に、今だって恥ずかしそうには見えなくて、私は瞬きしてリクをマジマジと観察してしまう。すると……。
「見えないようにするの、得意だから」
　そう言って、リクは笑ってみせる。
　隠しすぎて、堪えすぎて、いつの間にか身についてしまった悲しい特技。
　マフラーを取るリクを見ながら私は願いを声にする。
「リクも見せてね」
「え？」
「これからは、少しずつでいいから隠さないで、私にも見せて」
　それは、文化祭の準備をしているときも思ったこと。
　リクのこと、いっぱい話して、いっぱい教えてほしい。
　リクが何を感じて、何を思っているのか。
　悲しみも、苦しみも、分かち合えるようになりたい。
　リクの支えになりたい。
　幼なじみとしても。彼女としても。
「……ホント、小春はいつだって、そうやって俺をすくい上げてくれるよな」
　優しい声で、微笑んだリク。
「このまま一緒にいたら、小春のことが好きすぎてどうにかなりそうだ」

「えっ!?」
　甘いリクの言葉に動揺を隠しきれずにいると、リクが楽しそうに笑う。
「ハハッ、また顔がまっ赤」
「もうっ！」
「ごめんごめん」
　なんだか、さっきからずっとリクのペースに巻き込まれてる気がする。
　ううん、リクのペースに巻き込まれるのは昔からあることだったけど、恋人という甘さが加わっているせいで、どうしていいかわからない。
　前みたいに上手にかわすことができないなぁ……なんて考えていたら。
「なぁ、それ、ネックレスつけてくれてるんだな」
　リクが私の首元で光っている桜のネックレスを見ながら言った。
　「うん、もちろん」と答えた私は、昨日の会話を思い出した。
「そういえば、百瀬さんってお姉さんがいるんだね」
「まあ、姉ちゃんっていうか、元兄ちゃんっていうか？」
　……え。それは、もしかしてもしかすると。
「そ、それは俗に言う、オネエという方では……」
「そうとも言う。シルバー作ってるけど、本人は最近"ゴールド"を取ったばっかりっていうね」
「ゴールド？」

「ナイスピュア。いいんだ、こっちの話。小春はそのままでいてくれ」
「ええっ？　ちょっと気になるんだけど」
「いいんだって。知らなくても生きていけるから」
　生きていけるとしても、気になるんですけど！
　むしろ気になってストレスが溜まって不調になるかもしれない。なんて訴えてみたけど、リクは教えてくれず。
　そんな感じで、知りたい、教えないの攻防を繰り返していたそのとき……。
「なんだか賑やかね〜」
　午後の検温にやってきた看護師の瀬戸さんがクスクスと笑いながら入ってきた。
「す、すみません。うるさくして」
　謝ると、瀬戸さんは今のくらいだったら大丈夫だと教えてくれて、私に体温計を差し出した。
　それを受け取ってワキに挟むと、リクがペコリとお辞儀して瀬戸さんに「こんにちは」とあいさつする。
　瀬戸さんは「こんにちは」と返すと、すぐに私に視線を移して。
「うるさくするのはダメだけど、元気な声が聞こえるのはとてもいいことよ。病は気から。いっぱい元気をもらって早く退院しましょ」
　たしかに、リクとこうして話をしてると体のだるさなんて気にしていない自分がいるのに気づく。
　前向きに。いいことを考えて。

心に思うのは簡単だけど、それを維持し続けるのはとても難しい。
　だから、自然と元気をくれるリクの存在には本当に感謝している。
　体温計が計測終了の音を鳴らすと、私は瀬戸さんに手渡した。
「はい、ありがとうございます。それじゃあ、何かあったら呼んでね」
　微笑みを残して、瀬戸さんが病室から出ていく。
「ありがとうリク」
「何、急に」
「リクがいてくれれば、元気になれて退院なんてあっという間だろうなって」
　本当に、リクは私のビタミン剤のよう……。
「お礼はチューでいいよ」
「えっ!?」
「あー、楽しみだな～」
　前言撤回。
　リクはときどき、ビックリ箱のようで心臓に悪い。
　そんな私の心のうちなんて知らないリクは、ニコニコしている。
　本気なのか冗談なのかわからない雰囲気に、どうしたものかと戸惑っていると。
　——コンコン。
　軽いノックの音が耳に届いて。

また看護師さんか担当の大塚先生の診察かな……と想像していたら。
「小春、大丈夫かい？」
　奏ちゃんが、お見舞いに来てくれた。
「あ、れ？　さっきメール……」
　さっき、奏ちゃんからメールの返信が来たときのことを思い出す。
　あれからそんなに時間はたってない。
　でも、さっきのメールには今病院に向かってるとか、そんな言葉は綴られていなかった。
　奏ちゃんはメガネの奥で目を細める。
「ああ、ここに来る途中、バスの中で読んだよ」
「それなら、今ちょうど向かってるとか教えてくれてもよかったのに」
　私が知ってる奏ちゃんはそうするタイプだし、そのほうが流れも自然だと思って言えば、奏ちゃんはリクに視線をやった。
「いつもならね。でも、陸斗がサプライズだって言うから」
「そそ。奏チャン、例のブツは？」
「ちゃんと持ってきたよ」
　そう言って、奏ちゃんは両手に持っていた荷物を持ち上げた。
　なんの話をしているのかわからない私は、ただふたりのやりとりを見守っていたのだけど。
　奏ちゃんの持っている荷物のひとつに、見覚えがあって。

「それ、その袋……」
　声にすると、奏ちゃんが頷いた。
「そう。小春の家に寄って、おばさんから預かってきたんだ」
　やっぱり、私のだった。
　それは、クリスマスパーティーで行われるプレゼント交換用に買った品物が入っている袋。
　でも、どうしてそれを奏ちゃんが？　お母さんから預かったって？
　頭に疑問ばかりが浮かんでいく中、奏ちゃんは紙袋から箱を取り出した。
「で、こっちが父さん特製クリスマスケーキ」
　言いながら、足元にあるベッドテーブルにおいしそうなケーキを置いた奏ちゃん。その横で、自分の鞄から紙皿やフォークを引っ張り出したリク。
　それらをベッドテーブルに並べて、再び鞄に手を突っ込むと、今度は厚紙でできた派手な配色の三角帽子を出した。
　３人分組み立てて、ひとつを私の頭の上に乗せて。
　満足そうに笑ったリクが口を開く。
「……ということで、小春。今年も３人でクリスマスパーティーだ」
　想像もしていなかった、クリスマスパーティーの開催。
　聞けば、昨日の夜のうちにリクと奏ちゃんが話し合って、病室でパーティーをすることに決めたらしい。
　どうせなら、小春には内緒にして喜ばせよう、と。
　幼なじみふたりの優しいサプライズに、私の瞳に喜びの

涙があふれる。
「ありがとう、ふたりとも」
　リクの心づかいはもちろんだけど、昨日のことがあっても、こうして来てくれた奏ちゃんの気持ちもすごくうれしかった。
　それから、私の体のことを考えて、塩分や脂肪分に考慮したケーキを作ってくれた奏ちゃんのお父さんに、退院したらすぐにお礼を言いに行こうと決めて。
「そんじゃ、メリクリ〜！」
　リクの乾杯の音頭で、あったかくて優しさの詰まったクリスマスパーティーが始まる。
　ケーキを食べて、プレゼント交換もして。
　リクのは奏ちゃんへ。奏ちゃんのは私に。私のはリクへ。
　白い壁に囲まれた殺風景な病室が、私たちの笑顔で彩られていく。
　それは、くだらない会話まで特別に感じる楽しい時間で、気がつけば、あっという間に日は傾き始めていた。

　空になったケーキの箱をたたむ奏ちゃん。
　私も紙皿やフォークを片づけていると、リクがお財布を手に立ち上がった。
「俺、コーヒー買ってくる」
　みんなのも適当に買ってくる。
　そう言い残して、売店へと買い物に出たリク。
　パタン、と扉が閉まると……。

「陸斗と、話はできた？」
　奏ちゃんが話しかけてきた。
「うん。奏ちゃんの推測、当たってた」
「そうか……」
　かぼそい声で相槌を打つ奏ちゃん。
　それ以上、何も声にはしない。
　訪れた沈黙に、私はリクとの関係を奏ちゃんに伝えるべきか迷った。
　まだ、早い気はする。だけど黙っていて、何かで知ってしまうほうが奏ちゃんを傷つける気がして。
　意を決して口を開く。
「……あの、ね、奏ちゃん」
「来年は、陸斗とふたりで過ごしなよ」
「え？」
　私の声を遮って、奏ちゃんはそっと笑みを浮かべた。
「ほら、僕は受験だし」
「あ……そっか……」
　忘れていたけど、来年の冬は奏ちゃんは３年生で忙しい時期だ。
　でも、中学のときはクリスマスくらいは息抜きしようと言ってやっていた。
　だから、それだけが理由じゃない気がして奏ちゃんの目を見れば……募らせた寂しさをひた隠すように微笑んで。
「そのころには少し、祝福できると思うから」
　奏ちゃんの言葉に、彼は言わずとも私とリクのことを察

しているのだと気づく。
　そして、そこにある想いに私は何も声にできず……ただ、ひとつだけ頷いた。
「僕はそろそろ帰るよ」
　立ち上がり、奏ちゃんはコートを羽織ると荷物を手にして私を振り返る。
　それから、瞳をやわらかく細めると。
「メリークリスマス、小春」
　そう告げて、静かに扉を閉めた。
「……メリークリスマス。ありがとう、奏ちゃん」
　降り続けていた冷たい雪はもう、やんでいた。

想い

　お正月くらいは自宅で過ごしたい。
　そうこぼしたら、大塚先生が２泊３日の一時帰宅を許可してくれた。
　ただし、途中で不調があればすぐに病院に戻る約束で。
　何事もなく過ごせますように。そう祈って12月31日の午前中から帰宅し、一夜明けた１月１日の今日。
「あけおめ！　ことよろ！」
　お昼の時間がすぎたころ、家にあったかそうな黒いダウンジャケットを羽織ったリクがやってきた。
　本当は、毎年初詣(はつもうで)に出かけるので今年もそのはずだったけど、私の体のことを考慮してくれたリクが、今年は初詣には行かず、部屋でまったり過ごそうと提案してくれたのだ。
「あけましておめでとう」
　新年のあいさつを返すと、さっそく家に上がってもらう。
　リクがスニーカーを脱いで家の中に入ったと同時、リビングからお母さんが出てきた。
「いらっしゃいリクくん。あけましておめでとう」
「あけましておめでとうございます」
　ニッコリとキュートな笑顔であいさつしたリクに、お母さんも笑みを浮かべた。
「今、飲み物とおせち用意して持っていってあげるわね」

「やった！　俺、小春のお母さんの伊達巻、チョー好き」

　ああ、そういえば毎年それだけは食べに来てるよね。

　食べていけないときは持って帰るもんなぁ。

　お母さんはクスクスと笑いながら「よかったら持って帰ってね」と言うとリビングへと戻っていった。

　私たちは２階にある私の自室に移動する。

　部屋に入ってすぐにダウンジャケットを預かりハンガーラックにかけると、クッションに腰を下ろしているリクの向かい側に座った。

「あ、そうだ。奏チャンにも連絡したけど、今年はパスだってさ」

「……そっか」

「奏チャンに話した？　俺たちのこと」

　リクの質問に、私は首を小さく横に振った。

「話してない。でも、わかってるみたいだった」

「それは……さすがっていうか、なんていうか」

　リクは笑みを漏らして、奏チャンは俺らのことになると勘が働くよなと話す。

　言われてみればそうだ。

　奏ちゃんは、普段から私とリクのことに関しては言わなくても知っていたり、察していたりすることが多かった。

　並外れた観察力があるのかもしれないけど……奏ちゃんの場合、私とリクを大切に思っていてくれるからかもしれないと思える。

「……あのね、奏ちゃんが、背中を押してくれたんだよ」

クリスマスイヴ。

　白い雪が舞い散る光景の中で見た、優しい奏ちゃんの眼差しを思い返す。

『僕は小春の味方。だから、ここから先は小春が自分で確かめておいで』

　そう言って、奏ちゃんが私を前に進ませてくれたときのことをリクに話した。

　公園に行ったこと、そこで奏ちゃんが約束した男の子じゃないという事実を知り、記憶の一部が刺激されたこと。

　リクの言葉によって組み立てられた奏ちゃんの推測を教えてもらって……私と奏ちゃんの関係が結び直されたことも、リクに伝えた。

　もちろん、奏ちゃんのリクに対する気持ちや葛藤など、詳しいところは語っていない。

　それは、私から伝えるべきことではないとわかっているから。

　でも、リクはなんとなく感じていたのか……。

「奏チャンは、変にアタマ使いすぎなんだよ」

　力ない、苦笑いを浮かべた。

「昔っからそうだろ？　優しすぎて、大切にしすぎて、考えすぎて、いつの間にか自分を追い込んじゃうんだよな」

「ふたりは、少し似てるね」

「……そうかな？　でも俺、なんとなく奏ちゃんの考えてることがわかるから、どっか似てるのかもな」

　リクはそう言うと、ひっそりと笑った。

奏ちゃんと似ていることを、そこはかとなく喜んでいるように見えて、私も自然と顔がほころんでいく。
　ひとりぼっちの孤独を知っているふたりだから、どこか似ていて。
　だからこそ、リクと奏ちゃんは出逢ったのかもしれないと思った。
　抱えた傷みを共有し、鎮めるために。
「リクと奏ちゃんって、深いところでつながってる感じがする」
「小春も、つながってるよ」
　奏ちゃんとの絆の強さを否定せず、私のことも仲間に入れてくれるリク。
　くれた言葉がうれしくて。浮かべた微笑みが愛しくて。
　最近、ずっと消えてくれない体のだるさが、ゆっくりと溶けてなくなるような気がした。
　ふと、室内にノックの音が響く。
　私が返事すると音を立てて扉が開いて。
「お待ちどおさま」
　おせち料理や飲み物をお盆に乗せたお母さんが、部屋に入ってきた。
「はい、どうぞ。お雑煮もあるから、食べたかったら声かけてね」
　私が「はーい」と返事をすれば、箸を手にしたリクが「いただきます！」と声を上げる。
　通常なら、ここでお母さんが退室するわけだけど……ど

うしたのか、ニコニコと笑っているだけで出ていかない。
「え、どうしたの？」
　私は、まだ何かあるのかとお母さんに声をかけた。
　すると、お母さんはニッコリとした表情を崩さずに口を開く。
「うん。最近、ふたりの雰囲気がなんか違うと思って」
　来た、と思った。
　毎日お見舞いに来てくれるリクのことを怪しんでいたのは知っていた。
　だから、いつかそんな話をされる予感はしていたのだ。
「そ、そうっ？」
　けど、まだ気恥ずかしくて、リクと恋人になったことを報告していない私は、とりあえずこの場を適当にやりすごそうとした……のだけど。
「そりゃ、俺たち付き合っ……」
「リクッ！　伊達巻どうぞー」
　危うくリクがしゃべってしまいそうになって、私はすかさずリクの口元にお母さん特製の伊達巻を押しつけた。
「むぐむぐっ」
「お母さん、おせちありがとう！」
「ふふっ……ごゆっくり〜」
　意味ありげな笑みを残し、出ていったお母さん。
　モグモグと嚙んでいた伊達巻を、ごくんと飲み込んだリクが私を見る。
「もしかしてさ」

リクが何を言おうとしているのかはわかった。
　だから私は即座に頷く。
「……まだ、お母さんたちに言ってないの」
　だって、彼氏なんてできたの初めてだし、しかも相手がお母さんとお父さんもよく知るリクだし。
　だからなんだか、報告するのがちょっと恥ずかしくて言いにくいわけで。
「でもアレ、気づいてるっぽくね？」
「そうだね……今度聞かれたら言っておく」
　ずっと黙っているつもりはないし、いつかは話したい。
　でも、今はまだ自分から言えそうにないから、聞かれたらちゃんと報告しよう。
　心に決めると、私はベッドにもたれかかった。
「はぁ……今ので、なんかちょっと疲れたかも」
　リクとの付き合いに関することだから嫌な疲れではないんだけど、どうしても、もともと体にある倦怠感のせいで疲れが増したようになる。
　「ちょっと休憩」と口にしながら苦笑いすると、リクが心配そうに眉をひそめた。
「……なあ。最近、疲れやすくなってない？」
「うん……そうだね」
　たしかに、そんな感じだ。すぐに疲れてしまうというか、疲れ方がひどくなった。
　正直、検査の結果もいいものではなかった。
　ＢＮＰという心臓から分泌されるホルモンの数値が高い

ことが血液検査で判明し、以前よりも心臓に負担がかかっていると先生から説明されている。
　そのため、今回の帰宅は注意事項がいっぱいある。
　食事や運動制限はもちろんだけど、風邪をひくのも心臓には負担になるから、ウイルスには気をつけなければいけない。
　アルコール消毒はもちろん、空気清浄機等、家の中はウイルス対策がバッチリされている。
　一時帰宅が終わったら、また詳しく検査をすることになっているのだけど……。
「早くちゃんと退院したいなぁ」
「焦ってもしょうがないだろ」
「うん……そうだね」
「俺が暇つぶしになってやるからさ」
「うん、毎日ありが……」
「お礼はこの前の分と合わせて、今もらう」
　……え。
　固まる私に、含みのある笑みを浮かべてリクが言う。
「心臓に負担かけたくないから深呼吸して。んで、オッケーだったら声かけて」
　ニッコリと親指まで立てて、俺はいつでもいけると言わんばかりのリク。
　……むっ、むりムリ無理！
　そんな心の準備させられても、無理だよ！
　だってだって、この前の分ってことは、キスでしょう？

あれから話題に出なかったから冗談だと思っていたのに、まさかここでまた出てくるなんてっ。
　ブンブンブンと勢いよく首を横に振ると、リクが不服そうに唇を尖らせた。
「なんでダメ〜？」
「だって、まだ早いっていうか」
「早くないよ。俺にとっては遅いくらいだ」
　そう言ってリクは私の髪に手を伸ばし、愛おしむように触れる。
「ずっとずっと小春に伝えたくて、でもできなくて。触れたくても、冗談にしかできなかった」
　そして、切なくなるような優しい微笑みを向けられて。
「少しくらい急いだって、バチは当たらないだろ？」
　そっと、リクの腕の中に閉じ込められる。
　私の心に届けられたリクの想いが心に染みて、わずかに頷きかけたけど。でもやっぱり……。
「どんなに深呼吸しても、たぶん、無理」
　今はまだ、リクのことを好きだという気持ちで精一杯で。
「一緒にいるのは大丈夫なの。でも、こうしてリクに触れられるだけで心臓がバクバクし始めるから……」
　息すら止まるんじゃないかと思えるくらい、好きがあふれる瞬間があって。だから、怖いのだ。
「恥ずかしさとか、好きの気持ちがいっぱいになって、うっかり倒れちゃうかもしれない」
　そんなことになったら、こうして一緒にいられる時間が

なくなってしまうし、何より、リクが自分を責めてしまいそうで。
　リクの腕に包まれながら、そんなことを思い、どうにか心臓が騒ぐのを落ちつかせようとゆっくりとした呼吸を繰り返すと。
「……むしろ、今のセリフで俺がうっかり倒れちゃう勢いだけどね」
　リクは声を漏らすと腕に力を入れて、私をキュッと抱きしめた。
「しょーがないなー。小春の可愛さに免じて今日はもらわない」
　機嫌のよさそうな声でそう宣言したリク。
　諦めの姿勢に私がホッとしたのも束の間。
「でも、可愛すぎてもっと欲しくなったから、小春が退院したら利子つけてたっぷりもらおっと」
　……今まで以上に元気にならないと心臓が持ちそうにないな、なんて、身に余るほどの幸せを感じたのだった。

どうか、どうか

「ケホッ、ケホッ」

病室内に乾いた咳が響く。

空咳と言われるこの症状も、私の場合は心筋症からくるものらしい。

深く落ちついた呼吸を繰り返してみるも、今日も感じる息苦しさ。

最近、以前にも増して症状が悪化しつつある私は、ベッドから起き上がることが少なくなっていた。

……そう。

ここのところ、私の病気は悪化の一途をたどっている。

積もるストレスが原因になることもあると言われ、さまざまな検査を受けた。

その結果……ついに、大塚先生の口から心臓移植の登録を勧められた。それが、最善の治療なのだと。

ショックだった。それは、一番最初に倒れ、病気のことを知らされたときに似た感覚。

突然死の怖さを忘れていたわけではなかった。むしろ、いつもどこかに不安はあった。でも、支えてくれる人たちのおかげで、不安に負けずにいられていたのだ。

けれど、心臓移植という段階に来たことで、死というものがグッと間近に迫ったような恐怖を覚えた。

今までよりも、もっと。

両親は、移植の登録をしようと私に言った。
　生きることを望む私は、首を縦に振った。
　でも……そのとき私はちゃんと考えてなかった。
　心臓移植を希望するということは、誰かの死を待つということ。
　もう、移植にすがるしかないとはいえ……人の死を待つ。
　それはなんて、残酷で悲しい時間なんだろう。
　そのことに気づいてから、私の中で人の生の終わりを願うという罪悪感がみるみるうちに広がって。けれど……。
「それでも、生きたい」
　生きなければならない。
　自分のためにも、幸せに手を伸ばすリクのためにも。
　証明するんだ。
　リクは私を不幸になんかしない。
　私はどこにも行かないと。
　リクとずっと一緒にいると。
　深く息を吸い込み、ゆっくりと吐き出す。
　……リクには、移植の話をまだしていない。
　言ったら、彼はきっと落ち込むだろう。
　自分のせいだと、責めるかもしれない。
　だから……どう言えばいいのか、迷っている。
　今日、お見舞いに来てくれたときに話すつもりではいるけど……リクが自分を追い詰めるようなことがないように、うまく伝えられるかな……？
　ふと視線を動かすと、テレビボードに立てかけられた本

が2冊、視界に入った。

それは、プレゼント交換で私がもらった、奏ちゃんからのクリスマスプレゼント。

ひとつは参考書で、パーティーのときには私とリクをげんなりさせた。

そして、もうひとつは不思議の国のアリスの飛び出す絵本だった。

飛び出す絵本といえば幼児向けのものを想像するけど、これは大人が楽しめるもので、繊細かつ大胆で飛び出し方がすごい。

ただ、外国のものなので英字なため、残念な脳みその私には読めないままだ。

けれど、見ているだけでも十分楽しい。少しでも気持ちが上がればと、私は絵本を手に取って開いた。

ページをめくるたびに不思議の国が絵本の中から飛び出してきて、私の目を楽しませてくれる。

こういうのをセレクトする奏ちゃんは、本当にセンスがいいなぁ。

ちなみに、今年もリクに渡した私からのプレゼントはフォトフレーム。

毎年悩むプレゼント。手袋やマフラー、マグカップ等、ネタも尽きてきて、どうしようかとインテリアショップを眺めていたら、モダンなフォトフレームを見つけてビビビときて。

リクも奏ちゃんも好きそうなデザインだったから、すぐ

に購入に至った。
　包装をといて、現れたフォトフレームに笑顔を見せてくれたリク。そんなリクから奏ちゃんへ渡ったプレゼントは、目覚まし時計だ。
　ただし、普通の目覚まし時計ではなく、設定した時刻になると動き回って逃げる目覚まし時計。
　その場で使ってみた奏ちゃんの感想は「陸斗が増えた気分だよ」だった。
　一方リクは、ニコニコしながら「可愛がってね～」なんて言って。
　そのときのことを思い出し、頬を緩ませた直後。
　病室内にノックの音がふたつ。
　そういえば、そろそろ学校が終わってリクが来るころだ。
「へい、彼女ー」
　……まあ、いつもの感じでちょっとふざけているけど、予想どおり、聞こえてきた声はリクのもの。
　彼は病室に入ってくるなり笑顔を見せた。
「どうしたの？」
　何かいいことでもあったのか。
　私が首をかしげると、リクは唇を開く。
「今日はさ、お客さんが来てるんだ。通していい？」
「う、うん」
　誰だかわからないけど、私は頷いた。すると……。
「小春、大丈夫？」
「小春ちゃーん。おっひさー」

リクの背後から、制服にコートを羽織ったよっちんと新谷が姿を見せた。
　私は目を見開いて喜ぶ。
「わぁっ、よっちんだ！　うれしい」
　気持ちを素直に表すと、よっちんがそっと微笑んだ。
「ちょっと待ったぁ！　俺に会えたのもうれしいと言ってよ、小春ちゃん」
「どうして小春が新谷に会えて喜ばないといけないの？　戯言はまたにして」
　新谷の言葉を容赦なく切り捨てる、よっちん。
「よ……美乃ちゃんがヤキモチ、だとっ？　ついに……落としたか！　いいぜ、おいで。俺の腕の中に」
　腕を広げた新谷に、よっちんが深いため息をひとつ。
「……ホント、あきれるわ」
　相変わらずのやりとりに私が小さく笑うと、リクがふたりにパイプ椅子を用意した。
「はい、どうぞ。ほら、新谷も挫けてないで座れよ」
　いつものごとく固まったままの新谷は放置で、よっちんは椅子に腰かける。
「今日はね、クラスのみんなからプレゼントがあるの」
「プレゼント？」
「そう、これ」
　そう言いながら、よっちんが手にしていた大きな紙袋から取り出したのは……。
「わっ……千羽鶴！」

色とりどり折り紙で作られた、鶴の群れだった。
「みんな、小春がクラスに戻ってくるのを待ってるよ」
「よっちん……ありがとう。本当にうれしい」
「まだあるよ小春ちゃん。ほら、ラブレター」
　いつの間にか復活していた新谷から渡されたのは、色紙。
　そこには、クラスメイトたちからのメッセージがところ狭しと書かれていた。
【小春が元気になりますように】
【早く帰ってこいよ〜】
【小春ちゃんの病気がよくなるように、毎日祈ってるよ】
　メッセージをひとつ読むたび、心に温かいものが募っていく。みんなの優しい気持ちに、瞳が熱くなる。
「うれし……」
　涙で詰まった声でありがとうと告げると、よっちんが「小春」と呼んだ。
「必ずよくなる。今は焦らず治してね」
「うん……」
　よっちんの勘はよく当たる。
　私はその言葉に勇気づけられ、みんなからの想いに元気をもらって。
「治して、またみんなと一緒に学校に通うね」
　通い慣れた通学路を歩いて、あいさつを交わして。
　日の差し込む教室で、みんなと授業を受ける。
　宣言すると、よっちんと新谷はやわらかい笑みを見せてくれた。

ふたりが病室を出たのは、まだ日が傾く前だった。
　長居しては悪いからと、少しの談笑ののちに帰ってしまったのだ。
　帰り際、よっちんがリクに「おじゃましました」と口にした表情が意味ありげだったのを思い出す。
　よっちんにはリクと付き合うことになったことと、その経緯(けいい)を電話で報告してある。
　だからきっと、そういう意味を込めて言ったんだろうなぁ……。
　声をかけられたリクは「おじゃまされました」なんて返してたけど、なんだかちょっとこそばゆい感じ。
　いつか、リクと恋人でいることに慣れて、誰に何を言われても普通に受け止められる日がやってくるんだろうか？
　そんなふうに考えたとき、移植の話をしなければという思いがよぎった。
　リクは今、飛び出す絵本を楽しんでいる最中だ。
　タイミングが今でいいのかはわからない。
　けれど私は、大切なことだからこそリクには早く伝えるべきだと思い……。
「リク、病気のことなんだけど」
　声を、発した。
　病気というワードに、リクの穏やかだった表情が少し固くなる。
「……何か、あった？」
　絵本を閉じて私を見るリクの瞳は、不安で揺れていた。

「うん……あのね、移植を勧められたから、登録すること
になったの」
「い、しょく……心臓移植？」
　──コクリ。
　私が頷くと、リクは一度唇を引き結んだ。
　そして彼は何か言おうと口を開いたけど、結局は何も言
わずにまた閉じる。
　だから、私が代わりに唇を動かした。
「傷跡は残っちゃうけど、移植ができれば、元気になれる。
学校に戻れるし、リクとももっと一緒にいられる」
　移植によりもたらされるであろうプラスの面を声にし
て、できるだけ悲観しないように、前向きな姿勢を見せた
つもりだった。
　でも、リクは眉を寄せて悲しげに微笑んだ。
「デートも、いっぱいできるな」
　紡がれる言葉は、未来を望むもの。
　なのに、リクの表情は曇っている。
　どうしてかを想像するのは、たやすかった。
　けれどそれを口にしないのは、リクが過去の痛みと闘っ
ているからだと感じて。
「行きたいところ、決めておかないとね」
　私は、大丈夫だと声にする代わりに笑ってみせた。
　遊園地でジェットコースターに乗りたいな。
　お化け屋敷はリクが先頭に立ってね。
　心臓が治れば問題なくなるものを挙げれば、リクはよう

やく少しだけ笑って……。
「チューも、し放題じゃん」
　からかうように言った。
「よし。チューのために、俺はこれからも全力で小春をサポートするっ」
　空元気なのだとわかる口ぶり、そして表情。
　それでも私は……。
「移植、早く決まるといいな」
「うん」
　それに気づかないふりをして、頷いた。
「きっと、すぐだよ」
　移植を待つ人はたくさんいる。
　その中で、私にチャンスが訪れる確率は高くないだろう。
　現実的に考えれば、すぐなんて確証はない。
　それでも、言葉を声にすればそこに力が宿り真実になる。
　そんな話をどこかで聞いたことがあった私は、もう一度声にした。
「すぐに、元気になってみせるからね」
　未来への希望で、不安を塗りつぶす私たち。

　どうか、どうか、神様。
　リクと交わした約束を守るため、リクとの未来を切望し、人の命の終わりを待つ私をどうか……許してください。

第6章

大丈夫だよ

　病室にあるテレビの向こうには、バレンタイン特集が映し出されている。
　2月14日まであと1週間。
　バレンタインにチョコをあげるのかというインタビューに答える女の子たちは、みんなどこか楽しそうだ。
　そして、それを見ている私は相変わらずベッドの上。
　今日も咳と少しの息苦しさがあり、お世辞にも体調がいいとは言えないので、安静にしているように言われている。
　でも……。
「せめて外出だけでもできないかなぁ」
　少し背上げされた状態で横になりながらこぼすと、いつものようにバイト後からお見舞いに来てくれているリクが目を細めた。
「もしかして、バレンタイン？」
「どうしてわかったの？」
「そりゃ、一緒にテレビ見てるこの流れならね」
　クスッと笑ってリクは再び口を開く。
「いいよ。俺は小春がいてくれるだけでいい」
　チョコよりも甘いんじゃないかという言葉に私の頬が少し熱くなるのを感じて。
　それをごまかすように、私はリクに話しかける。
「でもリク、甘いの好きでしょ？」

「もっちろん、チョー好き」
　語尾にハートマークがついてそうな声でリクが言うから、つい笑ってしまった。
「あー、でも」
「奏ちゃんのお父さんが作るお菓子なら、なおいい、でしょ？」
「うん、それもだけどさ」
　リクが、ニコッと可愛らしく笑う。
「小春のほうが甘くて好き」
「……え……ええっ？」
「正確には、小春の雰囲気が甘くて好きなんだ。ちょっとフワフワしてて、パステルカラーのマカロンみたいなイメージ？」
「私、お菓子に例えられたのって初めてかも」
　人生初の経験に、少し笑うとリクも口元を緩めた。
「そ？　でも、ピッタリだと思う」
「マカロンかぁ」
　マカロンは私の好きなお菓子でもある。
　奏ちゃんのお父さんのお店にあるマカロンも、すごくおいしかった。
　……あ、そうだ。お母さんに頼んで買ってきてもらおうかな。
　それで、それをバレンタインチョコの代わりにリクにプレゼントするとか。リクの好きな奏ちゃんパパのお菓子だし……うん、いいかも。

「ね、リク。マカロン好き？」
「それは小春のことが好きかってこと？」
「ち、違うよっ。そうじゃなくて、バレンタインにどうかなと思って」
「それは私を食べてという……」
「もうっ、違います」
　頬を膨らませる私とは対照的に、リクは王子様のような整った顔をほころばせた。
「ジョーダン。うれしいよ」
「本当は、クリスマスのお礼にプレゼントも選びたいんだけど……」
「いらないから。小春が元気になってくれるのが、俺への最高のプレゼント」
　だから気にせずに今はゆっくりしてて。
　そう言われて、私は申しわけなく思いながらもリクの優しさに感謝し頷いた。
　そのすぐあと、また咳が出てしまった私の背中をリクが優しくさすってくれて。
「ありがと……ケホッ」
「咳、薬のせい？」
　そう問われて、私は首を横に振ってみせる。
　薬には副作用で咳が出てしまうものがある。
　でも、今の私の場合は、病気が進行している現れだった。
「そういえば、追加された薬の副作用は？」
「うん……結局合わないから中止になったの」

大塚先生が新しく処方してくれた薬。それが効けばよくなると思っていたけど、よくなるどころか私の体には合わなかったためにあえなく中止になってしまった。
　最近では面会も限られた人のみにされてしまい……私は今、危険な状態の一歩手前にいるのだと思う。
　つまり、最悪の場合……死んでしまうのだ。
　大切な人を残して。
　いつの間にか、テレビの液晶は今日のニュースを映している。
　政治の話は難しくてわからないけど、テレビに映る政治家の厳しい顔と同じような顔で、リクが私を見ていて。
「バチスタ手術ってやつは？　ドラマで見たけど、あれで治ったりはしないの？」
「先生の話では、バチスタ手術をしても根本的な治療にはならないんだって」
　実は、バチスタ手術の話は移植登録の話をされた際に聞いていた。
　それまではリクと同じようにその手術でよくなるのでは、と考えていたんだけど、実際は、バチスタ手術をしても完治するわけではなく、移植までの時間を少し伸ばせるものらしい。
　リクにかいつまんで説明すると、彼の肩が元気をなくすように下がる。表情も同じように落ち込んでいた。
「……大丈夫だよ、リク。ね？」
　多くは語らずに微笑むと、リクは眉を寄せたまま微笑み

返してくれる。
　リクが笑ってくれる。
　それだけで、私は少しずつ前を向けるんだ。
　リクがもっともっと笑ってくれるように、元気になろう。
　……そう、思うのだけど。私の心に体がついてきてくれないのが現状だ。
　あとどれだけ強く思えば病は気からの効果が発揮されるのだろう。あとどれだけ笑顔でいれば、体が元気になるのだろう。
　結果は、いつになったら出るの？
　わからない。
　でも……リクの前では、たくさん笑っていようと心に決めている。
　落ち込んでなんかいられない。
　落ち込ませることもしたくない。
　明日を信じて、リクの不安なんて吹き飛ばせる元気な私でいよう。
「……そろそろ、面会時間が終わるな」
「うん……今日もありがとう」
　別れ際はいつも寂しい。けれど、引き止めるわけにもいかず、私は口元に笑みを浮かべた。
　いつもなら、ここでリクはパイプ椅子から立ち上がって帰り支度を始めるのだけど……。
「……リク？」
　どうしてか、リクはジッと私を見つめたまま動かない。

「どうしたの？」
　私の顔に何かついているのかと疑問に思った直後、リクは私のおでこに手を当てた。
「……少し、体温高い？」
「そう、かな？」
　たしかにそんな気はするけど、病室内の暖房のせいだと思っていた私は首をかしげる。
　でも、言われてみればいつもより体はだるい。
　リクがいるとうれしさで気持ちが上がるから気づかなかったのかも。
「あとで看護師さんに言って看てもらうね」
「ん、そうして」
　小さく頷くと、リクの手が離れていく。
　好きな人の体温が離れていってしまうのが切なくて。
「……リク」
　私は、衝動的に彼の手を掴んでしまった。
　掴まれたリクは、驚きで目を丸くしたまま瞬きを繰り返して私を見ていて。
「あ、あの……ごめ……」
　ごめん、と、手を離そうとした私の手を、今度はリクがしっかりと掴んだ。
　トクン、トクンと鼓動が跳ねる。
　体に感じる熱さが、リクのせいなのか私のせいなのかわからない。
「やっぱ少し体温が高いな」

心配そうな声で囁くと、リクは「でも」と言葉を続ける。
「小春が今、しっかり生きてる証拠だよな」
　切なさを含んだ声とともに微笑まれて、私の心がキュッと締めつけられた。
「ずっと感じてたいな。お前のぬくもり」
　そこに、祈りが込められている気がして。
　私はリクの手を握り返し微笑む。
　そして、リクがそっと微笑み返してくれた刹那。
　心臓が……。
「っ、……うっ！」
　呼吸が……。
「小春っ!?」
　狂い出した。
　ひゅっ、ひゅっという呼吸を繰り返す私を見て、リクは慌ててナースコールを押す。
　看護師さんの声が聞こえると、リクが言葉に詰まりながら症状を説明してくれて。
　苦しくて、苦しくて。リクの手を強く握る。
「小春、すぐ、すぐ来てくれるから」
　コクコクとただ頷き、必死に酸素を求める私の手をリクが両手で包んでくれる。
　間もなく看護師さんが来てくれて、そのすぐあとに大塚先生も来てくれて。
　処置のためにリクは部屋を出るよう先生から言われているのが聞こえた。

そして、酸素マスクをあてがわれた直後に見えたのは、リクの泣きそうな表情。
　小さいころに見た泣き顔を思い出させるその表情に、私は苦しさをこらえ、彼の姿が見えなくなるギリギリまで精一杯、微笑み続けた。

今度こそ

　たくさんの医療機器がベッドを囲んでいる。

　継続的に響く電子音は、俺の大切な子の様子を教えてくれるもの。

「小春、また明日」

　静かに別れを口にすると、酸素マスクをつけた小春が小さく頷く。

　その瞳は、やわらかく細められて俺を見ているけど……そこに、強い生命力はあまり感じられない。

　思わず鼻の奥がツンとして。

　けれど、それを隠すように俺は小春に微笑み返し軽く手を振ると、うしろ髪をひかれる思いを持ちつつ、いつもより早い時間に病院を出た。

　早い時間といっても、空は紺色に染まり始めたばかり。

　外の冷たい空気を肺に入れると、体温が少し下がったような気がした。

　病院の前にあるバス停には、ちょうどいつも乗るバスが到着したところだったらしく、扉が開くとお客さんが次々と車内へと乗り込んでいく。

　俺も最後尾に並んでバスに乗り込むと、空いていたひとり用の席に腰を下ろした。

　バスが発車して、車窓の向こうには夕暮れよりも夜に近い景色が流れていく。

すぎゆく街の灯りをなんとなく見ながら、俺は小春のことばかり考えていた。
　本当は、前みたいに面会時間ギリギリまで小春のそばにいたい。
　でも、小春の担当医である大塚先生にも言われている。
『今の小春ちゃんはとにかく安静にしていなければならないから、負担をかけないように君も気をつけてあげてください』
　……それくらい、いきなり苦しんだあの日から、小春の容態は悪化してしまった。
　面会も本来は家族のみ。
　でも、俺は小春の家族の厚意で面会を許されている。
　会いに行けば、小春はうれしそうな表情をするけど……どれも、以前の小春よりは力のないものになっていた。
　会話も以前より辛そうで……。
　弱っている小春の姿を見ていると、毎日が不安で仕方なかった。
　小春は俺といて不幸だと思ったことはないと言っていた。でも、実際に小春はどんどん悪くなっている。
　しかも、俺が小春とちゃんと向き合おうとしてからだ。
　どうしたって、俺が影響しているように思えてならない。
　あの人がそうであったように……。
『かあ、さん？』
『やめて……あの人と同じ目で、あたしを見るのはやめて。やめて……』

俺が、小春を不幸にしている。
　それなら、俺はどうすべき？
　俺が小春から離れれば、小春はまた元気になる？
"だったら、別れればいいんだ"
　ひとつの答えが、俺の中に生まれる。
　でも……。
『いっぱい話して、いっぱい教えて。リクのこと』
『リクがなんて思おうと、私は幸せだよ？』
　過去に縛られて、未来を捨てようとしていた俺の手を引いてくれた小春の手を離すことなんて、今の俺にはもうできない。
「次は終点──」
　車内にアナウンスが流れて、しばらくすると俺たちの住む駅に到着した。
　帰宅するサラリーマンたちの人波を逆行していく俺。
　けど、その足取りは重くて。
　ドンッと、肩が誰かとぶつかる。
「あっ、すみません」
　謝られた声に聞き覚えがあって、俺はうつむいていた顔を上げた。
「……奏チャン」
　ぶつかったのは、最近、俺と小春のことを感じ取って、あえて距離を置いている幼なじみだった。
　奏チャンは俺を見て眉をひそめる。
「陸斗。……お前、なんて顔してるんだ」

自分が今、どんな顔をしているかなんて知らない。
 わかりたくもない。
 ただ、ひたすらに心が重いんだ。
 小春が、がんばっている。
 だから俺もがんばって、前を向かなきゃならない。
 小春を支えてやりたいのに……心がどんどん沈んで。
 息が、詰まりそうだ。
 奏チャンは俺の腕を引いて、道路の脇に移動する。
「小春は、そんなにひどいのかい？」
「……うん。日に日に弱ってる」
 横を通りすぎていく車の走行音やヒールの音にかき消されそうなトーンで言えば、奏チャンは暗い声で「それは心配だな……」とこぼした。
 少し前、元気のない小春に笑顔を届けたくて、奏チャンに一緒にお見舞いに行こうと提案した。
 奏チャンも小春のことは気になっていたんだろう。
 一瞬だけ迷った顔をしたけど、「小春を笑顔にするには、突っ込み役が必要だということか」と冗談めかしながらも頷いたんだ。
 その日、小春はたくさん笑った。
 特別なことは何もしていないけど、俺と奏チャンと小春という慣れ親しんだ関係が、きっと小春を笑顔にさせたんだと思う。
「面会、奏チャンならできると思うよ。行くならおじさんたちに伝える」

「……今は、僕よりも陸斗がそばにいてやるべきだよ」
「どうかな」
「陸斗……?」
 奏チャンが首をわずかにひねるしぐさを見せる。
 メガネの奥にある瞳が、答えを求めていた。
「俺は、大切な人を不幸にするじゃん?」
 言いながら笑ってみせる。
 それは、こういう話をするときにする、染みついてしまった癖。笑みを浮かべる俺とは反対に、奏チャンは難しい顔になる。
「……陸斗、ちょっと場所を移そう」
 たぶん、お説教だろうと思った。
 いつもの俺なら逃げるところだけど、今はそんな気力もなくて。
 奏チャンに腕を掴まれ引っ張られるまま、人気のない夜の路地裏に入った。
 奏チャンは、厳しい表情で俺をまっすぐに見て言う。
「僕が小春にしたことも最低だとは思うけど……陸斗、今のお前もほとほと最低だ」
 そんなの、わかっている。
 その言葉を呑み込んで、俺は奏チャンから目を逸らした。
 でも、奏チャンの声は俺を逃がしてはくれない。
「小春は今も必死に生きてるのに、どうして支えてやるべき陸斗が諦めるようなことを言うんだよ」
 奏チャンの言っていることはもっともだった。

小春は生きようとがんばっている。
　俺はそれを支えてやらなきゃいけない。
　だけど。
「奏チャンも知ってるだろ。俺は、大切な人を幸せにできない」
　支えようとすればするほど、事態が悪くなっていくのが証拠だといわんばかり。
　明日を信じ続けることは難しいのに、どうして絶望するのはこんなにもたやすいのだろう。
　なんだか疲れを感じて、俺はその場にしゃがみ込んだ。
　幼いころ、桜の木を背にそうしたように、路地の壁を背に膝を立てて。
　すると、隣に奏チャンも腰を下ろした。
「それは、お前がそう思い込んでるだけだろう？　もっと信じてやれよ。小春を、お前自身を」
「信じてるよ。自分はともかく、小春のことは信じてる。けど、母さんが俺を許さないから」
「……お前のお母さんがお前を許さないんじゃない。陸斗がお母さんを、そして何もできなかった自分を許せないんじゃないのか？」
「……俺、が？」
　母さんを、許せない？
『どうして、ぼくをひとりにしたの』
『どうして、ぼくをそんな目で見るの』
『どうして、ぼくを産んだの』

「……そうか……」
　そう、だ。
　結局俺は、普通の家庭のように愛情をくれなかった母さんを……俺をひとりにした母さんを許せなくて。
「ハハッ……そうだったんだ……なんだ……そんな、簡単なことだったんだ……」
　母さんに、父さんがいなくても大丈夫だと。
　俺がそばにいるから、もう泣かないでと伝えきれなかった自分を、助けられなかった自分を許せないんだ。
「もう、許してやるといいよ」
　奏チャンが、労るような声で言うから。
「できるかな……今、言われて気づいたくらいなのにさ」
　わざと卑下して笑いに変えようとしたのに。
「ゆっくりでいいんじゃないか」
　また、優しいことを言われて、なんかちょっと込み上げてきちゃった俺は、膝を抱えて顔を隠した。
　俺……本当に、幼なじみに恵まれていると思う。
　心底、思う。
「許せるかはわからないけど……ひとつ、わかったことがあるよ、奏チャン」
　なんとか意地で涙をこぼさずにすんだ俺は、顔を上げて奏チャンを見た。
「俺は、今度こそ見失わない。大切な人を、俺ができる精一杯で、支えていく」
　今度こそ、愛してやまない、大切な人のために。

俺の宣言に、奏チャンは口元を緩ませる。
「その調子で、小春をしっかり支えてやってくれ」
「もちろん。でも奏チャンもね」
「ぼ、僕？」
　ちょっと驚いた様子で自分を指さす奏チャン。
　俺は頷く代わりに微笑んで。
「奏チャンも、俺の大切な人だから、奏チャンが嫌でも俺は支える」
　覚悟しろよと冗談めかして言えば「ほどほどに頼むよ」と笑った奏チャン。
　陸斗は加減を知らないから、少し怖いななんて迷惑そうな顔をしていたけど……最近、俺たちの間にあった、どこか張り詰めたような空気はすっかり消えていた。
　それが、少しうれしくて。
　なんだか、すべてがいい方向に動き出したような、そんな気がして。
　男ふたり、冬の星空の下でしゃがみ込みながら、今度、母さんの眠る墓に謝りに行こうと考えていた。

答えない唇

　学校の廊下で、新谷が双葉に向かって「美乃ちゃんからのチョコなら毎日受け付け中」と必死になっている姿を目撃した、2月も下旬に入ろうとしていたある日のこと。
　俺は放課後になると、奏チャンと一緒に小春のお見舞いに行った。
　小春の状態は依然としてよくはないけど、奏チャンも面会許可をもらえたからだ。
　そして、運がいいことにその日は小春の体調がここ最近で一番よく、小春の笑顔も多く見られた。
　冬の夕方、もうすぐ日も暮れる逢魔が時。小春の病室を出た俺たちは、病院前のバス停にあるベンチに腰かけてバスを待っていた。
　タイミングが悪く、バスは出たばかり。
　ダッフルコートに身を包んだ奏チャンは、白い息を吐きながら俺を見る。
「小春、このまま持ちこたえてくれるといいな」
「大丈夫だよ。アイツ、がんばってるし」
　生きようと、がんばっている。
　きっと、少しはあるだろう、吐きたくなるはずの弱音も不安も口にせずに。
「うん、そうだな」
　奏チャンは微笑んで、紺色に染まっていく空を眺めた。

「……なぁ、陸斗」
「んー?」
　目の前を通りすぎていく車の走行音をＢＧＭに俺が返事をすると、奏チャンは切ないような、あったかいような声色で……。俺に、お願いした。
「小春のこと、ちゃんと見てやってくれよ」
「なんだよ急に」
　なんて返してはみたけど……本当は、予想できた。
　できたから、うれしくて。
「なんでもだよ」
　静かに、少し弱々しく微笑んだ奏チャン。
　奏チャンの気持ちは知っていた。
　俺が大切にしている子のことを、心から好きなんだって。
　もう、何年も前から。
　奏チャンが小春にウソをついたのも、俺の気持ちとか、奏チャンの想いとか、俺たちの関係とかがそうさせたのかもしれないって、なんとなく感じていた。
　小春が奏チャンとのことで悩んでいたころ、奏チャンが俺を警戒していたのも気づいていた。
　そんな奏チャンが、ちょっとでも認めてくれたのかもしれない。
　だったらうれしいけど、そうであった場合、今日までの奏チャンの気持ちを考えて……。
「……いいの?」
　思わず、心の声が音になった。

奏チャンは困ったように眉を寄せ、口元に笑みを漏らす。
「よくないけど、陸斗だから……いいよ」
　正直すぎる答えとともに吐露された奏チャンからの信頼。
「愛してるよ、奏チャン」
「またそうやって茶化すなよ。僕は……」
「わかってる。大丈夫だよ。俺、奏チャンに負けないくらい、小春のこと大事だから」
　だから、迷っても、立ち止まっても。
　ちゃんと、小春の手を離さずに、一緒に歩いていく。
　奏チャンはどこか複雑そうに、けれど満足したように大きく頷く。
　すると、奏チャンの向こう側から親子が歩いてきて、俺たちの座るベンチの隣にある、もうひとつのベンチに腰を下ろした。
　母親と娘さんのふたり。
　娘さんのほうはまだ小さくて、言葉もたどたどしい。
「ママ、おなかしゅいたー」
「おうち帰ったらご飯だから我慢して」
「しゅーいーたー」
　むくれる女の子の瞳が、ふと俺たちを映す。
　そして、俺よりも女の子側のほうに座っている奏チャンに笑いかけた。
「バースー、バス」
　たぶん、バスに乗るのが好きなんだろう。

ご機嫌な感じで足をブラブラさせながら、なぜか奏チャンにアピールする女の子。
　それを見た奏チャンは微笑んでいる。
　携帯の時計を確認すると、バスの到着まではあと10分。
　寒さしのぎに、少し離れた場所に見える自販機でホットコーヒーを買うことにした。
「奏チャン、そこでコーヒー買ってくる。ブラックでいい？」
「ああ。ありがとう」
　立ち上がった俺は、自販機へと向かった。
　奏チャンが、ブラックコーヒーをうまいと思い始めたのは高校に入ってかららしい。
　俺は甘いのが好きだから理解不能だ。
　自販機にたどりついて、お金を投入する。
　残念ながらこの自販機は当たりが出たらもう1本のシステムじゃなかったから、なんの楽しみもなくホットコーヒーをふたつ買った。
　冷たくなった手が、缶の温かさで幸せを感じる。
　きっと俺と同じように、冬のバス待ちで冷たくなってきているであろう奏チャンの手も幸せにすべく、俺が踵を返したそのとき。
「……る！　ダメ！」
　女の人が叫ぶ声がして。
　直後、耳をつんざくようなブレーキの音。
　何が起きたのかわからず、でも、何かが起こったのは確実で。

視線を動かし、あたりの様子を確認する。
　そして……俺が見たものは。
　さっきまで、バス停のベンチに座っていたはずの奏チャンが。
「……なんだ、コレ」
　でっかいトラックの下で、倒れていた。
　道路の端で、さっきの小さい女の子が泣いている。
　そのそばでは、女の子の母親が、ピクリとも動かない奏チャンを見て……ガタガタと震えていて。
　トラックからは、運転手のおっちゃんがオロオロしながら出てきたのが見えた。
　ドクン、ドクンと強く脈打つ俺の心臓。
　力をなくした俺の手から、缶コーヒーが滑り落ちる。
　コロコロ転がって……だらりと地面の上に伸びている、赤く染まった奏チャンの手に当たった。
「……奏チャ……」
　声がつかえる。
「ああ……ごめんなさいっ、ごめんなさいっ」
　女の子の母親は相変わらず激しく震え、顔を青くしながら謝っているけど……今しなきゃならないのは。
「……奏チャン！」
　奏チャンを、大切な幼なじみを、俺のできる精一杯で助けることだ。
　グッと拳に力を入れる。
「運転手のおっちゃん！　救急車呼んで！」

俺が頼むと、おっちゃんは何度も頷きながら「わかった」と声にし、すぐに携帯を耳に当てる。
　幸い、病院の目の前だ。
　うまくいけば病院に直に運んでもらえるかもしれない。
　希望を胸に、俺はトラックの下に倒れている奏チャンに駆け寄って、膝をつき、名前を呼んだ。
　何度も、何度も。
　だけど、声が返ってくることもなければ、奏チャンの体はピクリとも動かない。
　腰から下は、トラックの下に入り込んでしまっていて見えない。でも、見える部分の、腕も、指も、表情さえも、動くことはなくて。
　代わりに、奏チャンの命を削るように、赤い血が広がっていく。
「ウソだろ……ふざけんな……」
　それは、俺の靴と膝を容赦なく染め上げて、俺の頭を混乱させていった。
　奏チャンをトラックの下から助け出そうにも、俺ひとりではできなくて。
　いつの間にか集まり始めた人たちが、トラックを持ち上げようとしてくれていた。
　人の持つ優しさに、思わず涙が込み上げる。
「頼むよ、奏チャン」
　こんなに、たくさんの人が奏チャンを助けようとしてくれる。

だから、頼むよ。ここで終わんなよっ！
「奏チャンっ！」
　……それからしばらくして、奏チャンは病院に運ばれていった。
　その体は、動くことはなくて。
　手術が始まってしばらくし、奏チャンの家族が病院に駆けつけると、俺と一緒にオペ室の前に座っていた女の子の母親がまた謝る。
　涙を流して、どうお詫びしたらいいのかと。
　そして、娘を助けていただきありがとうございます、と。
　腕と足に擦り傷を負った女の子。
　俺は、雰囲気を悟り不安そうにしている女の子の前にしゃがみ込む。
「お名前は？」
　奏チャンが、助けた女の子。彼女の名前は……。
「……こはる、3しゃい」
　小春と同じ、名前だった。

　オペ後の集中治療室。
「……奏チャン、あの子、3歳だって」
　たくさんの医療機器に囲まれながら、静かに眠る奏チャンは……。
「ありがとうって、言ってたよ」
　俺の声に、答えてくれず。
　ただ、機械の規則的な電子音だけが、聞こえていた。

奇跡

　病室は、日常の匂いが少ない。
　手で触れるものには家庭的な温かさはなく、目で見るものも限られていて。
　窓枠に収まる景色も、季節と天候により景色を変えることはあっても、そこにあるものは変わらない。
　ここにいると、何気なく過ごしていた日常の大切さに気づかされる。
　見慣れた住宅街、通い慣れた道。
　学校に行けば友達がいて、親友がいて。
　あくびをこらえながら受ける午後の授業。
　放課後の寄り道。
　夕暮れ、道路に並んで伸びる3つの影。
　気づかず当たり前になっていた、愛おしい毎日。
「早く……戻ろう……」
　早く戻って、リクを安心させてあげたい。
　ほらね、って。
　リクがいてくれたから、私は元気になったんだよって。
　あなたの存在があるからこそ、私は幸せだと感じることができるのだと。
　リクに、笑顔を。たくさんの笑顔を。
　そして、私もそれを見て笑うんだ。
　白いベッドの上で、リクの笑顔を思い浮かべる。

すると、自然と頬が緩んで……涙腺まで、緩んだ。
「……あ、れ？」
ポロポロとあふれる涙を手で拭うけど、いつまでたっても止まってくれない。
おかしいな、なんて口にして。だけど。
「…っ…やば……」
おかしいことなんて、ない。
心が悲鳴を上げているだけ。
強くありたいのに、前を向いていたいのに。そうしようとすればするほど、反動のように悲鳴を上げる。
そんなときは、こうして何かをきっかけにして、涙がこぼれてしまうのだ。
いつもなら、無理に止めることはしない。
涙は流せるだけ流したほうが、スッキリすることを覚えたからだ。
だけど……今日、この時間は無理にでも止めなければならなかった。なぜなら……。
「……なんで、泣いてんの」
リクが来る時間だから。
私の姿を見て、固まっているリク。
私は慌てて涙を拭った。
「ちょっと、ゴミが」
「……両目に？」
疑うような、不安そうな瞳を向けられ、見え透いたウソをついてしまったことに少し後悔して。

「……ごめんね。ウソついちゃった」
　結局、白状する私。
　弱いところ見せたら心配かけるかなとも思ったけど、黙っているのも心配かけそうで。
　暗くならないように、話すことを選んだ。
「発作的なものなの。ずっと病室にいると、いろいろと考えちゃって。ダメだよね～」
「そっか……そうだよな」
　小さな声で納得し始めるリク。その表情はわずかに曇っている。
「小春は、ダメじゃないよ。本当にダメなのは……」
　そこまで言って、リクは口を閉ざした。
　瞳には私を映しているけれど、心はどこか別のところにある感じで……。
「……リク？　何か、あった？」
　心配になり、声をかけた。でもリクは首を振って。
「俺は大丈夫。それよりも、お前」
　リクはベッドに腰かけると、私の手を取り謝った。
「ごめんな、小春」
「リク？」
「俺……小春を守れるように強くなろうって空手とかがんばってきたのに……全然、守れてない。そんな強さ、なんの役にも立たなかった」
　リクの指が、私の指に絡まる。
　少し冷たいリクの手。

温めてあげたくて、少しドキドキしながら絡め返すと。
「必要なのは、小春の心を支えてやれる強さなんだよな」
　うっすらと微笑みを浮かべたリク。
　私も、微笑んでみせる。
「支えてもらってるよ」
　だって、涙が止まっている。
　リクの言葉が、指から伝わる体温が、私の涙を止めた。
「リクがそばにいてくれると安心する。不安が少しずつ溶けていくの」
　そうして、私はまた少し、弱さを吐き出していく。
「ここにいると、世界から取り残されたような気がして、このまま誰にも気づかれずに、何も残らずに自分がいなくなってしまう気ばかりしちゃって」
　私を取り巻く環境は、あまりにも狭く。
　私という人物は、とてもちっぽけで。
　きっと、私がこの世から消えても、何も変わらない。
　そんな寂しい考えばかり浮かんでしまう。
「俺も……ずっとそうだった。大切な人を失うのが怖くて、だったら作らなきゃいいって、ひとりのままでいいって思うくせに……ひとりぼっちは怖くて……」
　リクも、私と同じように、溜め込んでいた弱さをさらけ出していく。
「だけど、小春の声を聞くとホッとした。小春がいてくれたから、俺は何度も浮上できたんだ」
　リクの手が、私の手をキュッと握る。

「……奏チャンがくれた言葉も、そうだった」
「奏ちゃんの？」
「……うん。目、覚まさせられた」
　いつの間にか、リクの表情が少しだけ落ち込んだものになって。
　ふたりは、どんな会話を交わしたのか。
　もしかして、ケンカでもしたのかな……なんて考えた直後、奏ちゃんの話題であることを思い出した。
「そういえばね、一昨日の夜、奏ちゃんにメールしたんだけど返信がないの」
　お見舞いのお礼メールだから返事はなくてもいいものだけど、律儀な奏ちゃんはいつもちゃんと返信をくれる人だ。
　だから、何かあったのかな……と心配になっていたんだけど……。
「もしかして、風邪で寝込んだりしてるのかな？」
　リク、何か知ってる？
　そう問いかけると、リクは少しの間のあと、首をかしげていたずらっ子のように微笑んだ。
「俺と一緒にいるのに、他の男の話？」
「えっ、ちが……」
「なんてね」
　茶化すように言うと小さく笑うリク。その笑みに、陰を見た気がして。
「あ、そうだ小春。この前言ってたドラマのＤＶＤだけど」
　こうして話題を変えるのも、覚えがある展開。

「……リク、何か隠してる？」
「……何かって？」
「わかんない。でも、なんとなくわかるの」
　リクが、悲しみをごまかすときの癖。
　見間違いじゃなければ、今のはとてもよく似ていたから。
　そのとき、ふと思い出した。
「リクも昨日はお見舞いに来れなかったよね。関係あったりする？」
　どことなく元気がない理由にも、つながるんじゃないか。
　そう思って、リクの返答を待つ。
　だけどリクは、からかうように笑って。
「俺、浮気なんてしてないよ？」
　冗談で終わらせようとした。
「そんな心配してない。何もないなら、いいんだ」
　何かはあるんだろうと思う。
　女の勘というか、幼なじみの勘というか、彼女の勘というか。とにかく、そんな気はしていた。
　でも、リクが話せないというなら、今は無理に聞いても仕方ないとも思うから。
「ごめんね、変に勘ぐって」
「……こっちこそ、ごめん」
　リクが困ったように笑ったそのとき、病室にノックの音が響いて、次いで扉が開くと。
「小春ちゃん」
　大塚先生が、穏やかな声で私の名前を口にして……。

「ドナーが見つかったよ」
　訪れた奇跡に震える私の手を、強く強く、しっかりと握ってくれたリクの瞳は、涙で濡れていた。

「それじゃ、お母さんはお父さんと下の喫茶店でお茶してくるから。またあとでね」
　移植手術の予定時間まで、あと２時間と迫ったころ。
　朝から付き添ってくれている両親が、気をつかうように病室を出た。
　パタン、と扉が閉まると、今さっき来たばかりのリクが苦笑いを浮かべる。
「小春のお母さん、完全にわかってるよな。俺たちのこと」
「そうだね」
　私も苦い笑みを浮かべて頷いた。
　ドナーが見つかったと先生から報告された日、その話はもちろん両親にも伝わった。
　お母さんは涙を流して安堵し、お父さんは何度も頷き「ありがとうございます」と口にしていた。
　私はそんなふたりを見て、自分がどれだけ心配をかけて不安にさせていたかを知った。
「呼吸、今日は調子よさそうだな」
　椅子に腰かけたリクが優しい笑みを浮かべる。
「うん。先生もね、安定してるから今日の手術も乗りきれるよって」
「そっか」

リクは目を細めると「よかった」と胸を撫で下ろした。
　ドナーが見つかって、両親も安心してくれて。
　手術が終わって安定さえすれば、リクとまた一緒に過ごせる。
　いいこと尽くめでさまざまな不安よりも幸せが勝る今の私だけど……ひとつだけ、気がかりなことがある。
「……ねえ、リク」
　名前を呼ぶと、リクは声にせず、首をかしげることで言葉の続きを待っていた。
　優しさの滲んだ表情にうながされるように、私はゆっくりと口を開く。
「あのね、奏ちゃんから、まだ連絡がないの」
　お礼メールの返信はなくてもいいものだけど、手術のことまでも返信がないのは、何かあるとしか思えなかった。
　もしかしたら、気づかず奏ちゃんに嫌な思いをさせてしまったんじゃないか。
「私、もしかしたら奏ちゃんの気に障るようなこと言っちゃったかな？」
　不安をぶつけると、リクはかぶりを振る。
　そして、そのままうつむいて黙ってしまった。
「……リク？　やっぱり、原因はわた……」
「違う」
　うつむいたまま発したリクの声は、強い感情のこもったもので、思わず私の肩が跳ねる。
「違うんだ」

もう一度否定すると、リクは息を吐き出してから顔を上げた。
　そこにあるのは、いつもどおりのリクの笑み。
「奏チャンは、いつだって小春の味方だろ。変な心配すんなって」
　励ますリクの声も、いつもの彼のもので。
「うん……」
　私は、どこかしっくりこない気持ちを残しながらも渋々頷いた。
　やっぱり、リクはどこか変だ。
　もしかして、奏ちゃんと連絡が取れないことに関係している？
　そう考えたとき。
「ところでさ」
　リクの声が、私の思考を遮った。
「頼みがあるんだけど」
「頼み？」
　聞き返せば、リクはひとつ頷いて。
「小春の心臓に手を当てたいんだ」
　予想もしていなかった頼みごとに、私の目が丸くなる。
「えっ？」
「今日まで小春を支えてくれただろ？　だから知っておきたいっていうか……」
「……わかった」
　本当は少し抵抗があった。だって、場所が場所だし。

心臓の鼓動を誰かに聴かせるなんて、そんな経験もない。
　だけど……リクには、知っていてほしいと思えるから。
　もうすぐ私から離れていく、命の証を。
　私は少しの恥ずかしさを堪え、リクの手を取って心臓へと導く。そっと、リクの手の体温が布越しに触れた。
　トクン、トクンと脈打つ鼓動。
　リクはまぶたを閉じて、私の中で奏でられている音を感じていた。
「俺、この鼓動をちゃんと覚えておくよ」
　そして、小春を今日まで支えてくれていた鼓動だから。
　そう続けて、リクは微笑んだ。
「ありがとう。……私、がんばってくるね」
　伝えると、リクはしっかりと頷いてから声にする。
　約束のこと、今はいいよ……と。
　今はただ、生きて。
「俺の隣で、明日も明後日も、来年も、10年後も笑ってて」
　願うのは、それだけ。
　今度は私がしっかりと頷いてみせると、鼓動を確かめていたリクの手が、やんわりと私の頬に添えられて。
「小春、好きだよ。大好きだ」
　甘い告白が聞こえると……優しいくちづけが、額に落とされた。
　一緒にいるとうれしくて。
　離れていると寂しくて。
　触れられると切なくて。

「リク……」
　この先も、ずっと一緒にいたいと思える大切な人。
「私も、大好き」
　この人のために、私は生きよう。必ず、生きよう。

　そして、時間は訪れ……。
「小春ちゃん、がんばろう」
「……はい」
　明日を、その先に続く未来を手に入れるための移植手術が、始まった。

そして、目が覚めたら

　最初に感じたのは音だった。
　ピッピッという聞き慣れたモニターの電子音。
　次いで、女の人の声。
「先生。佐倉さん、意識回復しました」
　ぼんやりとした思考で聞いていると、大塚先生が私の名前を呼ぶ。
「小春ちゃん、聞こえてるかな？」
　私は、小さく頷いてみせた。
　そして、重たいまぶたを開くと、モヤのかかったような世界に先生の姿を見つける。
　先生は優しく微笑んで。
「手術は成功したよ」
　うれしい報告をくれた。
　その途端。
「……っ……」
　瞳が熱くなる。
　意識はまだどこか曖昧だけど、成功したという言葉に涙があふれて止まらない。
　誰かの命が、私を生かしてくれた。私に今日を、そして、今日からつながる明日を、未来をくれた。
　リクの隣に寄り添える、奇跡の日々を。
　ドナーと、そのご家族に深い感謝を。

伝えきれないほどのありがとうを。
また涙がこぼれると、再び耳に届く先生の声。
現在いる場所は集中治療室。
あとは状態が安定していくようにがんばろう。
大塚先生の言葉に私はまた頷いて……。
「せんせ……ありがと……ございました」
酸素マスクをつけたまま伝えると、先生は笑みを濃くして答えてくれたのだった。
それから、私はまた睡魔に襲われてまぶたを閉じた。
きっと麻酔が効いているのだろう。
手術前、２週間ほど麻酔がかかった状態になるから、気がついても意識は朦朧とするだろうと言われていたのをなんとなく思い出しながら、私は抗うことなく眠りについた。

……次に目覚めると、今度はお父さんとお母さんがいた。
瞳に涙を滲ませて、私の頭をゆっくりと撫でるお母さんの手。
「がんばったね」
お母さんが声にすると、不意にお父さんが背中を向けてしまう。
どうしたのかと疑問がかすめた刹那……お父さんの肩が、震えていることに気づく。
声は聞こえない。
だけど、泣いてるとわかって……私まで泣いてしまう。
「……私、１日１日を、大切に生きていくね」

声にすると、お母さんが何度も頷いてくれて。
私たち家族は、しばらく３人で涙を流していた。
今、生きていることに感謝しながら。

そして、三度目に目を覚ましたとき……。
「……小春、おはよ」
慈しむような眼差しで私を見つめる、大好きな人の姿を見つけた。
瞬間、大粒の涙がボロボロとこぼれてしまう。
手術を終えてから、こうして涙を流すのはもう何度目だろう。
だけど、どれも悲しい涙じゃない。うれしさや愛しさ、ありがとうの気持ちが混ざり合った、幸せな涙だ。
リクの大きくてしっかりした手が、私の手をそっと握る。
伝わる体温に改めて生きている喜びを噛みしめ……唇を動かす。
「ずっとずっと、一緒にいるよ」
幼いころに交わした言葉を、もう一度。
するとリクは、一瞬涙で声を詰まらせてから。
「ずっと、一緒？」
小さなリクと、同じ質問を微笑みとともに投げかけた。
私は笑みを浮かべ、リクの手を握り返す。
そして……。
「うん、約束」
私が静かに声にすると、リクはやわらかく頬を緩ませた。

何度目の目覚めだったのか。
誰かに呼ばれた気がして、私はゆっくりと目を覚ました。
昼なのか、夜なのかもわからない。
薄暗い病室。
ただひとつだけわかるのは、私を優しく見守る人の存在。
朦朧とした意識の中でも、それが誰なのかは不思議とわかった。
「……奏ちゃん……」
名前を呼ぶと、彼は優しく微笑む。
「よかった……連絡、なかったから……」
心配だったの、と口にすると、奏ちゃんが申しわけなさそうに眉を寄せた。
——ごめん。
そう唇が動いた気がして、私はわずかに首を横に振る。
そのとき、再び強い眠気を感じて。
そのまま意識を暗くて何もない場所に投じていこうとした……間際。
「僕はここにいるよ。だからもう、大丈夫」
奏ちゃんの声が聞こえて。
トクンと、心臓が優しく脈打つ。
私は、彼の思いやりにあふれた言葉と穏やかな声を胸に、優しい眠りに落ちていった。

君に、贈り物を

　夢と現実を行き来するような曖昧な毎日が終わったのは、先生が言っていたとおり、手術から２週間がたとうとしていたころだった。

　心臓の拒絶反応もなく、経過は順調。

　移植専用の個室から今までいた一般病棟の個室に戻った私は、急性の拒絶反応や感染症に気をつけつつ、リハビリを始めることになった。

　私はそのことを、お見舞いに来てくれたリクに誰よりも早く報告する。
「へぇ～、もうリハビリできんだ」
　パイプ椅子に馬乗りしながら、リクは目を丸くした。
「うん、明日からだって」
「順調だな」
　微笑んだリクに私は頷く。
「たくさんの人のおかげ」
　そう。今の私があるのは、たくさんの人に支えられ、助けてもらったからだ。

　リクはもちろん、両親、ドナーとそのご家族、大塚先生や看護師さん。

　よっちんやクラスメイトからの励ましも力になったし、いろいろあったけど奏ちゃんという大切な幼なじみも私にとって心の支えになっていた。

「そういえばね、奏ちゃんがお見舞いに来てくれたんだよ」
「奏チャンが？　いつ？」
「いつだったかはわからないけど、移植専用の個室に移ってからだったと思う」

　朦朧としていたから状況はあまり覚えていないけど、奏ちゃんと会話したのは覚えている。
　もう大丈夫だという奏ちゃんの言葉が、やけに優しく胸に響いたのも。
　窓の外には夕暮れの橙色(だいだいいろ)。
　暖かみのあるその色が、奏ちゃんからもらった言葉の温かさに似ているかも……なんて考えていたら。
「……なぁ小春、退院したら奏チャンに会いに行こう」
　静かな声で、リクが提案してきた。
　そこにある微かな違和感に首をかしげた私。
「退院、したら？」
「うん……奏チャンが待ってるからさ。小春の元気な姿、見せてやろう」
　笑みを浮かべたリクの顔が、一瞬切なく歪んだ気がして。
　泣き出してしまいそうにも見えたその表情に、手術前から感じていた不安感がゆっくりと頭をもたげる。
　どうして退院したらなのか。
　連絡がなかったことといい、お見舞いにはしばらく来れない理由があるということかな？
　よくわからないけど、元気な姿を見せたいとは素直に思えたから。

「うん、早く退院して、奏ちゃんを驚かしに行こうね」
　そう告げると、リクは淡く笑みを浮かべ頷いた。

　それから２ヶ月間、私はリハビリをがんばった。
　拒絶反応もほとんどなく、先生はよほど相性がいいのだろうと破顔させて言った。
　リクも変わらず毎日お見舞いに来てくれて。
　好きな人と毎日会える幸せを心いっぱいに感じていた。
　それから、私は無事に２年生に進級することができた。
　リクと同じクラスだと報告を受けたときは本当にうれしかった。
　ただ、よっちんとは別のクラスになっちゃったのが少し寂しい。
　そういえば、よっちんも新谷と一緒にお見舞いに来てくれた。もう少ししたら、また小春と学校で会えると喜んでくれたよっちん。
　ちなみに新谷は、またよっちんと同じクラスだと嬉々としていたっけ。
　そんなふうに、穏やかで幸せな毎日を過ごし……いよいよ退院の日がやってきた。
　雨上がりの涼しい風を受けながら、病院の入り口で両親と一緒に頭を下げる。
「先生、ありがとうございました」
　最初にお父さんが口にして、続いて私とお母さんもお礼の言葉を伝えた。

けれど、大塚先生はシワを深めた笑みで首を横に振る。
「私は少し手助けをしただけだよ。君に素敵なプレゼントをしたのは、ドナーとドナーのご家族だ」
「……はい。とても感謝してます」
　ドナーとレシピエントは、互いに相手が特定されないよう秘密が保たれている。
　だから、生涯相手を知ることはできないし、ご家族に直接お礼を伝えることはできない。
　私が知っているのは、ドナーは十代男性で、臓器提供意思表示カードを所持していたという情報のみ。
　相手にとってもそれは同じ。
　名も、姿も知らない私に、こうして命と未来をくれたことに、心から感謝している。
「それと、ひとつだけ」
　先生が、真面目な表情で私を見た。
「みんな、小春ちゃんが大切だから時を待っていたんだよ。そして、そうするように頼んだのは私なんだ。だから、責めないでやって」
「……えっと……何を、誰を……ですか？」
　問いかければ、先生はそっと微笑む。
「もうすぐわかるよ。陸斗くん、辛い思いをさせて、すまなかった」
「……いえ。奏チャンも、きっとそうしてくれって言うはずだから」
　……奏ちゃん？

意味を掴みかねて、どうして奏ちゃんなのか聞こうと口を動かそうとしたとき。
「退院おめでとう。また、来週の診察でね」
　先生に話を打ち切られ……。
「はい……」
　言葉は行き先を失い、頷くのみとなってしまった。

　そのあとすぐ、病院を出た車が向かった先は……奏ちゃんの家。
　先に家に戻っていると言って私とリクを見る両親の顔は、どこか気づかうようなもので。
　漠然と、嫌な予感が私の心に広がっていく。
　どうして、退院後に向かう場所が、自分の家よりも先に奏ちゃんの家なのか。
　たしかにリクは会いに行こうと言っていたけど……重大なことが待っている。そんな予感が押し寄せて、私はリクの羽織るジャケットの裾を掴んだ。
　気づいたリクは、何も言わずに少しの笑みを浮かべてから、奏ちゃんの家のチャイムを押す。
　迎えてくれたのは奏ちゃんではなく、奏ちゃんの両親だった。
「小春ちゃん、退院おめでとう」
　私服姿の奏ちゃんのお父さんがお祝いの言葉をくれて。
「ありがとうございます。あの……」
　奏ちゃんはいますかと聞こうとしたけど、それは奏ちゃ

んのお母さんの声で遮られてしまう。
「どうぞ上がって」
　スリッパを並べられ、私とリクは促されるままにお邪魔すると、スリッパを履いて奏ちゃんの部屋のある２階へ移動した。
　いつも閉まっている奏ちゃんの部屋の扉は、開いていて。
　先に部屋の入り口に立ったリクが声を出す。
「奏チャン、小春、連れてきた」
　返事は聞こえない。
　だけど、リクは私に部屋の中に入れと告げるように一歩下がった。
　部屋を見るのが、怖い。
　移植してもらった心臓が、バクバクと騒ぐ。
「……奏、ちゃん？」
　私の嫌な予感なんて、当たりっこない。
　祈るような気持ちで幼なじみの名前を呼びながら、奏ちゃんの部屋に一歩、足を踏み入れると。
　私の視界に飛び込んできたのは、穏やかな笑みを浮かべた、奏ちゃんの……遺影。
　体中の血が、ざわつくような感覚が私を襲う。
「……や、だ……何？」
　冗談だとしたらタチが悪すぎる。
　私は半ばパニックに陥りそうになりながらリクを見た。
「何……これ？」
　手が小さく震える。

問いかけた私の視線を受け止めるリクは、悲しそうに唇を引き結んでから……。
「黙っててごめん」
　消え入りそうな声で謝る。
　そして続けられた言葉は……。
「奏チャン……事故に遭ったんだ」
　信じられない……信じたくないものだった。
　夢やウソであったらどんなに幸せか。
　だけど、目の前にある光景はたしかに現実で。
「事故って……い、つ？」
「小春の移植手術が決まる、3日前」
「そんな……そんなはずないよ。だって、奏ちゃんは手術が終わってからお見舞いに……」
「そのころはもう……葬儀は全部……終わってた」
　悲しみを帯びたリクの言葉が、重くのしかかる。
「奏ちゃん……死んじゃったの？」
　瞳が熱くなって、呼吸が震えて。
「なんで……こんな大切なこと、もっと早く言ってくれなかったの？」
　大切な幼なじみの死を、どうして私に教えてくれなかったのか。
　お別れさえできなかったなんて、どうして……そこまで考えて、思い出す。
　さっきの、先生の言葉を。
『みんな、小春ちゃんが大切だから時を待っていたんだよ。

『そして、そうするように頼んだのは私なんだ。だから、責めないでやって』
『もうすぐわかるよ。陸斗くん、辛い思いをさせて、すまなかった』
『……いえ。奏チャンも、きっとそうしてくれって言うはずだから』

　苦しそうな、リクの微笑みを。
「さっき先生が言ってたのって……奏ちゃんのこと、だったんだね……」
　バカだ、私。
「ごめ……リク……私の体が、リクを苦しめてたんだね」
　あのときの状態でストレスがかかれば、不整脈が起きやすくなるのは明白だ。
　それなのに、考え足らずでリクを責めてしまった。
　思い返せば、違和感のそばにはいつもリクの悲しい表情があったのに。
　笑ってごまかす悲しい癖は、私の体をいたわってくれていたからなのに。
　大切な人の死を隠し続けなきゃならなかったリクは、どれだけ苦しんだのだろう。
「ごめんね、リク……」
　ごめんなさい。
　優しくて苦しいウソをつかせて。
　奏ちゃんも、ごめんなさい。
　何も知らずに幸せを噛みしめていたなんて。

だけど……でもね……嫌だよ、奏ちゃん。
「こんなサヨナラなんて……っ……嫌だよ、奏ちゃん」
　出会ってから今日までに積み重ねた、たくさんの思い出があふれていく。
　楽しかった日々が、奏ちゃんの笑顔が、思い出の中だけのものになってしまう。
　大切な人を失ってしまった悲しさに耐えきれず、私は、奏ちゃんの遺影の前で泣き崩れた。
　ペタリと座り込んで奏ちゃんの遺影を見つめながら涙を流し続ける私を、背中からリクの体温が優しくなだめるように包み込む。
「奏チャンはあの日、子供を助けたんだ。3歳の女の子」
　リクの声は悲しそうで、けれど、どこか誇らしげにも聞こえて。
　私は涙を拭うことも忘れたまま、リクの話を聞いていた。
「その子、こはるちゃんって、いうんだ」
　お前と同じ名前の子の命を救ったんだよ。
　そう言われて、私の心が切なさに震え強く締めつけられると、さらに涙がこぼれ落ちていく。
「奏チャンの体はボロボロだった。それで、脳死ってお医者さんに言われて……奏チャンのお父さんとお母さんは、悩んで、決断したんだ」
　脳死という言葉に、リクが何を話そうとしているのか予想がついた。
「奏チャンの命が誰かの命につながるなら。小春の命にも

つながるかもしれないならって、臓器提供に同意した」
　トクンと、強く優しく打つ心臓。
　もしかして……そんな気持ちとともにそっと手を当てれば、伝わるたしかな鼓動。
「この、心臓は……奏ちゃんのなの？」
　声にしたけれど、それは、永遠に答えの出ない問い。
　だけど、いろんなことが一致する。
　提供者の年代と性別。
　血液型。
　タイミング。
　何より……移植後の、夢現(ゆめうつつ)に聞いた奏ちゃんの言葉。
「奏ちゃん……言ってたの。僕はここにいるよ。だからもう、大丈夫……って」
　リクに教えると、彼は「だったら、そうかもしれない」と口にした。
　そして、「だってさ」と続けられたリクの声は少し震えていて。
「奏チャン、すごいんだ。他の臓器は事故の衝撃で傷ついていたのに……」
　言葉を詰まらせながら、堪えきれない思いを乗せて教えてくれたのは。
「心臓だけは、キレイなままだったんだって」
　最後まで私の幸せを願う、奏ちゃんの想いが起こした、心優しい奇跡だった。

愛する人と……

　翌年、3月末。
　高校3年生になる私は、リクと一緒にある場所に訪れていた。
　そこは、幼い日に約束を結んだ想い出の桜がある公園。
　満開の桜の木の下に立ち、リクと手をつなぎながら舞い散る花びらを見つめていた。
　淡いピンクの桜が風に揺れると、隙間にのぞく水色の空。
「リクとここに立つの、何年ぶりかな？」
「じゅう……さん？」
「それくらい？」
「奏チャンとは？」
　そっと胸を押さえる。
「1年と3ヶ月ぶりだよ」
「そっか」
　リクは、花びらを手のひらに乗せようと腕を伸ばした。
　——トクントクン。
　移植後、大きな問題もなく良好な状態の心臓は、今日も元気に脈打ち私を支えてくれている。
　私は、この心臓は奏ちゃんのだと思っている。
　確信はない。
　知るすべもない。
　それでも、そうなのだと不思議と思えるのだ。

何より、よっちんが言っていた。
『柏木先輩は、今日も小春を大切に思っているのね』
　以前とほとんど同じように生活できている私を見ながら、笑んでいた。
「あっという間に、奏チャンより年上になっちゃうな、俺たち」
「そう、だね」
「……小春、また泣きそう？」
「まだ、ダメなときがあるんだ」
　奏ちゃんのいない日々に少しずつ慣れて、亡くしたことを知ったあのときに比べたら心の痛みは和らいではくれているけど。
　それでもときどき、奏ちゃんを喪ってしまった悲しみに涙腺が緩んでしまうことがある。
　リクと笑い合って幸せを感じていても、楽しいことがあれば、それを奏ちゃんとも分かち合いたかったと、考えても仕方のないことが頭をかすめて。
　そんなとき、表情を曇らせる私を見たリクは、こんなふうに優しく指を絡めて言ってくれるのだ。
　リクの瞳が優しく細められる。
「一緒だよ、奏チャンも」
　一緒に生きている。
　私を、支えてくれている。
　まぶたを閉じると、夢現に聞いた奏ちゃんの声が聞こえてくる気がした。

『大丈夫』
　いつもそうだった。
　泣いていれば、優しく頭を撫でて励ましてくれた大切な幼なじみ。
　ああ、そうだ。今、思い出した。
　この場所で、奏ちゃんも約束を結んでくれたんだ。
『僕も……約束するよ』
　私は、奏ちゃんが雪桜の中で交わしてくれた約束を思い出しながら声に乗せる。
『僕らは幼なじみ。何があっても、どんなに遠く離れてても、僕も小春の味方だ』
　キュッと、心臓が切なく締めつけられる。
「ここで、奏チャンが言ったの？」
「うん。それで……リクを救ってくれって、頼まれたよ」
「俺、一生奏チャンには頭が上がらないなー」
「私もだよ。もともと上がらなかったけど」
　言うと、リクが声を出して笑った。
　そうして、思い出したように話す。
「そういえばさ、奏チャンのお母さん、毎日お墓に手を合わせてるんだって」
　奏ちゃんのおうちのお墓は、町内のお寺にある。
　徒歩で行ける距離だけど、あれからもう１年。
　いくら近くても、毎日となればそこに深い情がある気がして。
「邪険にしてるわけじゃなかったってこと？」

「どうなんだろ。でも、喪って初めて気づくこともあるから」
　きっと、リクの胸中にあるのは亡くなった自分の母親のことなんだろう。
　少し遠くを見るように桜を眺めるリクの横顔は、悲しいというよりも穏やかな表情。
　ここで泣いていた少年の面影は、そこになかった。
「なぁ、小春」
　舞い落ちる花びらを眺めながら、形のいいリクの唇がゆっくりと動く。
「俺がもう少し大人になって、小春をしっかり支えられるくらいになったらさ」
　瞳に、私の姿が捉えられて。
「俺の家族になってくれる？」
　つながれた手に、キュッと力が込められた。
「俺と一緒に、笑ったり泣いたりしながら生きていこう、ずっと」
　生きることは困難の連続だ。
　幸せに迷ったり、病を抱えたり、大切な誰かを失ったり、これからもきっと、いくつもの苦しみや悲しみが私たちに振りかかるだろう。
　それでも、大好きな人がこうして、いつまでもそばにいてくれるなら。
「よろしくお願いします」
　はにかみながら頷くと、リクは今まで一番幸せそうな笑顔を、私に見せてくれた。

静かに降る薄紅の桜雪。
　不意に、リクとは反対側の隣に、もうひとりの幼なじみが立っているような気がして。
「ありがとう」
　そっとつぶやけば、やわらかな風が吹き、桜の雨が降り注ぐ。
「小春」
　リクが、私の名前を呼んで。
「また来年も、ここに来ような」
　頷き、微笑み合う。
　多くの想いとともに、私は今日も、生きている。
　明日も、その先も。
　大切な君がくれた、泣きたくなるほどの優しさにあふれた未来を……愛する人と一緒に。

番外編

贈り物　from奏一郎

　小春がいる景色は、いつだって色鮮やかだ。

　でも、家の中に入ると世界はモノクロに変わる。

　心美がいれば少しは色づくけれど、お母さんがいると何気ない視線や動きを感じるだけで心が深く沈み込んでいくんだ。

　呼吸さえできなくなるようで、苦しくて。

　そんなときにいつも思い浮かべるのは小春の姿。

　そして、その隣に立つ陸斗の姿。

　陸斗がいたから、小春に会えた。

　３人だから、今も一緒にいられる。

　でも、ずっと一緒にはいられない。

　だから、僕は——あの日、放課後のファミレスで、ウソをついた。

　ずっと好きで、大切にしたいと思っていたのに。

　僕は、ウソをついてしまった。

『小春が約束をしたのは、僕だ』

　そんな記憶は微塵もない。

　けれど、手に入れたかった。

　ひとりになることを恐れている僕が、賭けに出るほどに。

　僕がまたひとりにならないために、彼女を、陸斗にだけは渡したくなかったんだ。

　小春に向かって上手に微笑んで。

『約束、守ってくれるかな？』

　ずるくて卑怯な僕に騙された小春は、疑うことなんてしないで頷いた。

　そして、身勝手で最低な僕は彼女を追い詰めるのだ。

『小春のこと、大事にするよ。一生をかけて』

　好きなのに。

　大切なのに。

　僕は、笑顔を貼りつけ小春を傷つける。

　僕らの間に存在しない約束というウソを盾に、彼女を縛りつけて。

　だけど、小春は陸斗のために僕を残して駆け出した。

　走り去る彼女の背中から目をそらし、僕は乾いた笑いをこぼすと顔を上げる。

　手にした２人分のクレープは、もったいないけどゴミ箱に捨てた。

　今はクレープなんて食べている場合じゃない。

　僕より陸斗を選ばれたようでショックだけれど、ここで放って帰れるわけがないのだ。

　小春の慌てぶりから、陸斗がまたケンカしているのは予想できた。

　最近、陸斗が荒れているのは知っている。

　それがたぶん、小春を手に入れようと動く僕のせいであることも。

　僕は小春だけじゃなく、陸斗まで傷つけているのだ。

　本当に最低だ。

だから……。

「……小春?」

「奏チャン、こ、小春が倒れて」

　真っ青な顔で、陸斗の腕の中で横たわる小春を見たとき。

　小春の病気がどんなものかを知らされたとき、思った。

　僕がウソをついたから。

　僕が大切な人たちを傷つけているから。

　神さまが、僕の大切な小春を奪おうとしているのだと。

　でも、小春の唇が陸斗の名前を紡ぐたび、僕の胸には真っ黒な炎が燃え上がってしまう。

　それは一度火がつくと、抑えがきかず、また、小春に縋ってしまうんだ。

　僕が君の運命なのだと。そうで、ありたいのだと。

　泣きそうな小春を見て罪悪感に苛まれるくせに、止められない。

　ひとりにならないためには。

　小春を僕から離れないようにするには……陸斗という脅威を、小春から遠ざけなければいけない。

　陸斗がいなければ、と陸斗を疎ましく思うのに、やっぱり、3人でいるとホッとするのも事実で。

　だから、いつもと同じ空気感で過ごす夏祭りは、とても楽しくて、同時に切なかった。

　こんなにも、大切に思うのに。

　どうして僕ら3人は、僕らの間で恋を知ってしまったのだろう、と。

そうやって、中途半端な気持ちでいる僕を2人は見捨てずにいてくれて。
　その優しさに甘えていた、夏休みも終わるころ。
『……小春、苦しそうに見える』
　他の誰でもない、陸斗にそう言われて、僕はようやく我に返った。
　いや、このままではいけないと思ったのが正解かもしれない。
　苦しめるだけじゃ、小春の気持ちは僕に向かないだろうし、何より、病気の小春に過度なストレスを与えてはならないと反省した。
　だから、小春にお願いをした。
「急がなくていいから、幼なじみの殻を破って僕を見てほしい」
　小春は、否定しなかった。
　それだけは、僕にとっての救いだったと言える。
　それからは、極力小春に負担をかけないように気をつけて接して。
　僕たちは元の僕たちの関係に戻っていた。
　もちろん、気持ちは小春に向いていたし、小春や陸斗もそれぞれに思うところはあっただろう。
　……そう、あったから。
　小春は、陸斗を追って校舎に入って行ったのだろう。
　見つけなければ、僕は動かなかった。
　校庭で、灯篭を空へと放っていたはずだ。

けれど、見つけてしまった瞬間。

——ドクリと、胸が嫌な音を立てて。

頭の中が沸騰するみたいにカッと熱くなった気がして。

ギリギリまで我慢したのに、結局また、小春を責めるようなことをしてしまった。

盗み聞きした小春と陸斗と会話。

僕と小春の間にはない、ふたりの特別な空気が悔しくて。

不安で。

「陸斗を好きになる？ そんなのは許さない」

耐えられるわけがないと、情けない声で告げてしまったんだ。

それでも、小春は僕を避けたりしなかった。

相変わらず優しい小春は、病状が悪化しても陸斗に女の子の影がちらついても、僕と変わらずに接してくれていた。

桜の木の下で、僕が約束の相手じゃないと、ウソをついていたのを知っても、責めずに。

どんなことになっても、僕をひとりにしないと、約束までくれて。

僕が僕を許せずに終わらせたいと願うなら、また１から始めようとまで言ってくれた。

冬の寒さを忘れさせるような、温かな笑みを浮かべて。

差し出されたその手を握ったとき、僕は強く思ったんだ。

想いが報われなくてもいい。

僕を許し優しさで包んでくれる小春が、幸せに笑っていられるなら、僕はなんだってしたいと。

この子のために、できることはなんでもしてあげようと。
　陸斗から、再び小春が倒れたと連絡があったときも、僕にできることはないかと考えて。
　けれど、医者でもない僕は、結局、祈ることしかできない日々を送っていた。

「……医学部だと、やっぱりこのあたりかな」
　ひとりごちて、パソコンのエンターキーを押し、メガネのアーチを押し上げる。
　時刻はもうすぐ日付が変わろうとしていて、僕はすっかり冷めてしまったブラックコーヒーに口をつけた。
　それからゆっくりと椅子の背もたれに寄りかかる。
　机の上には参考書。
　本来なら勉強をするつもりで机に向かったのだが、集中力が途切れてしまったのでパソコンで受験関連の調べ物をしていた。
　けれど――。
「……ふぅ……」
　調べ物をしていても、集中しきれずにいた。
　何かに没頭したくても、頭から離れない。
　小春が陸斗と付き合い始めた。
　それが、僕の心を乱す原因。
　小春が幸せであるのなら祝福したい。
　でも、未練が邪魔してうまくいかない。
　小春が僕のものになれば、こんな気持ちにはならなかっ

たのだろうか。
　……いや、きっと、そうじゃないだろう。
　例え小春が自分を思ってくれても、僕は陸斗の存在に怯えている。
　怯え続けて、小春を嫉妬で雁字搦めにしてしまうだろう。
　だから、これでよかったんだ。
　僕は言い聞かせるように無理やり気持ちを押し込めて、再度調べ物に集中した。

　──翌日。
　寝不足気味の中、教室で次の授業の準備をしていたときだった。
「柏木くーん。幼なじみ君が呼んでるよ」
　クラスメイトの女子に声をかけられ、僕は視線を教室の入り口に移す。
　すると、そこにはたしかにニコニコ笑顔の陸斗が立っていた。
　ヒラヒラと僕に向かって手を振っている。
　クラスの女生徒たちが「陸斗君だー。可愛いよね〜」と噂しているのを耳にしながら席を立つ。
　相変わらず、陸斗は年上からのウケがいいようだ。
　誰かが言っていたけど、陸斗は母性本能をくすぐるタイプらしい。
　僕からしたら、手のかかる弟のような存在なんだけどね。
「陸斗、ネクタイをちゃんとしめろ」

陸斗の前につくなり言ってやれば、本人はどこ吹く風といった表情で「いつもより若干しめてるよ」と言い逃れをする。
　本当に、手のかかる男だ。
「若干じゃなくてちゃんとしめろ。で？　どうした。わざわざ教室まで来て」
「うん、奏チャン今日は放課後暇？」
「特に予定はないけど……」
「じゃあさ、俺とデートしない？」
「それは断るよ」
　微笑んで言えば、陸斗は眉を寄せて「ひでえ」と唇を尖らせた。
　でも、すぐにまた口角を上げる。
「まあ、冗談は置いといて、小春のお見舞い一緒に行こう」
　お見舞い？
　たしか、現在は家族以外は面会できないはずだ。
　陸斗は特別に許可をもらっているようだけど……。
「小春、よくなったのか？」
「……ううん、あんまり。でも、奏チャンならいいって許可もらったからさ、行こうよ」
　今、小春に会ってしまうのは……僕の気持ちがまた膨れ上がってしまいそうで、少し怖い。
　クリスマスのときだって必死だった。
　けど……。
「小春も、よく聞いてくるんだ。奏チャンの様子」

僕が行くことで、少しでも小春の励みになるのなら。
「わかった。放課後、正門のところで」
頷くと、陸斗はうれしそうに笑みを浮かべた。

そして放課後。
終礼のあと、クラスメイトの声が行き交う教室内で、僕は制服の上にダッフルコートを羽織る。
そうだ。何か手土産でも買っていったら喜んでくれるだろうか。
そう思い、財布の中身を確認した僕の目にふと止まったもの。
こげ茶の財布、カード入れに挟まれた緑色。
臓器提供意思表示カード。
これは、小春から心臓移植の話を聞かされた翌日、近所のコンビニで手に入れたものだ。
これが活躍するのはまだまだ先だとは思うけど、いつか僕に何かあったとき、小春のように苦しんでいる人の役に立てるならと思ったからだ。
身近にいる大切な人が病気になって苦しんで、初めて考えることができた移植の大切さ。
一生に一度きりの、命の贈り物。
……もし、僕が今死ぬようなことがあれば、誰よりも小春の役に立ちたい。
相手を指名することなんてできないけど、それでも、僕は小春の命になって、ともに生きたい。

……なんて、陸斗を叱った僕がそんな考えを持つのはどうかと思うけど……。
　小春が陸斗と一緒の未来を歩むとなった今でも、そう思えるくらいだから、僕はまだ当分、小春を好きで居続けるだろう。

「わ……奏ちゃん」
「小春、久しぶり」
　お見舞いに行った僕が目にしたのは、今まで見たこともないほどに弱ってしまった小春だった。
　以前よりも少し痩せた姿に、彼女がどれだけ苦しんでいたのかがわかる。
　でも、小春は笑ってくれた。
　僕を見て、喜んでくれたんだ。
　そして、「奏ちゃんの顔を見たら、元気が出てきた」と、言ってくれた。
　小春の話では、今日は特別体調がいいらしい。
　それでも無理はさせられないからと、僕と陸斗は日が暮れる前に病室を出ることにした。
「それじゃ、また来るよ」
「ありがとう、奏ちゃん」
「俺はまた明日、ガッコー終わったらね」
「うん、待ってる」
　待ってる。
　そう返して陸斗を見る小春の瞳には、信頼と好意。

小春に向かって手を振る陸斗の表情もやわらかくて。
　　ふたりの間にある恋人の空気を感じながら、僕は病院の入り口にある自動扉をくぐった。

　　夕暮れ、冬の寒さを感じながら、僕らはベンチに腰かけてバスを待つ。
　　陸斗は「寒い」と何度も繰り返し、白い息を吐き出して遊んでいた。
　　そういえば、小学校の高学年のころ、陸斗がこうして白い息を吐き出して、それを僕が吸う遊びをしていたのを思い出す。
　　小春も一緒になって笑ってやっていたっけ。
　　懐かしい。
　　もう戻ってはこない時間。
　　あのころ、僕はたしかにふたりと過ごすことで救われていた。
　　家に帰れば居場所がなくて寂しかったけど、またふたりに会えると思うと、前を向くことができた。
　　小春と陸斗は、僕にとってかけがえのない人間。
　　何があっても、それだけは揺るがないだろう。
「……なぁ、陸斗」
「んー？」
「小春のこと、ちゃんと見てやってくれよ」
　　本当はまだ、少し胸は痛むけど。
「なんだよ急に」

「なんでもだよ」
　陸斗なら、迷っても悔やんでも、小春を支えてくれるはずだから。
「……いいの？」
　問われて、陸斗だから許せないと思う自分が顔を出す。
　けれど。
「よくないけど、陸斗だから……いいよ」
　僕は結局、陸斗じゃないと納得いかないんだ。
　だって、わかるんだよ。
　ずっとふたりと一緒にいたからわかる。
　例え、小春と陸斗の間に約束が存在していなかったとしても、ふたりはきっと、時がくれば同じように惹かれ合っただろうって。
「愛してるよ、奏チャン」
　陸斗がニカッと笑って。
「またそうやって茶化すなよ。僕は……」
「わかってる。大丈夫だよ。俺、奏チャンに負けないくらい、小春のこと大事だから」
　……初めて、陸斗の気持ちをまっすぐにぶつけられた気がした。
　うれしいような悔しいような複雑な感覚。
　でも、大丈夫だと宣言されてどこか安堵し、僕が微笑み頷いたときだった。
　僕の隣に、小さな女の子がちょこんと座った。
　女の子のお母さんは立ったまま腕時計を見ている。

「ママ、おなかしゅいたー」
「おうち帰ったらご飯だから我慢して」
「しゅーいーたー」

　むくれた女の子の瞳が、ふと僕と陸斗に向いて。

　なぜか、僕に笑いかけた。

　あどけない笑みに自然と顔をほころばせると、女の子は足をブラブラ揺らしながら「バースー、バス」と楽しそうにし始めた。

「奏チャン、そこでコーヒー買ってくる。ブラックでいい？」
「ああ。ありがとう」

　陸斗は立ち上がると、少し離れた場所に見える自販機へと向かう。

　後ろ姿を見送っていると、女の子がタン、と足音を立ててベンチから下りた。

「こはる、座ってなさい」

　……こはるって言うんだ。

　思いがけない偶然に、再び顔がほころぶ。

　こはるちゃんはお母さんの声が聞こえてないのか、返事をせずに僕を振り返る。

「あっちにニャンニャン」

　そう言いながら、こはるちゃんが指さす方向にはたしかに猫が1匹いた。

　道路の反対側。

　バス停のポールのそばに座って、こっちのほうを見ている三毛猫。

こはるちゃんと猫は、少しの間にらめっこをしていたけれど……。
　ふと、猫が立ち上がり移動する。
　──その、次の瞬間だった。
　軽い足音とともに、こはるちゃんが車道に飛び出して。
「こはる！　ダメ！」
　こはるちゃんの母親の叫ぶ声が聞こえると同時。
　見えたのは、大きなトラック。
　一瞬、小さなこはるちゃんが、いつも陸斗の背中を追っていた小春に見えて。

『奏ちゃん』

　僕は、小春の温かな笑顔を思い出しながら、車道へと駆け出した。

　小春、ごめん。
　悩ませて。
　苦しませて。
　好きになって、ごめん。
　そして……。
　ありがとう。

　僕を許してくれた君に、孤独だった僕の心を癒してくれた君に、僕からの贈り物を。

『僕はここにいる。だからもう、大丈夫』

　どうか泣かないで。
　会えなくなっても、例えどんなに遠く離れても、僕らはずっとつながり……。
　結ばれているから。

Fin.

あとがき

このたびは「新装版 桜涙〜キミとの約束〜」を手に取っていただき、誠にありがとうございます。
作者の和泉あやです。

4年以上の時を経て、新装版として再び「桜涙」が本屋さんに並ぶとは想像もしていませんでした。
担当さんから連絡をいただいた際は思わずメッセージを二度見しましたが、このような機会をいただけたのも、作品を愛してくだる皆さまのおかげです。本当にありがとうございます。

今回、新装版用として、奏ちゃん視点の番外編をご用意しました。
こちらはサイトのほうでパスワードつき公開しています「桜涙〜キミとの約束〜特別編」の中のひとつですが、そちらにがっつり加筆してのお届けとなっております。
奏ちゃんがどう考え、どう想い、どう感じていたのか。
最後の瞬間、彼がどんな気持ちを抱えていたのか。
それがサイト版よりもしっかりとわかる内容となっているかと思います。
この番外編は、書いていてとても苦しかった。
個人的に、奏ちゃんは3人の中で誰よりも愛情深い人だ

と思っています。

　愛が深すぎて、それゆえに小春とリクを傷つけてしまったと言いますか。

　でも、小春とリクも彼の愛情を、優しさを知っているから、突き放したりせず受け止めてくれている。

　どこまでも優しい3人の関係。

　この物語と彼らの関係は、私にとって特別です。

　読んでくださった皆様の心にも、特別な何かを残せていたら嬉しいです。

　最後になりますが、この作品に携わってくださった皆様に、この場を借りて御礼申し上げます。

　担当編集の本間様、酒井様、スターツ出版の皆様、このたびは本当にありがとうございました。イラストを描いてくださいました櫻シノ様、デザイナーの平林様。

　そして、いつも応援してくださる皆様に心から感謝を。

　皆様の毎日が、優しく素敵なものであることを祈って。

2018.6.25　和泉あや

この物語はフィクションです。
実在の人物、団体等とは一切関係がありません。

和泉あや先生への
ファンレターのあて先

〒104-0031
東京都中央区京橋1-3-1
八重洲口大栄ビル7F

スターツ出版(株)書籍編集部 気付

和泉あや先生

新装版　桜涙～キミとの約束～

2018年6月25日　初版第1刷発行

著　者	和泉あや
	©Aya Izumi 2018
発行人	松島滋
デザイン	カバー　平林亜紀（micro fish）
	フォーマット　黒門ビリー&フラミンゴスタジオ
Ｄ Ｔ Ｐ	朝日メディアインターナショナル株式会社
編　集	本間理央　酒井久美子
発行所	スターツ出版株式会社
	〒104-0031 東京都中央区京橋1-3-1　八重洲口大栄ビル7F
	TEL 販売部03-6202-0386（ご注文等に関するお問い合わせ）
	http://starts-pub.jp/
印刷所	共同印刷株式会社
	Printed in Japan

乱丁・落丁などの不良品はお取替えいたします。上記販売部までお問い合わせください。
本書を無断で複写することは、著作権法により禁じられています。
定価はカバーに記載されています。

ISBN 978-4-8137-0479-9　C0193

ケータイ小説文庫　2018年6月発売

『無気力な幼なじみと近距離恋愛』みずたまり・著

柚月の幼なじみ・彼方は、美男子だけどやる気0の超無気力系。そんな彼に突然「柚月のことが好きだから、本気出す」と宣言される。"幼なじみ"という関係を壊したくなくて、彼方の気持ちから逃げていた柚月。だけど、甘い言葉を囁かれたりキスをされたりすると、ドキドキが止まらなくて!?
ISBN978-4-8137-0478-2
定価:本体590円+税

ピンクレーベル

『葵くん、そんなにドキドキさせないで。』Ena.（エナ）・著

お人好し地味子な高2の華子は、校内の王子様的存在だけど実は腹黒な葵に、3ヶ月限定の彼女役を命じられてしまう。葵に振り回されながらも、優しい一面を知り惹かれていく華子。ところがある日突然、葵から「終わりにしよう」と言われて…。イケメン腹黒王子と地味子の恋の行方は!?
ISBN978-4-8137-0477-5
定価:本体570円+税

ピンクレーベル

『ごめんね、キミが好きです。』岩長咲耶（いわながさくや）・著

幼い頃の事故で左目の視力を失った翠。高校入学の春に角膜移植をうけてからというもの、ある少年が泣いている姿を夢で見るようになる。ある日学校へ行くと、その少年が同級生として現れた。じつは、翠がもらった角膜は、事故で亡くなった彼の兄のものだとわかり、気になりはじめるが…。
ISBN978-4-8137-0480-5
定価:本体570円+税

ブルーレーベル

『新装版 桜涙』和泉（いずみ）あや・著

小春、陸斗、奏一郎は、同じ高校に通う幼なじみ。ところが、小春に重い病気が見つかったことから、陸斗のトラウマや奏一郎の家庭事情など次々と問題が表面化していく。そして、それぞれに生まれた恋心が3人の関係を変えていき…。大号泣必至の純愛ストーリーが新装版で登場！
ISBN978-4-8137-0479-9
定価:本体590円+税

ブルーレーベル

書店店頭にご希望の本がない場合は、
書店にてご注文いただけます。